23. Dezember. Ein eisiger Mistral fegt über die Provence. Über Weihnachten sind heftige Schneefälle angesagt. In der Nacht entdeckt ein Ehepaar auf einer Lichtung, unweit der Müllkippe des Dorfes Puech-Soleil, einen ausgebrannten Wohnwagen. Im Wageninneren befindet sich die verkohlte Leiche einer Frau. Die Tote, deren Identität sich erst durch einen Zufall klärt, hat offenbar als Prostituierte gearbeitet. Die Autopsie ergibt, dass sie vor ihrem Tod mehrfach vergewaltigt und misshandelt wurde.

Als Kommissarin Florence Labelle nach Zeugen und Beweisen im Dorf Puech-Soleil sucht, stößt sie auf eine Mauer des Schweigens. Dennoch gelingt es ihr und ihrem Assistenten Alain Roche herauszufinden, dass zum Zeitpunkt der Tat eine Gruppe von Jägern in der Nähe des Wohnwagens eine Treibjagd auf Wildschweine veranstaltet hat.

Heiligabend geschieht ein zweiter Mord. Florence Labelle zweifelt nicht daran, dass die beiden Fälle zusammenhängen. Aber wie? In Puech-Soleil sind viele verdächtig, und im weihnachtlichen Schneechaos erweisen sich die Ermittlungen der Polizei als äußerst schwierig. Bei der Suche nach dem Täter gerät die Kommissarin selbst in tödliche Gefahr.

Der dritte Fall für Florence Labelle.

Alexandra von Grote ging in Paris zur Schule, studierte in München und Wien Theaterwissenschaften und promovierte zum Dr. phil. Seit 1981 ist sie als Filmregisseurin tätig, u. a. drehte sie die Kinofilme »Weggehen um anzukommen«, »Novembermond« und »Reise ohne Wiederkehr«. Sie schrieb zahlreiche Drehbücher, Gedichte und Erzählungen. Im Fischer Taschenbuch Verlag erschienen ›Die unbekannte Dritte‹ (Bd. 13958) und ›Die Kälte des Herzens‹ (Bd. 14729), die beiden ersten Romane der Serie mit Kommissarin Labelle. Alexandra von Grote lebt in Berlin und Frankreich.

Unsere Adresse im Internet: www.fischer-tb.de

Alexandra von Grote

Das Fest der Taube

Roman

Fischer Taschenbuch Verlag

Die Frau in der Gesellschaft
Herausgegeben von Ingeborg Mues

Originalausgabe
Veröffentlicht im Fischer Taschenbuch Verlag,
einem Unternehmen der S. Fischer Verlag GmbH,
Frankfurt am Main, Oktober 2002

Satz: Pinkuin Satz und Datentechnik, Berlin
Druck und Bindung: Clausen & Bosse, Leck
Printed in Germany
ISBN 3-596-15488-X

»Dieser Tag hatte einen üblen Geruch …
Ich habe es schon heute morgen gespürt,
aber ich habe nicht erkannt, daß es der
Geruch des Todes war.«

Assia Djebar

Prolog

Die Menge drängte vom Marktplatz weg. Sie wogte durch die Gassen, ein bunter Strom entfesselter Leiber. Staub wirbelte in der Luft, als würde eine Herde Stiere getrieben. Das Schreien der Menschen schwoll an, ebbte wieder ab. Die Ersten erreichten jetzt die Felder hinter dem Dorf.

Josefina saß auf den Schultern ihres Vaters, der seine starken Hände um ihre Fußknöchel geschlungen hatte. Sie waren in der Menge eingekeilt, ihr auf Gedeih und Verderben ausgeliefert. Josefina blickte auf Köpfe, auf verschwitzte Nacken, auf die Kopftücher der Frauen, in verzerrte Gesichter. Es sah aus, als lachten die Menschen. Ein schrilles, bedrohliches Lachen ging von Mund zu Mund. Josefina hatte Angst. Sie krallte ihre kleinen dicken Hände in die struppigen Haare des Vaters, um nicht herunterzufallen.

Die Sonne stand hoch am Horizont. Ein weißes, blendendes Licht hatte sich über Berge und Ebenen ausgebreitet. Jetzt fingen die Menschen an zu rennen.

Josefina sah ein Feldstück, auf das nach und nach Dutzende von großen Vögeln im Sturzflug niedergingen. Graue, weiße, braune und gesprenkelte Tauben. Sie wurden von den Männern des Dorfes das ganze Jahr über in Verschlägen gehalten und nur auf diesen einen Tag hin abgerichtet.

Das Gejohle der Menge wurde immer stärker, sodass Josefina ihre Finger aus den Haaren des Vaters nahm und sich für einen Moment beide Ohren zuhielt. Einige Menschen schrien hysterisch und klatschten in die Hände. Andere stießen die Mitlaufenden beiseite, um noch schneller ans Ziel zu gelangen.

Auf ein geheimes Kommando hin blieb die Menge plötzlich stehen, wogte noch einmal wie ein vom Wind gepeitschtes Hirsefeld hin und her und bildete einen Kreis.

In der Mitte schlugen die Tauben wild mit den Flügeln, flogen über- und untereinander und veranstalteten ein großes Spektakel. Mit gierigen Blicken versuchten die Menschen zu erspähen, was sich inmitten des Taubengewimmels abspielte. Stimmen wirbelten durcheinander, überschlugen sich.

»Das ist meiner!«

»Nein, meiner!«

»Deiner ist doch im Flug von meinem überholt worden!«

Dann war es vorbei. Zwischen den flatternden Tauben sah Josefina eine blutige Masse Gefieder liegen. Einer der Männer, der Nachbar Gonzales, hob die tote Kreatur auf und hielt sie triumphierend hoch. Schreie, Beifall, Bravo-Rufe. Menschen umarmten einander, klopften sich auf die Schulter.

Einige Männer griffen sich aus dem Haufen der Tauben ihre flatternden und erschöpften Tiere heraus und hielten sie hoch, damit die Menge sie sehen konnte.

»Meiner war der Letzte!«

»Nein, meiner!«

»Keiner von beiden!«

Der Nachbar Gonzales schleuderte das tote Tier über die Köpfe der Menschen hinweg. Mit einem dumpfen Knall fiel es auf den Acker.

Josefina weinte. Ihre Tränen kullerten die Wangen herunter, tropften in die dichten Haarbüschel ihres Vaters und blieben wie Tautropfen hängen.

Wenig später strömte die Menschenmenge zum Dorf zurück. Auf dem Marktplatz waren Tische und Bänke aufgestellt, Speisen und Getränke wurden gereicht. Drei Gitarrenspieler griffen in die Saiten. Asunción, die Tochter des Lehrers, raffte mit der einen Hand ihren schwarz-roten Volantrock, mit der anderen schlug sie die Kastagnetten. Erst langsam, dann immer schneller stampften ihre Füße den Rhythmus der Musik.

Es war das Fest der Taube.

1

23. Dezember, 15 Uhr

Der Tag hatte für sie begonnen wie viele andere.

Das Fest der Taube lag lange zurück. Eine Kindheitserinnerung, die in diesem Moment, ohne dass es einen Grund dafür gegeben hätte, ihre ziellosen Gedanken durchkreuzt hatte. Morgen war Heiligabend, doch welche Rolle spielte das für sie?

Das Erwachen war schwer gewesen, das Aufstehen noch schwerer. Sie fiel ins düstere Loch des Vormittags.

Bereits am Morgen hatte sie die Schüsse der Jäger gehört, die wie trockenes Peitschenknallen die Luft durchschnitten. Das heisere Bellen der Hunde ließ lange nicht nach, bis es sich in der Ferne verlor.

Der Wind der letzten Tage hatte sich nicht gelegt. Im Gegenteil, er war noch heftiger geworden. Er rüttelte am dünnen Material ihrer Behausung, wirbelte in den Baumkronen der Steineichen, die sich ins karge Blickfeld drängten.

Mistral.

Über Weihnachten sollte es Schnee geben.

Irgendwann gegen Mittag schob sie den gleichmütigen Gedankenfluss beiseite, der ihre trostlose Existenz begleitete wie etwas lange Vertrautes. Sie erhob sich von ihrer Lagerstatt.

Aus der Thermosflasche schenkte sie sich Kaffee ein, den sie am Vormittag mitgebracht hatte. Er war lauwarm. Dann richtete sie sich ein wenig her. Sie schminkte die Lippen, legte Rouge auf und fuhr sich mit dem Kamm durch die Haare. Der Blick in den Spiegel gab ein müdes Gesicht frei. Wenn sie die Zähne entblößte, trat eine breite Lücke zutage.

Am Fenster hockend starrte sie auf den Weg, der sich quer durch die Landschaft bis zu ihr schlängelte. Es würde nicht mehr lange dauern, dann würde jemand kommen. Irgendjemand, den der Zufall oder die Absicht zu ihr führte.

Sie fror. Ein kleiner Gasheizstrahler konnte Abhilfe schaffen. Sie beschloss, sich gleich nach Weihnachten darum zu kümmern.

Der Geschmack in ihrem Mund war der eines verpfuschten Lebens. Erinnerungen an eine Zeit, in der sie Glück empfunden hatte, schienen entrückt wie ein Schiff am fernen Horizont.

Bis zum frühen Nachmittag geschah nichts.

Das wunderte sie, denn sie hatte erwartet, dass es anders sein würde. Wenn sie das gewusst hätte, wäre sie schon am Morgen zu ihrer Schwester gefahren. Sie hätte nicht erst einen Zug am frühen Abend eingeplant. Jetzt war es zu spät.

Sie zog die kunstpelzgefütterte Jacke enger um ihre Schultern. Sämtliche Illustrierten, Heftchen und die Tageszeitung hatte sie bereits gelesen. Manche, die vorbeikamen, ließen ihre Zeitung da, wenn sie nach kurzem Aufenthalt wieder gingen. Das war eine unerwartete Zusatzlektüre, mit der sie die Zwischen- und Wartezeiten totschlagen konnte.

Sie stellte das Transistorradio an. Nach einiger Zeit fand sie einen Sender, der keine ernste Musik spielte, sondern ein populäres spanisches Volkslied. Sie summte die Melodie mit, und für einen Augenblick lichtete sich der schwere Vorhang, der über ihrer Seele lag.

2

23. Dezember, 19 Uhr 30

Hartnäckig hatte sich Edwige Bonnafoux im Lauf ihres Lebens allen Neuerungen entgegengestemmt. Der Kühlschrank war erst wenige Jahre alt, ein Billigmodell aus dem Supermarkt. Doch lediglich im Sommer wurden die Lebensmittel dort aufbewahrt und dann auch nur die allzu verderblichen Sachen. Jetzt, einen Tag vor Heiligabend, war das Gerät abgeschaltet, um teuren Strom zu sparen.

1947 wurden in den Dörfern und Weilern ringsum die Stromanschlüsse gelegt. Puech-Soleil war einer der ersten Orte, die damals davon profitieren konnten. Edwige hatte sich auch dagegen erfolgreich gewehrt, obgleich ihr Vater durchaus ein gewisses Interesse gezeigt hatte. Damals war Aimé, ihr Sohn, gerade vier Monate alt und sein Erzeuger, ein Nichtsnutz und Blender, bereits längst über alle Berge. Dessen ungeachtet ging im Haus Bonnafoux alles seinen gewohnten Gang, wie schon seit Generationen, und Strom gab es erst seit 1989.

Seit Jahrhunderten hatte sich die Familie an harte Arbeit gewöhnt, an düstere Zukunftsaussichten und gleich bleibende Armut, die wie ein Gottesurteil ertragen wurde. Ab Mitte des sechzehnten Jahrhunderts ließen sich die Bonnafoux als *Cardeurs de laine* – Wollkämmer – in Uzès nachweisen. Ein Handwerk, bei dem man nie auf einen grünen Zweig kam. Die Hände wurden frühzeitig rissig vom Kämmen der groben Schafwolle. Man arbeitete hart in jenen Tagen. Bereits im Alter von zehn, elf Jahren mussten die Kinder mithelfen. Die mühsame Heimarbeit bei nächtlichem Kerzenschein und die offenen, qualmenden Kamine hatten nach wenigen Jahren die Augen ruiniert. Die Kamine waren so groß, dass man in ihnen sitzen konnte. Während das Feuer brannte, wurde man eingeräuchert wie eine Speckseite.

Guillaume Bonnafoux, einer der Vorfahren, hatte es als Einziger geschafft, der marginalen Familienchronik zu entrinnen, wenn auch auf tragische Weise: 1705 kämpfte er im Krieg der Camisarden gegen die katholischen Truppen Ludwigs XIV. auf Seiten der Protestanten. Er wurde gefangen genommen, gefoltert, aufs Rad geflochten und dadurch in den Annalen von Uzès erwähnt. Sein Sohn Benoît war nicht zum Helden geboren und konvertierte zum Katholizismus, noch ehe der Vater sein Leben ausgehaucht hatte.

Edwige konnte sich nicht entsinnen, in ihrem neunundsiebzigjährigen Leben einmal die sonntägliche Messe versäumt zu haben. Bereits im Alter von zwei Jahren wurde sie von ihrem Vater regelmäßig in die Kirche mitgenommen. Da war die Mutter gerade von der Tuberkulose hinweggerafft worden. Der Geruch von Weihrauch war etwas, das Edwige ihr Leben lang begleitet hatte, ebenso wie die immer stärker schmerzenden Druckstellen an beiden Knien. Inzwischen konnte sie in der Kirche nicht mehr knien. Mit zusammengepressten Beinen saß sie aufrecht und steif auf der Bank. Wehmütig erinnerte sie sich an die Zeit, als die Messe lateinisch gelesen wurde.

Das Licht in der Wohnküche wurde von einer nackten Glühbirne gespendet, die in der Deckenmitte am vergilbten Kabel herunterbaumelte. Die Ecken des Raumes lagen im Dunkeln; Ruß und Fettschwaden hatten die Wände geschwärzt. Eine Spüle aus Speckstein füllte die Nische neben dem Gasherd aus, und schmutziges Geschirr türmte sich darin.

– Aimé muss das Zeug wegspülen … Edwige hatte es ihm schon dreimal gesagt.

– Und spätestens morgen müssen die beiden Schinken gewendet werden. Sie lagen nebenan in der Speisekammer auf einem mit sauberem Reisig bedeckten Brettergestell, mit Salz bestreut, um zu reifen. Im Juli nächsten Jahres würden sie durch sein, aber am besten schmeckten sie ab Oktober, ein knappes Jahr nach der Schlachtung. Im November hatten sie das Schwein verarbeitet, große Fleischvorräte eingekocht und eine Menge grober Knoblauchwürste hergestellt, die zu ovalen Kringeln geformt von der Decke der Speisekammer hingen, wo sie luftgetrocknet wurden.

Edwige stand an der Anrichte und goss mit ihrer zitternden, knöchernen Hand den soeben aufgebrühten Kaffee in zwei Tassen. Sie holte die Milchtüte von der Fensterbank und gab in eine der Tassen einen kräftigen Schluck hinein, in die andere ließ sie zwei Stücke Würfelzucker plumpsen, der in einer alten Blechdose säuberlich aufgeschichtet war. Sie setzte sich in den Schaukelstuhl. Nicht zu dicht ans Kaminfeuer, das den Raum seit den frühen Morgenstunden heizte und dessen flackernder Widerschein ihren wachsbleichen Gesichtszügen eine seltsame Aura verlieh.

»Kaffee ist fertig, Aimé.«

Edwige betrachtete den massigen Rücken ihres Sohnes, dessen struppige, dichte Haare mit dem tiefen Ansatz in der Stirn nur wenige graue Strähnen aufwiesen. Sie hörte seinen schweren und schnaufenden Atem.

»Danke, *Maman*.« Aimé rührte sich nicht. »Tut mir Leid, *Maman*, dass ich nichts geschossen habe.«

»Das sagtest du schon, Aimé.«

»Ja, das sagte ich schon. Wir haben die ganze Zeit gewartet. Aber die Treiber, die kamen wieder zurück. Die Tiere haben sich versteckt und sie ausgelacht.«

Langsam drehte er sich um. Das prasselnde Feuer umstrahlte sein Gesicht wie eine Flammenkrone. Aimé lächelte breit. Die Einfältigkeit, die seinem platten, wettergebräunten Gesicht etwas Kindliches gab, war Edwige seit seiner Geburt vertraut. Von Anfang an war Aimé anders gewesen als andere Kinder. Körperlich frühreif, entwickelte er sich geistig spät und blieb auf der Stufe eines Zehnjährigen stehen.

So hatte er den Schulabschluss nicht geschafft. Seine einzige Begabung war seine Körperkraft und sein unbändiger Arbeitswille. Seit jeher kümmerte er sich um den großen Gemüsegarten der Bonnafoux, der sie weitgehend unabhängig machte von Lebensmitteln, die man für Geld kaufen konnte. Denn Geld war etwas Rares für die Familie, die im letzten, armseligsten Haus des Dorfes wohnte, am Ende einer Sackgasse. Geld bekamen sie am Ersten eines jeden Monats, wenn die Sozialhilfe ausgezahlt wurde. Diese Summe reichte gerade für das Nötigste. Im Spätsommer schlug Aimé Brennholz in den kommunalen Wäldern und verkaufte es in den Dörfern. Er half bei der Weinernte, im Winter bei der Olivenernte. Samstags verkaufte er auf dem Markt von Uzès Gemüse aus dem Garten, im Herbst Pilze, die er in den umliegenden Wäldern suchte. Ja, Aimé war ein starker Arbeiter, der keine Anstrengung scheute und auch keine Dreckarbeit. Dem Wort des Herrn »Im Schweiße deines Angesichts sollst du dein Brot essen« machte er Ehre, wie alle Bonnafoux. Mit sechzehn bekam er auf Anhieb seinen Jagdschein, wobei die Kommission darüber hinwegsah, dass Aimé die schriftliche Prüfung mangels genügend orthographischer Kenntnisse nicht absolvieren konnte. Dafür war er ein ausgezeichneter Schütze, und in Flora und Fauna kannte er sich aus wie kein Zweiter.

»Du musst uns dann eben morgen eines der Hühner schlachten, Aimé.«

Aimé hatte sein Gesicht wieder dem Feuer zugewandt. Er nickte.

»Ja, *Maman*. Tut mir wirklich Leid.«

»Jetzt hör schon auf!« Edwiges Stimme war plötzlich laut und durchdringend. »Ich wollte zwar ein Wildschweinragout *à l'ancienne* machen, mit Kräutern und Steinpilzen, aber da du heute nichts geschossen hast, müssen wir uns für Weihnachten etwas anderes ausdenken. *Poulet Henri IV.*, das aß dein

Großvater so gern, weißt du noch? Obwohl ich Wildschweinragout natürlich passender für Weihnachten gefunden hätte. – Willst du nicht endlich deinen Kaffee trinken? Der ist doch bestimmt schon kalt.«

Aimé erhob sich schwerfällig von seinem Korbhocker. Er nahm die Tasse vom Tisch, rührte den Zucker darin um, blies am Tassenrand und trank in kleinen Schlucken, als sei der Kaffee noch brühheiß. An seiner Schläfe klebte ein großes Pflaster. Edwige deutete mit ihrer dürren Hand darauf.

»Blutet das noch? Ich verstehe nicht, wie das passieren konnte!«

»Das … das hab ich dir doch scho… schon gesagt.« Aimé geriet plötzlich ins Stottern, wie immer, wenn er sehr aufgeregt war oder ihn etwas tief bewegte. »Da war ei… eine Eiche, und … und ich bin di… di… direkt dagegengelaufen.«

»Wie kann man denn gegen eine Eiche laufen? Du meinst, da war ein tiefhängender Zweig, gegen den du gerannt bist.«

»Ja, ja!« Aimée lachte hektisch und entblößte seine gelbbrau nen Stummelzähne, Resultat jahrzehntelangen Rauchens von *Papier Maïs*-Zigaretten und panischer Angst vor Zahnärzten.

»Und das Feuer? Wie konnte es denn dazu kommen?«

»W… w… weil Didier Legrand ni… ni… nicht aufgepasst hat. Aber ich, i… ich wollte es löschen!«

»Komisch. Ich hab noch nie gehört, dass eine Gruppe von Jägern mitten im Winter um ein Haar einen Waldbrand entfacht, weil sie ihr Lagerfeuer nicht richtig bewachen.«

»Ich auch nicht, *Maman*. Und doch wa… wa… war es so. U… und dann i… ist er mir mit … mit m… mir weggerannt.«

»Wer ist mit dir weggerannt?«

Aimé zuckte die Schultern, stellte abrupt seine Tasse auf den Kaminsims, stieß einen undefinierbaren, hohen Laut aus und verließ mit schweren Schritten die Küche.

»Was erzählst du nur wieder für einen Unsinn, Junge?!«, rief Edwige ihm nach.

Die Haustür fiel ins Schloss, und Edwige hörte Aimés Nagelstiefeltritte auf der Dorfstraße. Von draußen ertönte ein scharfer Windstoß. Er fing sich in der Esse des Kamins, sauste herab, hielt inne und fiel ächzend ins lodernde Kaminfeuer. Eine Ladung Qualm breitete sich im Raum aus, stieg Edwige brennend in die Augen.

– Wintermistral. Er trocknet die Erde aus und lässt böse Gedanken ins Hirn. Wenn man nicht aufpasst …

Edwige rückte noch ein Stück weiter weg vom Feuer. Sie überließ sich der gleichmäßig wiegenden Bewegung ihres Schaukelstuhls und verspann sich in ihre Gedankenwelt, die in ihrem Alter aus allen möglichen Erinnerungen und Banalitäten bestand und die Stunden eines solchen Abends vor dem Kaminfeuer im Nu verfliegen ließ.

3

23. Dezember, 19 Uhr 45

Auf der Dorfstraße schlug Aimé der Wind entgegen und raubte ihm sekundenlang den Atem, so schneidend war er. Sternenübersät funkelte der Himmel. Ungeachtet der Kälte betrachtete Aimé einen Moment lang staunend die merkwürdigen, glitzernden Gebilde am Firmament. Von den Wäldern hinten bei der Müllkippe wehte ein scharfer Geruch herüber, eine Mischung aus Gummi und verbranntem Kunststoff.

Aimé klappte den Kragen seines Jacketts hoch. Es war an den Ärmeln abgewetzt. Außerdem spannte es unter den Achseln, weil er den grobmaschigen, gerippten Rollkragenpullover darunter trug, den seine Mutter ihm vor Jahren gestrickt hatte. Die Katze vom Nachbargrundstück der Familie Vaurien maunzte irgendwo in der Gasse. Sie war rollig, und ihre kläglichen Schreie wurden von den Windböen als sehnsuchtsvolle Botschaft in die Finsternis getragen. Aimé fluchte und warf ihr ein paar Steine nach.

Die Straßenlaternen klapperten. Ihre Lichtkegel tanzten auf der Straße. Die Luft roch inzwischen nach verbranntem Holz, nach Kamin, nach Wärme und Heimeligkeit.

Das hell erleuchtete Café *Au chien perdu* war schon von weitem zu sehen. Lärm drang auf die Straße: kräftiges Männerlachen und die schrillen Töne eines Schlagers aus der Musikbox. Aimé zögerte einen Moment, und ein Anflug von Panik überwältigte ihn. Das Blut pochte in seinen Schläfen und Ohren, gleichzeitig ging ein Zittern durch den stämmigen Körper. Ein Bier, mehr nicht. Auf ein Bier wollte er gehen. Hoffentlich war nicht der ganze Haufen da. Vor allem nicht

Didier Legrand, dieses Großmaul. Hoffentlich ließen sie ihn in Ruhe sein Bier trinken.

Langsam ging Aimé weiter. Er stemmte sich gegen den Wind, der seine flatternden Jeans an die Schienbeine drückte und das Gesicht wie mit tausend kleinen Nadeln traktierte.

Als er das Café betrat, verstummte alles Lachen und Reden, und die Augen der Anwesenden waren auf ihn gerichtet. Aimé erkannte den jungen Jalaguier, dem die Autoreparaturwerkstatt samt Tankstelle gehörte. Lionel Dupuis, der Tischler, saß mit seinem halbwüchsigen Sohn Frédéric am Tresen. Victor Augier, der Versicherungsvertreter, hatte seine Krawatte gelockert und die Weste geöffnet. Sein Gesicht schimmerte rot, die Augen waren klein und blutunterlaufen. Ja, auch Didier Legrand war da. Er kam gerade aus dem hinteren Teil des Cafés, wo sich Pissoir und Telefonkabine befanden. Als er Aimé erblickte, stemmte er provozierend die Hände in die Hüften.

»Na, Aimé, hast du deiner Mutter wieder alles haarklein erzählt?«

»N... nein, wie ... wie kommst du darauf?« Sie waren alle da, alle waren sie da. Nur Bruno Delors fehlte, der Maurer, aber der hatte sich ja rechtzeitig aus dem Staub gemacht. Und Philippe Fresquet. Den sah Aimé auch nicht durch die Rauchschwaden, die den Raum mit seinen farbigen Plastikstühlen und den grellen Reklametafeln an den Wänden in eine trügerische Gemütlichkeit tauchten.

Didier Legrand räusperte sich, fingerte eine Zigarette aus der zerknautschten Packung und ließ sein Feuerzeug aufschnappen. Bei diesem Geräusch zuckte Aimé heftig zusammen.

»Ist auch besser so.« Didier steckte das Feuerzeug zurück in die Hosentasche. »Deine Alte muss ja nicht alles wissen. Sonst kriegt die womöglich noch einen Schlaganfall, und dann bist du ganz allein auf der Welt. Stimmt's?« Triumphierend drehte er sich zu den anderen und lachte laut und dreckig. Die anderen Männer fielen ein. Victor Augier schlug sich vor Freude auf die Schenkel, als hätte er soeben eine kombinierte Feuer-, Lebens- und Hausratversicherung in Millionenhöhe verkauft. Martine, die gefärbte Blondine hinter dem Tresen, hob genervt ihre schlaffen Augenlider, schnaufte hörbar durch die Nase und sagte mit rauer Stimme:

»Schluss jetzt, Jungs. Trinkt lieber noch was. Morgen ist Weihnachten, und Aimé ist auch nur 'n Mensch. Leben und leben lassen, *les gars*!«

Als sie Aimé kurz darauf das Bier auf den Tresen stellte, sah sie, dass seine Stirn über und über mit Schweißperlen bedeckt war. Sein Blick schien geradewegs durch sie hindurch zu einem Fixpunkt in der Unendlichkeit zu eilen. Mit zitternden Fingern klopfte er eine seiner filterlosen *Papier Maïs*-Zigaretten auf dem Tresen locker, steckte sie zwischen die Lippen und reckte seinen Kopf der Streichholzflamme entgegen, die Martine ihm hinhielt.

4

23. Dezember, gegen 20 Uhr

Kommissarin Florence Labelle hatte sich gerade umgezogen und schloss die Tür des wuchtigen Louis-Philippe-Kleiderschrankes. Der dunkelgraue Hosenanzug mit den feinen Nadelstreifen stand ihr ausgezeichnet. Das bordeauxrote Seiden-T-Shirt mit V-Ausschnitt ließ das Dekolleté erahnen, ohne zu viel preiszugeben. Durch die halbhohen schwarzen Stiefeletten wirkte Florence größer. Zufrieden lächelte sie, verließ das Schlafzimmer und ging hinüber in den grünen Salon.

Vor wenigen Monaten war Florence nach *Les Oliviers* übergesiedelt, dem provençalischen Anwesen ihrer Freundin Cathérine Volet, der ehemaligen Schlagersängerin und Nichte des Staatspräsidenten. Da sie ohnehin jede freie Minute miteinander verbrachten, war es nur eine Frage der Zeit gewesen, dass Florence ihre kleine Wohnung im Stadtzentrum von Nîmes aufgelöst hätte. Jetzt bewohnte sie die drei großen Zimmer im Westflügel: den grünen Salon, ein Arbeitszimmer sowie ein Schlafzimmer mit altem Parefeuillefußboden und angrenzendem Bad. Florence hatte also ihr eigenes Reich. Ihren »Mietanteil« zahlte sie in den Fonds für Not leidende Künstler ein, den Cathérine seit Jahren unterstützte.

Ein wohliges Gefühl überkam Florence, ein Empfinden von Glück. Mit beschwingten Schritten durchquerte sie den grünen Salon. Durch das Erkerfenster blickte sie auf den weitläufigen Innenhof von *Les Oliviers*.

Die ersten Gäste waren bereits eingetroffen. Cathérine gab ihr jährliches Fest nach der Olivenernte. Es fand in diesem Jahr später als gewöhnlich statt, da Cathérine drei Wochen mit einer schweren Bronchitis im Bett gelegen hatte. Normalerweise wurde am 25. November gefeiert, dem Namenstag der heiligen Katharina.

Die große Halle, die Bibliothek und zwei Salons waren entsprechend hergerichtet worden. Ein üppiges Büfett war aufgebaut: Terrinen mit *Paté de campagne*, kalte Braten, deftig gewürzter Linsensalat, kleine Fischpasteten, die Emmanuelle, die spanische Haushälterin, in tagelanger Arbeit selbst hergestellt hatte. Körbe mit frischem Weißbrot und Krüge voller Rotwein standen auf den Tischen. Drei Männer in Lammfelljacken, mit Strickmützen über den Ohren, grillten draußen im Hof über einem Becken mit glühender Holzkohle ein junges Wildschwein. Sie leerten bereits die zweite Flasche *Cartagène*. Hin und wieder stürzte eine heftige Windbö vom Himmel und ließ die Funken aus der Glut hoch aufstieben.

Florence lächelte gedankenverloren. Im Haus ihrer Großeltern in Avignon wurden früher auch solche Feste gefeiert, wenn Florence aus Deutschland kam und ihre Ferien dort verbrachte. Familie und Freunde kamen zusammen. Im Winter brannte der große Kamin im Salon des Stadthauses, *Maison de maître* genannt, und Cousin Patrice röstete in der *Poêle à châtaignes* Maronen, die sie heiß aus der Schale lösten und mit Butter und Salz aßen. Schwarze Finger bekam man davon, manchmal auch Brandblasen.

Am Nachmittag war Florence auf den Friedhof nach Avignon gefahren, hatte frische Blumen aufs Grab ihrer Großeltern gelegt und den Strauß mit einem Stein beschwert, damit der Mistral ihn nicht von der Grabplatte wegfegte. Plötzlich sah sie ganz deutlich das sonnengebräunte Gesicht ihres Großvaters. Von fern wehte sein Lachen herüber. Sie vernahm die leise, distinguierte Sprache ihrer Großmutter, die ihre Stimme nie erhoben hatte und sich noch im Alter von siebzig Jahren etwas Jungmädchenhaftes, Ungebrochenes bewahren konnte. Sie musste an den Tod ihrer Eltern denken, die vor zwölf Jahren bei einem schrecklichen Autounfall in der Nähe von Verona ums Leben gekommen waren. Wieder ein Begräbnis, im strahlenden Sonnenlicht in Berlin. Und die traurige Gewissheit, als Einzige übrig geblieben zu sein. Florence Labelle, Tochter eines Deutschen hugenottischer Abstammung und einer Französin aus Avignon …

»Wie schön, dass du hierher zurückgekehrt bist«, hatte Cathérine ihr am Abend ihres Umzugs nach *Les Oliviers* gesagt und ihr Champagnerglas erhoben. »Schließlich stammen deine Mutter *und* dein Vater hier aus dem Süden.«

Florence hatte gelacht. »Mein Vater ja nur teilweise. Immerhin haben sich die Labelles seit ihrer Flucht nach Preußen im 17. Jahrhundert hauptsächlich mit Deutschen vermischt. Na ja, ein irischer Vorfahr ist auch dabei und die uneheliche Tochter eines russischen Grafen. Viel Hugenottenblut war da nicht mehr vorhanden.«

»Aber der Name ist geblieben, *ma belle*.«

»Und die Liebe zu den Menschen hier.«

»Meinst du jemanden Bestimmtes?«, hatte Cathérine kokett gefragt.

»Ja«, hatte Florence geantwortet, und sie dabei liebevoll berührt.

Florence ging den langen Korridor entlang, der über eine große Freitreppe den Westflügel von *Les Oliviers* mit dem Hauptflügel und dem Parterregeschoss verband.

In der Eingangshalle herrschte eine ausgelassene Stimmung. Die meisten der Anwesenden kannten sich, plauderten und lachten miteinander. Einige kannte Florence aus Blans, wo sie im vorletzten Jahr in dem Mordfall Terboven ermittelt hatte.

Florence blickte sich suchend um. Cathérine stand an der gegenüberliegenden Seite des Raumes an einem der Tische. Mit einer Gabel klopfte sie an ihr Glas. Die Gäste verstummten, als sie mit klarer und prononcierter Stimme ihre Rede begann.

»Liebe Pächter, liebe Arbeiter, liebe Dorfbewohner, liebe Mitarbeiter im engen und weiteren Sinne. Dieses Jahr möchte ich mich ganz besonders bei Ihnen bedanken. Sie alle haben im November mitgeholfen, die Ernte zügig einzubringen. Alle Parzellen haben gute Erträge gebracht. Die Arbeit in der Mühle ist beendet, und die Ausbeute an Früchten ist in diesem Jahr ebenso hervorragend wie die Qualität des Öls.«

Cathérine hob ihr Rotweinglas.

»Ich trinke auf Sie alle, die diesem Handwerk und dieser Tradition auch weiterhin ein so wunderbares Denkmal setzen!« Sie nahm einen kräftigen Schluck und blickte in die Gesichter der vielen Menschen, die ihren Worten lauschten. Zum Schluss blieb ihr Blick an Florence hängen, die auf der untersten Stufe der Treppe stand. Ein leichtes Lächeln huschte über Cathérines Züge, und mit einer kaum wahrnehmbaren Kopfbewegung bestätigte Florence, dass es angekommen war.

Florence bahnte sich einen Weg durch die Menge. Im Vorübergehen nahm sie sich ein Glas Rotwein vom Tisch, dann war sie bei Cathérine.

»Eine wunderbare Rede, *ma chère*. Ich bin stolz auf dich! Die Leute mögen dich, das merkt man.«

Cathérine lächelte skeptisch und stellte ihr Glas beiseite.

»Ich glaube, sie mögen einen immer, so lange man Arbeit für sie hat und sie anständig bezahlt.«

»Na komm! Nicht so pessimistisch! Sie mögen dich um deinetwillen.«

Cathérine zündete sich eine Zigarette an.

»Dass ausgerechnet du der Meinung bist, dass die Menschen gut und selbstlos sind, erstaunt mich.«

»Ich habe mir eben meinen Optimismus bewahrt. Meine Neugier und Unvoreingenommenheit. Sonst könnte ich meinen Beruf gar nicht ausüben. Wenn alle Menschen so wären wie die, mit denen ich es meistens zu tun habe – na danke!«

»Ich habe nicht gesagt, dass ich die meisten Menschen für schlecht oder gar kriminell halte, vor allem nicht die Leute, die auf *Les Oliviers* arbeiten. Allerdings weiß ich aus Erfahrung, dass man sich in meiner Position und mit meinem Hintergrund nie sicher sein kann, wann einen die Menschen nur aus Berechnung mögen und wann nicht.«

Sie lächelte, beugte ihren Kopf an Florences Ohr und flüsterte:

»Du siehst hinreißend aus!«

»Danke. Du auch.«

Im Eingang der Halle tauchte eine elegante männliche Gestalt auf, mit asketischen Gesichtszügen, kurz geschnittenen Haaren und in einem teuren, maßgeschneiderten Flanellanzug.

Florence, die den Ankömmling ebenso wahrgenommen hatte wie Cathérine, verkniff sich mühsam ein Grinsen und flüsterte ihrer Freundin zu:

»Ich wusste gar nicht, dass du ihn eingeladen hast!«

»Was denkst du denn!«, antwortete Cathérine. »Ich werde doch den Präfekten nicht übergehen! Wer weiß, vielleicht brauchen wir irgendwann mal staatliche Subventionen für den Anbau von Oliven?«

Jetzt hatte Pierre Desgranges, der smarte Präfekt des Départements, die Gastgeberin entdeckt. Während er mit dynamischen Schritten auf sie zusteuerte, zog sich Florence ebenso eilig wie diskret zurück. Sie gesellte sich zu Emmanuelle, die diverse neue Platten aufs Büfett wuchtete, ganz in ihrem Element war und Florence anstrahlte.

»Na, schmeckt es Ihnen, *Commissaire*?«

»Tolle Sachen haben Sie gemacht, Emmanuelle.«

»Haben Sie schon das Wildschwein probiert?«

»Vielleicht etwas später. Ich mache mir nicht viel aus Wild. Am besten schmecken mir Ihre Pasteten. Einfach köstlich.«

»Freut mich, *Commissaire*, dass gerade Sie das sagen! Madame liegt mir schon seit Tagen in den Ohren, dass ich ihr das Rezept verraten soll.« Sie beugte sich vertraulich zu Florence. »Aber ich denke nicht daran, *Commissaire*, weil das ein altes

Familiengeheimnis ist! Ein Rezept meiner Tante Maria aus Andalusien.«

»Da haben Sie völlig Recht!«, sagte Florence lachend. »Das würde ich auch nicht verraten. Trotzdem – was sind das für Kräuter, mit denen Sie gewürzt haben?«

Emmanuelle hob scherzhaft drohend den Finger.

»Kommen Sie mir bloß nicht so, *Commissaire*! Damit Sie es dann Madame weitererzählen können? Nein, nein, ich hab doch gesagt, es ist ein Familiengeheimnis.«

5

23. Dezember, 20. 30 Uhr

Yves Latour ließ seine rissigen, abgearbeiteten Hände auf die Tischplatte fallen.

»Muss das denn unbedingt noch heute Abend sein? Und ausgerechnet vor dem Abendessen! Lass mich wenigstens erst mal in Ruhe meinen Apéro trinken!«

Simone, seine Frau, schloss mit einem Ruck den Reißverschluss ihrer gefütterten Cordjacke.

»Nachher kannst du so viele Apéros trinken, wie du willst. Meinetwegen kannst du auch rüber zu deiner Schwester in die Kneipe gehen. Aber nicht, bevor wir das Zeug weggeschafft haben.«

Schwerfällig erhob sich Yves von seinem Stuhl. Er kannte seine Frau. Sie war zwar klein, zierlich, mit flinken Augen und einem lustigen Mausgesicht. Das täuschte jedoch nicht darüber hinweg, dass sie stets das durchsetzte, was sie wollte. Und heute Abend hatte sie sich in den Kopf gesetzt, das alte Gerümpel auf die Müllkippe zu schaffen.

»Na los, Yves, worauf wartest du noch? Die Sachen stehen in der Garage. Morgen haben wir keine Zeit für so was. Du musst in den Supermarkt, dann bei Lombard die neue Waschmaschine abholen und zusehen, dass du noch einen Tannenbaum bekommst. Die guten sind sicher schon alle weg.« Simone löschte das Licht in der Küche, und ihrem Mann blieb nichts anderes übrig, als ihr nach draußen zu folgen.

Zehn Minuten später hatten sie die defekte alte Waschmaschine, allerlei leere Kanister, Hartplastikverpackungen sowie eine Rolle verrosteten Stacheldraht in Yves' Kastenwagen geladen. Yves legte noch eine alte Schaumstoffmatratze dazu, die irgendwann einmal aus unerfindlichen Gründen in seinem Wagen gelandet war. Die Straßen waren wie leergefegt, als sie an der Kirche vorbei durch den Ort fuhren. Ein paar Gäste verließen gerade das Café *Au chien perdu*, das Yves' Schwester Martine gehörte, und torkelten über die Straße.

Schweigend bog Yves auf die N 86 ein. Auch Simone war in ihre Gedanken versunken, die sich um das bevorstehende Fest drehten. Hatte sie an alles gedacht? Am Weihnachtsfeiertag würde die ganze Familie zum Mittagessen kommen: die Schwiegereltern aus Uzès, Yves' Schwester, Simones verwitwete Mutter aus Orange. Natürlich erwartete sie auch ihren eigenen Sohn Christian, der bei der Marine in Toulon seinen Militärdienst absolvierte. Eine Menge Vorbereitungen standen noch an, deswegen war es auch wichtig, dass die ausrangierten Sachen heute noch auf die Müllkippe kamen.

Nach etwa zwei Kilometern bog ein versteckt liegender, unbefestigter Weg ab, den nur die Einheimischen kannten. Die anderen, die zur Müllkippe wollten, fuhren ein Stück weiter und dann links über eine offizielle Zufahrtsstraße. Das war natürlich länger, und Yves wollte möglichst wenig Zeit verlieren an so einem ungemütlichen Abend.

Die Scheinwerfer des Wagens tanzten auf und ab, so uneben war der von Pinien und Steineichen gesäumte Weg. Schlaglöcher und querliegendes Wurzelwerk ließen die Gegenstände im Wagen hin- und herscheppern. Nach etwa einem Kilometer erreichten sie eine kleine Lichtung. Von da waren es noch einmal rund zweihundert Meter bis zu Müllkippe. Hier luden die Bewohner der umliegenden Dörfer und Weiler schon seit Jahrzehnten ihre Abfälle ab: defekte Elektrogeräte, vertrocknete Farbtöpfe, Bauschutt, Plastikgegenstände aller Art, ausrangiertes Mobiliar, giftige Substanzen wie halb leere Salzsäureflaschen, abgelaufene Medikamente oder Schädlingsvernichtungsmittel. Die Protestaktion einer Bürgerinitiative, die vor einigen Jahren von einem kurzzeitig zugereisten Pariser Grünen-Abgeordneten ins Leben gerufen worden war, hatte sich bald in Wohlgefallen aufgelöst. Es blieb alles beim Alten. Die Mülldeponie wurde weder entsorgt noch dichtgemacht.

Simone und Yves sahen es zur gleichen Zeit, rechts des Weges. Yves trat auf die Bremse, seine Frau kurbelte die Fensterscheibe herunter.

»Meine Güte, das gibt's doch nicht!« Simone warf ihrem Mann einen erstaunten Blick zu. »Das Ding hat ja gebrannt!«

Yves zog die Handbremse, ließ den Motor laufen und die Scheinwerfer angestellt. Aus dem Handschuhfach nahm er eine Taschenlampe und stieg aus.

»Ich seh mal nach.«

Er trat näher an das merkwürdige Gebilde heran, das da auf der Lichtung stand.

»Der Wohnwagen ist völlig ausgebrannt«, rief er seiner Frau zu. »Riechst du nicht, wie das nach verschmortem Plastik stinkt? Das Feuer kann noch nicht lange verlöscht sein.«

»Komm zurück, Yves, lass uns weiterfahren. Was guckst du denn da noch?«

Yves leuchtete mit der Taschenlampe auf die Reste der Eingangstür, die offen stand. Der Rahmen war von der Hitze geschmolzen und hatte sich gewellt. Im Inneren des Wagens hatte das Feuer alles verwüstet. Ein Stück verkohlte Matratze lag zwischen den schwarzen Aschehaufen und geschmolzenen Plastikteilen. Yves leuchtete genauer hin. Dann schreckte er zurück, stieß mit dem Ellbogen gegen den verbogenen Türrahmen des Wohnwagens und starrte fassungslos auf das, was er sah.

»Yves, wo bleibst du denn? Was ist los?« Simones Stimme klang schrill und unwirsch.

Er knipste die Taschenlampe aus, rannte auf die erleuchteten Scheinwerfer seines Autos zu, sprang auf den Fahrersitz und schaltete krachend den Rückwärtsgang ein.

Wenig später raste der Kastenwagen durch die menschenleere Dorfstraße und bremste mit quietschenden Reifen vor dem Café *Au chien perdu*.

Yves' Schwester Martine, die blond gefärbte Besitzerin, stellte gerade die letzten Stühle auf die Tische. Alle Gäste waren gegangen. In der Luft lag der Geruch von Tabakrauch, Pastis und Toast *Croque Monsieur*, den Martine als Standard-Imbiss anbot.

»Was ist denn los?«, fragte sie erstaunt, als die beiden hereinstürmten.

6

23. Dezember, 21 Uhr 50

Als Inspektor Alain Roche den Telefonhörer auflegte, blickte er sekundenlang starr in die Luft, bevor er sich seufzend von der leinenbezogenen Couch erhob, um die notwendigen Schritte zu unternehmen. Als Erstes sah er auf die Uhr. Es war spät. Zu spät, als dass irgendein Mensch um diese Zeit freiwillig sein Haus verlassen hätte. Draußen tobte der Mistral. Er rüttelte an den geschlossenen Fensterläden des kleinen, schlecht isolierten Hauses, und hin und wieder fing sich eine Windbö in der Platane vor dem Eingang.

Alain stellte den Fernsehapparat ab, dessen Ton er ausgeschaltet hatte, als das Telefon klingelte. Die kokett ihre Beine schwingenden Revue-Girls wurden vom Schwarz des Bildschirms verschluckt. Erneut griff Alain nach dem Telefonhörer, zögerte kurz und entschloss sich dann, das geplante Gespräch nicht zu führen.

Er ging ins Schlafzimmer und suchte im Kleiderschrank nach dem dicken, dunkelblauen Wollschal, den seine geschiedene Frau Marie-France ihm zum ersten gemeinsamen Weihnachtsfest gestrickt hatte. Als er ihn endlich gefunden hatte, löschte er sämtliche Lichter in den Räumen. In der Flurgarderobe zog er seine schwarze Daunenjacke über, schlüpfte in die kunstledernen gefütterten Handschuhe und verließ das Haus. In seinem Dienstwagen, der erst nach mehreren Versuchen ansprang, drehte er die Heizung auf Hochtouren und fuhr los.

Auf der von winterlich kahlen Platanen gesäumten Landstraße wurde der Renault mehrfach durch starke Windstöße aus der Spur gedrückt. Alain drosselte das Tempo.

Eine mondlose, kalte Nacht. Am Himmel konnte Alain deutlich das Sternbild des Orion erkennen. Morgen war Heiligabend. Am Vormittag wollte er eigentlich zu seiner Schwester nach Grenoble fahren und erst nach Neujahr zurückkommen. Daraus würde nun wahrscheinlich nichts werden.

Alain schaltete das Autoradio an. Der Wetterbericht kündigte für Heiligabend Schnee an. In den Vormittagsstunden sollte der Mistral nachlassen, und gegen Mittag würde es schneien.

Weiße Weihnachten. Alain verzog gequält sein Gesicht. Was hatte er schon davon? Während andere sich gemütlich an den gedeckten Tisch setzen, ihren gefüllten Truthahn verspeisen und zur Feier des Tages einen wunderbar weichen Cognac genießen konnten, würde er sicher bis über die Ohren in Arbeit stecken.

Nach zwanzig Minuten funktionierte die Heizung immer noch nicht. Alains Atem beschlug die Scheibe. Er wischte ein paar Mal mit der Hand darüber, doch es nützte nicht viel.

Es war kein Verkehr auf der Straße. Wer würde auch freiwillig in einer solchen Nacht im Auto durch die Landschaft kutschieren wollen?

Auf dem großen Platz vor Cathérine Volets Anwesen waren sämtliche Parkmöglichkeiten erschöpft. Dutzende von Autos reihten sich auf wie die Furchen eines schlecht gepflügten Ackers. Kurz entschlossen steuerte Alain den Wagen bis vor die Freitreppe und parkte dort.

Wenig später betrat er die Eingangshalle. Mit geübtem Blick suchte er in der Menge der Menschen nach seiner Chefin. In diesem Moment entdeckte Florence ihn. Sie stand am Eingang der Bibliothek, im Gespräch mit dem Präfekten Desgranges und dem Besitzer der Olivenmühle, einem schwergewichtigen Mann und Parteifreund Desgranges'.

»Entschuldigen Sie mich einen Augenblick«, sagte sie zu

den beiden, stellte ihr Glas auf den nächstbesten Tisch und ging mit zügigen Schritten auf Alain zu.

»Was machen Sie denn hier, Alain? Ist irgendwas passiert?«

»Tja, allerdings, *Patron*. Eine Frauenleiche. Mitten in der Landschaft, und zwar in einer gottverlassenen Gegend. In einem Wohnwagen. In Puech-Soleil, das ist etwa dreißig Kilometer von hier. Und weil *Les Oliviers* auf dem Weg liegt, hab ich gedacht, ich hole Sie gleich ab.«

Florence fühlte, wie ihr das Blut in den Kopf schoss. So ein verdammter Mist! Ausgerechnet heute Abend, an Cathérines Fest. Ausgerechnet einen Tag vor Weihnachten und bei dem kalten Wetter …

»Weiß man, wer es ist?«

»Nein. Die Leiche ist halb verkohlt.«

»Sind Dr. Brochet und die Kollegen vom Labor benachrichtigt?«

»Selbstverständlich, *Patron*. Dr. Brochet war gerade im Krankenhaus, seine Frau liegt in den Wehen.«

»Das ist Pech. Doch Kinder kommen normalerweise auch ohne die Anwesenheit des Vaters auf die Welt.« Cathérine, die plötzlich hinter ihnen stand, versuchte ihrer Stimme Kühle und Souveränität zu verleihen. Doch Florence kannte sie gut genug, um zu wissen, dass Cathérine verärgert war, enttäuscht und den Beruf der Kommissarin im Moment verfluchte.

»Tut mir Leid, Cathérine. Ich muss los. Wir haben eine Leiche, und der Inspektor wäre sicher nicht hier aufgetaucht, wenn es nicht dringend wäre. – Haben Sie einen Generator angefordert, Alain, damit wir Scheinwerfer aufstellen können?«

»Ja. Die Gendarmerie hat alles veranlasst.«

»Ich ziehe mich um.« Hastig eilte Florence durch die Halle zur Freitreppe, die nach oben führte.

Cathérine warf ihr einen kurzen Blick nach und wandte sich dann an Emmanuelle, die gerade einige leere Platten vom

Büfett abräumte und mit einem Ohr neugierig das Gespräch verfolgt hatte.

»Emmanuelle, packen Sie für die Kommissarin und den Inspektor etwas zu essen ein. Pasteten, Wildschwein, kalten Braten, Brot und so weiter. Von allem reichlich. Ich glaube, die beiden haben eine lange Nacht vor sich. Außerdem sind da ja auch sicher noch Kollegen, die bei so einer Arbeit im Freien einen Mordshunger bekommen.«

»Kaffee auch? Ich brühe ihn gerade in großen Thermoskannen auf, für die Gäste.«

»Ja, selbstverständlich! Kaffee auch. Der ist doch das Wichtigste, hab ich Recht, *Inspecteur*?«

»Danke, Madame.«

Emmanuelle entschwand in die Küche, und Cathérine folgte ihrer Freundin in den Westflügel. Inzwischen hatte sich Florence ein Paar Cordhosen und einen dicken Cashmere-Pullover angezogen. Sie nahm ihren lammfellgefütterten Ledermantel, Schal, Handschuhe und eine Fellmütze. Ihre Dienstwaffe und dünne Gummihandschuhe hatte sie bereits eingesteckt. Als Letztes holte sie eine große Taschenlampe sowie ihr Handy.

»Tut mir Leid, Cathérine, ich –«

»Sag nichts, Florence. Du kannst ja nichts dafür. Es ist trotzdem schade.«

Sie nahm Florence fest in ihre Arme. »Pass auf dich auf! Emmanuelle packt euch ein bisschen was zusammen. Kaffee, was zu essen.«

»O Gott, wie ich den Beruf in solchen Momenten hasse. Dabei wollte ich morgen früh den Weihnachtsbaum schmücken!«

»Vielleicht kommst du ja noch dazu. Wer ist denn hier sonst immer so optimistisch?«

Florence lächelte und strich Cathérine zärtlich übers Gesicht. »Lass du dir aber nicht die Laune verderben. Die Leute haben sich das ganze Jahr auf das Fest gefreut.«

»Ich weiß. Vielleicht sollte ich zur Aufheiterung ein bisschen tanzen? Zum Beispiel mit dem Präfekten ...«

Florence lachte schallend los. »Na, das möchte ich sehen! Der könnte doch sein Glück gar nicht fassen!«

7

23. Dezember, 23 Uhr

Die beiden Beamten der *Police Judiciaire* verließen *Les Oliviers*. Als sie auf die Pinienallee einbogen und Florence kurz zurückblickte, sah sie das hell erleuchtete Herrenhaus. Warum musste in ihrem Beruf immer dann etwas dazwischenkommen, wenn der Moment am unpassendsten war? Sie fand keine Antwort auf diese Frage und beschloss, den Tatsachen ins Auge zu sehen.

Sie stülpte die Fellmütze über den Kopf, zog die Handschuhe an und lehnte sich zurück.

»Also, ich höre, Alain.«

»Tja, was soll ich sagen, *Patron*. Ganz schöner Mist, finde ich, einen Tag vor Heiligabend.«

»Ich bin auch nicht gerade begeistert, das können Sie mir glauben. Aber lassen wir das mal beiseite. Wer hat denn die Leiche gefunden und wann?«

»Ein Ehepaar aus Puech-Soleil. Gegen 21 Uhr. Sie haben den ausgebrannten Wohnwagen entdeckt. Dann sind sie in eine Kneipe gefahren, und von dort aus wurde die Gendarmerie verständigt.«

»Was haben die Leute denn um diese Uhrzeit noch draußen im Wald gemacht?«

»Keine Ahnung. Der Brigadier von der Gendarmerie, der mich angerufen hat, konnte mir nur ihren Namen sagen und beschreiben, wo das Waldstück liegt.«

»Na gut, wir werden ja sehen. Drücken Sie aufs Gaspedal.«

Alain verschärfte das Tempo. Der Wagen bog jetzt auf die N 86 ein, die von Avignon über Puech-Soleil und weitere Orte nach Bagnols-sur-Cèze führte. Hin und wieder tauchten am Straßenrand einsame Gehöfte aus dem Dunkel auf. Manche waren verlassen und verfallen, andere hatten erleuchtete Fenster. Alain räusperte sich.

»Ich bezweifle, *Patron*, dass wir jetzt über die Feiertage irgendwie weiterkommen, falls tatsächlich ein Fremdverschulden vorliegt. Im Labor arbeitet sicher niemand, und –«

Florence unterbrach ihren Assistenten.

»Warten wir's doch erst mal ab, Alain. Wir wissen ja gar nicht, was uns erwartet. Vielleicht klärt sich alles sehr schnell auf, und Sie können morgen wie geplant wegfahren. Sie wollten doch zu Ihrer Schwester, wenn ich mich nicht irre.«

»Ja, genau, *Patron*. Mein Patensohn wird übermorgen achtzehn Jahre, und da wäre ich natürlich gern dabei.«

Florence nickte, und ihre Gedanken schweiften ab. Vor fünf Jahren musste sie auch über Weihnachten und Neujahr in einer Mordsache ermitteln. Eine Zwanzigjährige war in Berlin auf einer Bank im Schlosspark Charlottenburg erstochen aufgefunden worden. Da in den letzten fünf Monaten bereits drei weitere Frauen unter ähnlichen Umständen umgebracht worden waren, ging die Polizei von einem Serientäter aus. Alle Opfer waren Studentinnen, keine älter als vierundzwanzig. Alle waren post mortem vergewaltigt worden. Die Ermittlungen liefen seinerzeit auf Hochtouren. Täglich berichteten die Medien, und Florences damaliger Vorgesetzter, Kriminalrat Müller-Ehrlich, stand unter enormem Druck und wurde zunehmend nervöser. Am 25. Januar konnte Florence den Fall lösen. Sie hatte herausbekommen, dass alle Frauen Mitglieder ein- und desselben Fitnessclubs waren. Einer der Trainer, ein vorbestrafter Exfernfahrer, wurde als Täter überführt. Er hatte Kontakt zu seinen Opfern gesucht und sich außerhalb des Fitnesscenters privat mit ihnen getroffen. Mit jeder der Frauen hatte er ein Verhältnis angefangen und sie einige Wochen später mit einem Stilett erstochen. *»Zur Befriedigung seines abnormen Sexualtriebes holte sich der Täter den Kick* *beim Erstechen der Opfer«*, hatte es damals in der Urteilsbegründung des Schwurgerichts geheißen.

Einige Kilometer hinter dem Ort Puech-Soleil tauchte ein Gendarm im Lichtkegel der Scheinwerfer auf. Er erwartete die beiden, damit sie die Einfahrt in den Waldweg nicht verpassten. Gleich am Anfang des Weges standen die Autos der Spurensicherung und der Gendarmerie. Auch Alain parkte seinen Dienstwagen dort. Als Florence aus dem Wagen stieg, spürte sie ihre Füße nicht mehr, so eisig waren sie.

Starke Scheinwerfer leuchteten die Lichtung aus, die man nach etwa hundert Metern erreichte. Mehrere Beamte in Zivil und uniformierte Gendarmen suchten akribisch das Gelände ab. Dr. Brochet, der Gerichtsmediziner, reichte Florence die Hand.

»Kommen Sie, das Opfer liegt in dem ausgebrannten Wohnwagen dort drüben.«

»Wie geht es Ihrer Frau, Doktor? Kann man schon gratulieren?«

Das Gesicht des Gerichtsmediziners verzog sich zu einem breiten Lächeln.

»Es ist ein Junge, *Commissaire*. Vor zehn Minuten hat mich der Kollege aus der Klinik angerufen. Mutter und Kind sind wohlauf, wie man so schön sagt! Und morgen Nachmittag kann ich sie beide nach Hause holen.«

»Tja, hoffentlich, Doktor«, warf Alain sarkastisch ein. »Vielleicht verbringen Sie ja Ihren Heiligabend im Seziersaal.«

»Alain!« Florence drehte sich entrüstet um. »Ich muss doch sehr bitten! – Ich gratuliere, Doktor. Wie soll er denn heißen?«

»Charles. Nach seinem Großvater mütterlicherseits.«

Florence zog ihre Wollhandschuhe aus und streifte sich dünne Gummihandschuhe über die klammen Finger. Sie betrat den Wohnwagen, der an der halb heraushängenden Tür durch einen Scheinwerfer erhellt wurde. Brochet folgte ihr ins Wageninnere. Alain blieb draußen stehen und beobachtete von dort aus das Geschehen.

Der Fotograf war gerade mit seiner Arbeit fertig. Die Leiche der Frau lag eingeklemmt zwischen den Resten des metallenen Bettgestells und der zerstörten Rückwand des Wohnwagens. Ganze Körperpartien waren verbrannt, die Haare auf dem Kopf versengt. Auf dem Oberkörper, der besonders in Mitleidenschaft gezogen war, war die Kleidung, offenbar ein Pullover, mit der Haut verschmolzen. Der Unterleib der Frau war nackt, bis auf die hellen Kniestrümpfe an den Beinen, die verrußt und teilweise verrutscht waren.

»Sie sehen ja selbst, *Commissaire*, eine üble Geschichte.«

»Der Todeszeitpunkt?«

»Auf jeden Fall vor 18 Uhr gestern Abend. Rigor mortis ist voll ausgebildet. Ich habe die Körpertemperatur gemessen. Danach müsste sie etwa 8 bis 10 Stunden tot sein. Allerdings ist diese Angabe ziemlich ungenau, da ich nicht weiß, inwieweit das Feuer diese Werte verfälscht. Erst nach der Sektion werde ich klüger sein, wenn ich andere Analysen zur Todeszeitbestimmung machen konnte.«

Florence betrachtete das verbrannte Gesicht der Toten. Trotz der Verletzungen wirkte es schmal und ebenmäßig, im landläufigen Sinn würde man es als hübsch bezeichnen. Die starren Augen waren halb geöffnet, der Mund mit völlig verkohlter Oberlippe gab vorstehende, unregelmäßige Schneidezähne frei. Florences Blick tastete sich weiter bis zum entblößten Unterleib. Die Schamlippen waren schwarz geschwollen und verkrustet, die Schamhaare offenbar abrasiert.

Ein schrecklicher Anblick, doch Florence war Profi genug und riss sich zusammen.

»Das sieht mir ganz nach einem Sexualverbrechen aus, Doktor.«

Brochet nickte.

»Der Meinung bin ich auch. Im Genitalbereich scheint sie misshandelt worden zu sein, mit Gegenständen traktiert. Vielleicht kann ich noch Spermien nachweisen.«

»Damit beantwortet sich für mich gleich die wichtigste Frage, ob das Feuer durch Unfall beziehungsweise Unachtsamkeit ausgelöst oder absichtlich gelegt wurde. Hier spricht alles für Fremdverschulden.«

»Ich kann sogar noch etwas präziser sein«, bemerkte der Pathologe. »Sehen Sie die Arme der Toten, wie die auf der Brust liegen? Wir nennen das die Fechterstellung. Die Muskulatur ist durch die Hitze geschrumpft. Das ist eindeutig ein postmortales Zeichen. Mit anderen Worten: Es sieht ganz so aus, als sei sie tot gewesen, *bevor* das Feuer ausbrach.«

»Und durch den Brand sollte der Mord kaschiert werden.«

»Nach Untersuchung von Atemwegen und Lunge kann ich mehr dazu sagen. Die Leiche ist trotz des Feuers in relativ gutem Zustand. Vom Standpunkt des Pathologen aus betrachtet, meine ich. Es kann natürlich auch sein, dass das Feuer versehentlich durch eine Zigarette, eine brennende Kerze oder dergleichen verursacht wurde. Das müssten die Kollegen von der Spurensicherung herausfinden.«

»Wieso hat niemand aus den umliegenden Ortschaften das Feuer bemerkt? Wenn so ein Wohnwagen brennt, gibt das doch hohe Flammen und dunkle, dichte Rauchwolken.«

»Das stimmt«, sagte Alain. »Aber vielleicht dachten die Leute, es kommt von der Müllkippe. Die ist ja wohl gleich dahinten.«

Florence verließ den Fundort der Leiche und bemerkte mit einem kurzen Blick, dass Alains Gesicht noch bleicher war als sonst und er aussah, als würde er gleich kollabieren.

»Na, was meinen Sie, Alain?« Florence entfernte sich einige Schritte vom Wohnwagen, und Alain war froh, dass er den Anblick der Leiche nicht länger ertragen musste.

»Sieht ganz nach Wohnwagenstrich aus, *Patron*.«

»Ja, aber mitten im Winter, bei der Kälte? Dann hat sie doch den Wagen irgendwie heizen müssen.«

»Vielleicht hatte sie einen Gasheizstrahler.«

Florence schüttelte den Kopf.

»Keine Spur von einer Gasflasche. Die wäre außerdem bei

dem Brand wahrscheinlich explodiert, und dann sähen der Wohnwagen und die Leiche anders aus. – Welche Freier kommen bei diesem ungemütlichen Wetter hier rausgefahren?«

»Vertreter, LKW-Fahrer. Leute, die vorbeifahren oder in den umliegenden Ortschaften wohnen und wissen, dass sie hier steht. So was spricht sich unter Männern doch schnell herum.«

»Dann kommen ja eine Menge Leute infrage. Und keiner wird sich freiwillig melden, Alain. Ich schätze, aus Ihren Feiertagsplänen wird wohl nichts werden. Aus meinen übrigens auch nicht.«

Griffard, einer der Beamten der Spurensicherung, ein älterer Mann mit Brille, kam mit einem Karton in der Hand auf Florence zu.

»Keinerlei Hinweise auf die Identität des Opfers«, sagte er. »Keine Papiere, nichts. Dafür haben wir diesen Pappkarton gefunden, der in relativ gutem Zustand ist. Sehen Sie mal, was da drin ist.«

Vorsichtig öffnete Florence den Deckel. Im Karton befanden sich ein mit spanischen Folkloremotiven kunstvoll bemalter Faltfächer, ein Paar Kastagnetten und eine Farbfotografie des spanischen Königs im Postkartenformat.

Florence schüttelte den Kopf und ließ Alain die Fundstücke begutachten.

»Vielleicht war die Tote Spanierin, *Patron*.«

»Oder sie war als Touristin in Spanien und hat sich diese Dinge mitgebracht.«

»Der Fächer sieht älter aus«, warf Griffard ein. »Antiquarisch, würde ich sagen. Ziemlich wertvolles Stück.«

»Da haben Sie Recht.« Vorsichtig legte Florence die Gegenstände zurück in den Karton.

»Sonst irgendetwas Wichtiges, Monsieur Griffard?«

»Na ja, *Commissaire*. Einige leere Geschosshülsen von Jagdgewehren. Aber das ist ja üblich in einer Gegend, wo es Wild gibt und jeder, der laufen kann und über sechzehn ist, ein

Gewehr in die Hand gedrückt bekommt, wenn er den Jagdschein hat. – Dann haben wir natürlich jede Menge Fuß- und Reifenabdrücke gefunden, und zwar verschiedene.«

»Sicher von den diversen Freiern«, warf Alain ein.

»Schon möglich. Die Spuren sind aber schon älter. Sie haben sich in den Boden gedrückt, als die Erde feucht und schlammig war. Aber da wir seit über einer Woche heftigen Mistral haben, der die Erde völlig ausgetrocknet hat, können die Abdrücke nicht aus letzter Zeit stammen.«

»Und damit nicht vom Mörder«, fügte Florence ergänzend hinzu.

»Wahrscheinlich nicht. Dann fanden wir dieses Päckchen.« Er überreichte es Florence, es war in Weihnachtspapier eingewickelt und mit einer goldenen Schleife verziert. Vorsichtig löste Florence das Papier. Darunter verbarg sich ein Parfümfläschchen der Marke »Poême« von Lancôme. Florence betrachtete es genau.

»Leider ist kein Aufkleber darauf, mit der Adresse der Parfümerie, wo es gekauft wurde.«

Griffard fuhr in seinen Ausführungen fort.

»Außerdem fanden wir ein Damenfahrrad. Dort zwischen den Büschen.« Er deutete mit der Hand nach rechts. »Wenn Sie einen Blick darauf werfen wollen, bevor wir es in den Plastiksack verpacken?«

Florence folgte ihm. Das Rad lehnte abseits an einem niedrigen Baum. Auf den ersten Blick konnte Florence nichts Besonderes feststellen, abgesehen davon, dass es relativ neu aussah.

»Wir untersuchen es im Labor. Fingerabdrücke, Faserreste, das Übliche. Aber die Ergebnisse werden sicher nicht vor Anfang Januar vorliegen.«

»Was?!« Florence sah Griffard, einen gestandenen Beamten mit über dreißig Dienstjahren auf dem Buckel, entgeistert an. »Das ist doch nicht Ihr Ernst! Ich brauche das Ergebnis hinsichtlich der Fingerabdrücke bis morgen Mittag. Bis dahin ist

Dr. Brochet sicher mit der Autopsie so weit, dass die Abdrücke mit denen der Toten verglichen werden können. Stimmt's, Doktor?«

Brochet, der die letzten Worte der Kommissarin gehört hatte, zog ein paar Mal die Luft durch die Nase.

»Ich hoffe sogar, dass ich bis Mittag die ganze Sektion abgeschlossen habe. Auch wenn morgen in jeder Hinsicht ein verflucht schlechter Zeitpunkt für eine Autopsie ist. Aber was bleibt mir denn anderes übrig?«

»Eben«, pflichtete Alain ihm bei und nickte Griffard bedeutungsvoll zu. »Wir müssen nämlich alle morgen ran, Kollege, da gibt es für Sie und das Labor keine Ausnahme!«

Florence lenkte das Gespräch wieder auf das Wesentliche.

»Wenn das Fahrrad dem Opfer gehört hat, wäre das eine Erklärung, warum hier nirgendwo ein Wagen steht. Sie kann ja schlecht zu Fuß hierher gekommen sein, um ihre Freier zu empfangen.«

»Ob zu Fuß oder per Fahrrad, beides lässt jedenfalls vermuten, dass sie hier in der Gegend zu Hause war.«

»Nicht unbedingt, Alain. Sie kann entweder über einen längeren Zeitraum ständig im Wohnwagen gelebt haben, wobei sich allerdings wieder das Problem der Heizmöglichkeit stellt. Vielleicht hat sie sich auch nur zeitweilig und gezielt hier aufgehalten.«

»Ja, das wäre möglich«, musste Alain zugeben.

»Vielleicht hatte sie auch einen Zuhälter.«

»Das glaube ich nicht, *Patron*. Prostituierte auf dem Wohnwagenstrich arbeiten meistens allein. Obwohl das Risiko natürlich größer ist.«

Florence wandte sich nochmals an Griffard.

»Morgen bei Tageslicht werden Sie noch einmal alles gründlich absuchen müssen.«

»Ich weiß.«

»Ich würde nicht zu spät anfangen«, sagte Alain grinsend. »Ab mittags soll es Schnee geben.«

Florence bemerkte, wie sich Griffard über Alains bissige Bemerkung ärgerte. Er erwiderte jedoch nichts, sondern drehte sich um und eilte davon.

»Die Gendarmerie soll für den Rest der Nacht zwei Wachposten hier lassen!«, rief Alain ihm nach und fügte mehr zu sich selbst hinzu: »Wer weiß, was die alles an Beweisstücken übersehen haben.«

»Alain, was ist eigentlich in Sie gefahren?« Florence runzelte ungehalten die Stirn. »So kenne ich Sie ja gar nicht. Können Sie nicht ein bisschen freundlicher zu den Kollegen sein?!«

»Tut mir Leid, *Patron*, aber vielleicht hätte ich doch lieber die Tischlerei meines Vaters übernehmen sollen ...«

Florence antwortete nicht, sondern sprach einen der Gendarmen an, der dazugekommen war.

»Wie weit ist es von hier bis zum nächsten Haus, Brigadier?«

»Etwa achthundert Meter Luftlinie, *Commissaire*, Hameau de Bastide, ein zerfallener Weiler. Liegt da drüben, auf der anderen Seite der Straße, auf einer Anhöhe. Nur ein Haus ist restauriert, da wohnt ein Ehepaar.«

»Sind das die Leute, die den Wohnwagen und das Opfer gefunden haben?«

»Nein. Die sind aus Puech-Soleil. Simone und Yves Latour. Er ist selbständiger Heizungsmonteur, sie arbeitet als Verkäuferin in Avignon.«

»Danke, Brigadier. Wir fahren gleich zu ihnen hin, Alain. Lassen Sie sich die Adresse geben.«

»Jetzt noch? Es ist beinahe zwei Uhr früh!«

»Na und? Wenn diese beiden sich noch spät abends im Finstern in den Wäldern herumtreiben, sind sie anscheinend Nachtmenschen«, bemerkte Florence ironisch. »Deswegen können wir ihnen auch ruhig noch um diese Zeit einen Besuch abstatten. Nie vergessen, Alain: Der erste wichtige Zeuge ist der, der das Opfer findet. – Ach, übrigens, haben Sie vielleicht Hunger und sind deswegen so schlecht gelaunt?«

»Ich bin zwar nicht schlecht gelaunt, aber na ja …« Alain grinste und erinnerte sich mit einem Schlag an die Köstlichkeiten, die ihnen die Haushälterin auf *Les Oliviers* zusammengepackt hatte. »Einen Kaffee könnte ich schon gebrauchen.«

»Gut. Nehmen Sie sich einen Becher, auch was zu essen, und bieten Sie den Rest den Kollegen an. Die haben hier noch eine Weile zu tun. Und schenken Sie mir auch einen Kaffee ein.«

Während Florence über die Lichtung ging und sich die Örtlichkeiten einprägte, legten zwei Männer von der Spurensicherung den Leichnam der Frau vorsichtig in einen großen Plastiksack. Beim Geräusch des Reißverschlusses, der der Länge nach zugezogen wurde, zuckte Florence zusammen. Auch nach Dutzenden von Leichen, die sie im Lauf ihrer Berufsjahre zu Gesicht bekommen hatte, war der Tod für sie nie zur Alltäglichkeit und Routine geworden. Jetzt, nachdem sie die Leiche in Augenschein genommen hatte und einen kühlen Kopf dabei bewahren musste, erlaubte sie sich einige kurze, emotional gelenkte Gedanken. Eine Frau, deren Identität vollkommen im Dunkeln lag, war auf eine grauenvolle Weise zu Tode gekommen, offenbar während oder nach einer Vergewaltigung. Wer war ihr Mörder? Welcher Biedermann, der jetzt vielleicht zu Hause friedlich neben seiner Frau schlief und abends noch die Kinder ins Bett gebracht hatte, war ihr letzter Freier gewesen? Welches armselige Dasein musste diese Frau gefristet haben, dass sie gezwungen war, in dieser Einöde, noch dazu im Winter, in einer mehr als primitiven Unterkunft ihrem Gewerbe nachzugehen?

Oder war vielleicht alles ganz anders gewesen?

8

Heiligabend, 3 Uhr morgens

»Komm doch endlich, Gilles, wo bleibst du denn?« Frances Roux zog sich die Bettdecke unters Kinn und gähnte. Durch die geöffnete Schlafzimmertür sah sie die Silhouette ihres Mannes, der auf der kleinen Terrasse stand, die vom Salon aus einen weiten Blick ins Land gewährte. Ein kalter Luftzug wehte durch die Räume.

»Ja, sofort, Francie. Die sind gerade mit dem Essen fertig. Kannst du dir so was vorstellen? Ein nächtliches Picknick. Jetzt bauen sie die Scheinwerfer ab.«

»Und die Wagen?«

»Die fahren einer nach dem anderen weg.«

»Haben die denn auch den Wohnwagen mitgenommen?«

»Ja. Auf dem Lastwagen, auf den sie das Fahrrad geladen haben. Aber jetzt ist Feierabend. Alle Lichter sind ausgeschaltet.«

Gilles Roux, ein untersetzter Fünfzigjähriger mit Halbglatze und großen, von schweren Lidern bedeckten Augen, schlenderte zurück in den Salon und stellte das Fernglas auf das Tischchen neben der Terrassentür. Dann schloss er die Tür und begab sich ins Schlafzimmer.

»Die waren fast vier Stunden da!« Er rieb sich die Hände und atmete tief aus. Sein Mund mit den vollen Lippen, die gleichermaßen etwas Brutales und sehr Sinnliches ausstrahlten, lächelte. Frances rückte sich im Bett zurecht. Sie sah ihren Mann unsicher an.

»Meinst du nicht doch, dass wir der Polizei Bescheid geben –?«

Gilles schnitt ihr vehement das Wort ab und tippte sich an die Stirn.

»Bist du wahnsinnig? Ausgerechnet *du* machst den Vorschlag, sich mit den Bullen in Verbindung zu setzen?« Instinktiv senkte er die Stimme und beugte sich vor. »Da staune ich aber!«

Frances antwortete nicht. Gilles ließ sich auf die Bettkante fallen, warf seinen Oberkörper nach vorn, zog seiner Frau die Decke weg und umfasste besitzergreifend ihre Brüste.

»Na, *mon choux*, bist du etwa müde? Ich werde dich schon munter machen!«

Frances wehrte sich kokett, stieß dabei einige spitze Schreie aus, lachte und verschluckte sich beinahe.

»Aufhören, hör auf, Gilles! Mein Gott, du weißt doch, dass ich kitzelig bin!«

»Ja eben. Und hoffentlich bist du noch woanders kitzelig ...« Er ließ seine Frau los, streifte sich mit einem Ruck den blauen Shetlandpullover über den hochroten Kopf, doch da hatte Frances ihn schon gepackt. Ihre wohligen und gurrenden Laute wusste Gilles als auffordernde Signale sehr wohl zu deuten.

Eine Minute später wälzten sie sich erhitzt und mit unentwirrbar ineinander verschlungenen Armen und Beinen auf dem Bett.

– Fünf Jahre kennen wir uns jetzt, dachte Frances. Und immer noch ist er leidenschaftlich wie am ersten Tag ...

– Seit fünf Jahren bin ich dieser Frau treu, dachte Gilles, dessen Blut immer mehr in Wallung geriet. Und sie erregt mich immer noch so wie am ersten Tag ...

Doch diese erotische Anziehung bedurfte, wie sie beide wussten, immer wieder neuer, phantasievoller Impulse. An Erfindungsreichtum mangelte es nicht. Oft kam ihnen auch der Zufall zu Hilfe. Das waren dann Geschenke, die umso kostbarer waren, weil man nicht mit ihnen gerechnet hatte.

9

Heiligabend, 9 Uhr

Aimé Bonnafoux presste das Huhn auf den massiven Buchenstumpf, auf dem er gewöhnlich das Anmachholz zerhackte, und schlug ihm rasch und gekonnt den Kopf ab. Er ließ das Tier ausbluten, warf den Kopf mit einem Schwung über den Zaun auf den Asphalt der Sackgasse, wo sich die rollige Nachbarskatze in Kürze darüber hermachen würde.

Der kalte, heftige Wind der letzten Tage hatte vor einer halben Stunde schlagartig nachgelassen, als würde ein geblähtes Segel mit einem Mal kraftlos in sich zusammensacken. Immer noch war der Himmel blau, aber bereits mehr ins Dunstige gehend. Es war milder als in den letzten Tagen. Aimé hatte den Hemdkragen geöffnet und lediglich eine Jeansjacke übergezogen.

Breitbeinig, das tote Huhn auf seinen Schenkeln, saß er auf der Bank neben dem Eingang des Hauses. Er begann mit dem Rupfen und ließ die Federn in einen daneben stehenden alten Korb fallen. Mit kräftigen, geübten Griffen ging er konzentriert seiner Arbeit nach. Als er beinahe fertig war, steckte seine Mutter ihr scharfes Profil durch den Türspalt.

»Vergiss nicht, nachher die Schinken umzudrehen, Junge. Ich habe es dir gestern schon gesagt. Und dann musst du noch in die Epicerie, den Schokoladenpudding holen, den du so gern isst. Sonst hast du keinen Nachtisch heute Abend. Und bring dir von Martine deine Zigaretten mit und für mich ein Kreuzworträtsel. Ab heute Mittag ist nämlich alles geschlossen.«

»Mach ich, *Maman*. Das Huhn ist gleich fertig.«

Edwige schloss die Tür. Sie schlurfte zurück in die Küche, den einzigen Raum, der geheizt war. Im Kamin knackten die Eichenholzscheite, und weil es jetzt windstill war, drangen kaum Qualmwolken aus der Öffnung. Edwige stellte das kleine Transistorradio an, den einzigen Luxus, den sie sich gönnte. Es ertönte ein Musettewalzer. Oft hatte sie schon darüber nachgedacht, wie schön es wäre, einen Fernsehapparat zu besitzen, um sich bereits morgens mit einem unterhaltsamen Programm abzulenken. Doch aus finanziellen Gründen und auch aus Prinzip kam so ein Gerät nicht ins Haus; und so waren die Bonnafoux weiterhin die einzigen Menschen in Puech-Soleil, die keinen Fernsehempfänger ihr Eigen nannten.

Einige Minuten später brachte Aimé das säuberlich ausgenommene und gerupfte Huhn in die Küche, damit seine Mutter es waschen, würzen und in dem gusseisernen Topf über dem offenen Kaminfeuer köcheln lassen konnte. *Poulet Henri IV*. war ein weich gekochtes Suppenhuhn. Man hatte für eine Mahlzeit das Fleisch, und die Brühe ergab am nächsten oder übernächsten Tag noch eine reichhaltige Gemüsesuppe. Und ganz wichtig war, dass das Huhn über dem offenen Feuer gegart wurde wie schon in früheren Zeiten. Zu diesem Zweck war oben, in der Mitte des Kamins, ein starker Eisenhaken angebracht. Er hielt die Kette, die mit den Topfhenkeln verbunden war und die man in der Höhe verstellen konnte. Das Befestigen des Topfes an Kette und Kaminhaken war Aimés Aufgabe. Wortlos wuchtete er die schwere, nach unten abgerundete *Marmite*, füllte sie zu einem guten Drittel mit Wasser und hängte sie übers Feuer, damit das Wasser schon mal erhitzt wurde.

»Hier.« Als er fertig war, suchte Edwige aus dem alten, abgegriffenen Portemonnaie, das in einer Schublade des Geschirrschranks verwahrt wurde, einen Fünfzigfrancschein. »Wenn es nicht reicht, sag Martine, du bringst den Rest nach Weihnachten, wenn du das Holz für den Bürgermeister geschlagen hast.«

Es war neun Uhr fünfzehn, als Kommissarin Labelle und ihr Mitarbeiter Alain Roche langsam durch Puech-Soleil fuhren. Sie parkten den Wagen auf der Hauptstraße. Dort gab es ein Café und eine Epicerie mit Brotdepot.

Nach der nächtlichen Tatortbesichtigung war Florence zurück nach *Les Oliviers* gefahren, hatte Cathérine noch kurz das Wesentliche berichtet (das Fest war lange beendet), bevor sie in einen tiefen, traumlosen Schlaf fiel. Viertel nach sechs war sie bereits wieder aufgewacht. Nach einer Tasse starken Kaffees und zwei Scheiben Toast mit Honig hatte sie sich an die Arbeit gemacht. Wie immer, wenn sie in einem Mordfall ermitteln musste, versuchte sie ein logisches und zeitökonomisch vernünftiges Vorgehensschema zu konzipieren. Als Erstes musste die Identität der Toten festgestellt werden. Wer war die Frau? Gab es möglicherweise aufgrund der gefundenen Gegenstände irgendeinen Bezug zu Spanien? War es ratsam, jetzt bereits über Interpol die spanischen Kollegen einzuschalten? Wie kam die Tote in den Wohnwagen? Durch das Ehepaar Latour hatte Florence letzte Nacht erfahren, dass dieser alte Wohnwagen schon seit Jahren dort stand. Er war immer unbewohnt gewesen. Irgendjemand hatte ihn da abgestellt, aber Genaueres wussten die beiden nicht.

In jeder menschlichen Gemeinschaft sind Klatsch und Tratsch, Gerüchte und jedwede Neuigkeit essentieller Bestandteil des Lebens. Deswegen war Florence überzeugt, dass zumindest einige Bewohner von Puech-Soleil, das nur knapp zwei Kilometer vom Tatort entfernt lag, gewusst haben mussten, dass der Wohnwagen bewohnt war. Man würde sich also dort als Erstes gründlich umhören, insbesondere die Cafèhausbesitzerin befragen, die die Gendarmerie alarmiert hatte, und danach den Bewohnern des einsam gelegenen Weilers einen Besuch abstatten.

Als Alain aus dem Wagen stieg, sich reckte und ungeniert gähnte, wirkte er lustlos und schlecht gelaunt. Langsam folgte er Florence, die sich anschickte, das Café zu betreten.

»*Au chien perdu*! Der passende Name für eine Kneipe in so einem gottverlassenen Nest«, knurrte Alain. Er wünschte sich, jetzt im Zug nach Grenoble zu sitzen, wo im Haus seiner Schwester ein Gästezimmer mit eigenem Bad und Fernsehapparat auf ihn wartete. Erst gegen Mittag wollte er sie anrufen und absagen, denn wer weiß? Vielleicht stellte sich doch noch ein Wunder ein …

Florence ging zum Tresen, hinter dem eine resolut wirkende Endvierzigerin, mit faltiger, fleckiger Haut am Hals und einem großzügig zur Schau gestellten Dekolleté die Espressomaschine putzte. Es waren keine Gäste im Lokal.

»Sind Sie hier die Pächterin?«, fragte Florence und warf einen schnellen Blick durch den Raum. Alles sah ein wenig billig und schmuddelig aus. Die farbigen Plastikstühle waren verblichen und zum Teil beschädigt. Die karierten Wachstuchtischdecken hatten zahlreiche Brandflecken, wahrscheinlich von Zigaretten.

»Nein, ich bin die Besitzerin.«

»Aha. Madame …?«

»Morana. Martine Morana. MM, wie Marilyn Monroe.« Mit einem Schwung legte Martine den Lappen beiseite und ließ ein kurzes, routiniertes Lächeln über ihr Gesicht huschen. »Was wünschen denn die Herrschaften?«

»Erst mal einen Kaffee. Für Sie auch, Alain?« Alain nickte indifferent. »Und dann würden wir uns gern mit Ihnen unterhalten. Ich bin Kommissarin Labelle von der *Police Judiciaire* in Nîmes. Das ist Inspektor Roche, mein Mitarbeiter.«

Verblüfft sah Martine Florence an, streifte Alain mit einem flüchtigen Blick und verzog ihren breiten, hellrot geschminkten Mund zu einem verkrampften Lächeln.

»Na so was, wer hätte das gedacht! Von der Polizei … Aber ich finde es gut, dass Frauen auch in solche Positionen aufsteigen. Wissen Sie, bei ›*Cagney und Lacy*‹, dieser amerikanischen Serie, da sind gleich zwei Polizistinnen am Drücker. Die powern ganz schön los!« Martine ließ den Kaffee in die Tassen laufen und räusperte sich. »Sie sind wegen der Toten hier, die mein Bruder und meine Schwägerin letzte Nacht gefunden haben?«

»Allerdings.« Alain stand neben seiner Chefin am Tresen und knöpfte sich seine Daunenjacke auf. »Es hat sich doch sicher schon herumgesprochen.«

Martine stellte die beiden Tassen auf den Tresen und schob ein Tellerchen mit Würfelzucker dazu. Florence bemerkte, dass ihre im Farbton des Lippenstifts lackierten Fingernägel schwarze Ränder hatten und teilweise abgebrochen waren.

»Herumgesprochen hat sich nur, dass eine Frauenleiche gefunden wurde.«

Florence gab ein Stück Zucker in ihren Kaffee und rührte um.

»Haben Sie eine Ahnung, wer die Frau in dem Wohnwagen war?«

Martine sah Florence unbewegt an.

»Nein.«

»Wir glauben, dass sie dort als Prostituierte gearbeitet hat.«

Für den Bruchteil einer Sekunde hielt Martine den Atem an. Lange genug, dass Florence ihre kurze Irritation bemerkte. Sofort hakte sie nach.

»Sie haben doch sicher von der Frau gehört, oder? Eine Frau im Wohnwagen in der Landschaft. Da weiß jeder, was sich da abspielt. So was spricht sich doch herum. Und hier im Café erfahren Sie bestimmt so allerlei.«

Martine machte eine vage Bewegung mit der Hand und sagte ausweichend:

»Tja, was soll ich sagen, Madame, sicher, man hört so einiges. Aber nichts Konkretes.«

»Aber doch so viel, dass Sie wussten, dass da eine Prostituierte arbeitete.« Ohne Martine aus den Augen zu lassen, trank Alain seinen Kaffee in einem Zug aus.

»Gewusst, was heißt gewusst? Schließlich hab ich sie weder gesehen noch gekannt.«

»Und ihr Name? Wissen Sie den Namen der Frau?«

»Nein, ich glaube nicht.«

»Hat den keiner mal erwähnt? Das kann ich mir gar nicht vorstellen.« Alain schüttelte ungläubig den Kopf.

»Denken Sie mal nach.« Florence redete eindringlich auf Martine ein. »Den Vornamen. Männer kennen meistens den Vornamen von Prostituierten.«

Martine kratzte sich hinter dem rechten Ohr und strich eine Strähne ihrer fettigen blonden Haare aus dem Gesicht. Sie beschloss, sich einen Ruck zu geben.

»Tja, warten Sie mal ... Josette. Ich glaube, irgendjemand hat mal eine Josette erwähnt. Nein, Joséphine!« Martine war sich jetzt ganz sicher. »Genau, Joséphine.«

»Könnte sie Ausländerin gewesen sein? Spanierin vielleicht?«

Martine zuckte mit den Schultern.

»Keine Ahnung. Wie gesagt, das war nur so ein Gerücht. Aber geredet wird ja viel.«

»Und diese Frau soll in dem Wohnwagen in der Nähe der Müllkippe gearbeitet haben?«

»Na ja, irgendwie hab ich vor einer Weile das Gerücht gehört, dass hier in der Nähe eine Nutte auf dem Wohnwagenstrich aufgetaucht sein soll. Aber ob das diese Joséphine war – keine Ahnung.«

»Von wem haben Sie das gehört? Wer hat den Namen Joséphine erwähnt?«

»Tut mir Leid, aber das kann ich Ihnen beim besten Willen nicht sagen. Hier kommen so viele Leute her.«

»Auch Leute auf der Durchfahrt? Vertreter, LKW-Fahrer?«

»LKW-Fahrer eigentlich nicht. Die biegen nicht extra von der Nationalstraße in den Ort ab, um einen Kaffee oder 'ne Cola zu bestellen.«

»Aber Vertreter?«

»Ja, Vertreter schon eher.«

»Ihr Bruder sagte uns, der Wohnwagen stand bereits seit Jahren an der Müllkippe.«

»Ja, der ist sozusagen vergessen worden.«

»Vergessen?« Florence sah sie ungläubig an. »Wer vergisst denn einen Wohnwagen?«

»Das war ein junges Pärchen aus Belgien. Ist schon zig Jahre her. Die haben einen Sommer da draußen wild kampiert. Sie kamen zum Einkaufen ins Dorf und manchmal auch zu mir ins Café.«

»Wann war das?«

Martine überlegte.

»Ach, vor vier oder fünf Jahren.«

»Und seitdem stand der Wohnwagen da draußen?«

»Ja. Eines Tages waren die beiden verschwunden. Es war der Kommune zu teuer, das Ding wegschaffen zu lassen. Dabei hätten sie ihn nur ein paar hundert Meter weiter auf die Mullkippe schieben müssen.«

»Können Sie eine Beschreibung des Pärchens abgeben? Wie sah die Frau aus?«

»Warten Sie mal … sie war groß und sehr schlank …«

»Wie groß etwa?«

»Etwa so groß wie dieser Monsieur da.« Martine zeigte auf Alain. Florence betrachtete ihn kurz von der Seite. Er war mindestens einen Meter achtzig groß.

»Und sonst? Die Haarfarbe der Frau?«

»Blond. So ein richtiges helles Blond. Und strahlend blaue Augen.«

Florence schüttelte den Kopf und seufzte. Die Tote im Wohnwagen war auf gar keinen Fall so groß wie Alain und hatte dunkle Haare und braune Augen. Es gab also offensichtlich keine Verbindung zu dem Pärchen aus Belgien.

»Na schön.« Florence trank den letzten, kalten Rest aus ihrer Tasse und legte ein paar Francstücke auf den Tresen.

»Danke, Madame Morana. Wenn Ihnen noch etwas einfällt,

hier ist meine Telefonnummer.« Sie überreichte der Wirtin ihre Visitenkarte.

In dem Moment wurde die Eingangstür geöffnet und ein stämmiger Mann, etwa Anfang fünfzig, stürmte herein. Er lächelte ein wenig einfältig und verlangsamte seinen Schritt.

»Na, Aimé, was darf's denn sein?« Martine räumte geschäftig die beiden Tassen weg und steckte das Geld in die Kasse.

»Zwei Päckchen *Papier Maïs*«, sagte Aimé und schob fünfzig Francs auf den Tresen. »Und ein Kreuzworträtsel für *Maman*.«

»Das Geld reicht aber nicht, Aimé. Bring den Rest das nächste Mal.« Aus einem der Fächer, in dem die verschiedenen Zigarettensorten gestapelt waren, nahm Martine zwei Päckchen. Das Rätselheft war in einer Schublade verstaut. Während sie Aimé die Sachen über den Tresen reichte, schenkte sie den beiden Polizisten ein süßliches Lächeln.

»Fragen Sie doch mal Aimé. Vielleicht weiß der ja irgendwas Näheres.« Zu Aimé sagte sie laut und prononciert, wie zu einem Kind:

»Die Herrschaften hier sind von der Polizei, Aimé. Die wollen den Namen von jemandem wissen, von einer Frau. Die soll in dem alten Wohnwagen draußen an der Müllkippe gelebt haben.«

Erschrocken sperrte Aimé den Mund auf, starrte die beiden Beamten an. Die beiden Zigarettenpäckchen und das Rätselheft fielen ihm aus der Hand. Er stotterte und wollte etwas sagen. Nach einer Weile stammelte er:

»I... I... Ich wa... wa... Ich war's nicht!«

Dann drehte er sich um und rannte, einen merkwürdigen Laut ausstoßend, aus dem Lokal. Florence und Alain starrten ihm nach.

»Das dürfen Sie nicht ernst nehmen, was er sagt.« Martine lachte, kam hinter dem Tresen hervor, bückte sich behänd und hob die beiden Packungen und das Heft auf. »Er ist nicht ganz ... wie soll ich sagen, na ja, er ist ...«

»Geistig zurückgeblieben?«, half Florence nach.

»Ja, so könnte man es ausdrücken.«

»Der Mann heißt Aimé? Und wie weiter?«

»Aimé Bonnafoux. Er lebt mit seiner Mutter zusammen.«

»Hier im Dorf?«

»Im letzten Haus in der Sackgasse. Aber mit dem brauchen Sie gar nicht zu reden, den kann man sowieso nicht ernst nehmen.«

»Tatsächlich?«, sagte Florence scharf. »Aber eben haben Sie doch noch selbst vorgeschlagen, dass wir ihn fragen sollen!«

»Na ja, da wusste ich nicht –«

»Was wussten Sie nicht? Dass er bei dem Wort Polizei und der Erwähnung des Wohnwagens zusammenzucken würde? Weil er vielleicht mehr wissen könnte als nur den Namen der Ermordeten?«

»Ach was, *Commissaire*, das ist nur ein Missverständnis, glauben Sie mir!«

»Das hoffe ich für Sie, Madame Morana. Kommen Sie, Alain.« Die beiden verließen das Café. Sie sahen nicht, dass trotz des dick aufgetragenen Make-ups alle Farbe aus Martine Moranas Gesicht gewichen war und dass ihre Hände auf der Messingplatte des Tresens zitterten.

10

Heiligabend, 10 Uhr

Draußen, auf dem Bürgersteig, schloss Alain seine Jacke.

»MM, wie Marilyn Monroe. So sieht sie gerade aus! Dass ich nicht lache! MM für Arme, wie man so schön sagt.« Er schniefte verächtlich. »Dabei klingt ihr Nachname eher wie'n schlechter Künstlername. Morana! So heißen Zirkusleute, Wahrsagerinnen oder irgendwelche Esoterikfreaks.«

Florence musste unwillkürlich lachen.

»Ach, Alain, ich wusste gar nicht, dass Sie so viel Humor besitzen.«

»Tja, Galgenhumor, *Patron*. Was bleibt einem denn anderes übrig?« Er holte den Autoschlüssel aus der Tasche. »Fahren wir gleich zu diesem Aimé Bonnafoux oder erst auf den Hameau de Bastide?«

»Erst zu Bonnafoux, dann nochmals zum Tatort. Anschließend auf den Hügel und zum Schluss in die Epicerie.«

»Also auf in die Sackgasse. Hoffentlich ist das nicht wörtlich zu verstehen.«

Mit riesigen Schritten stürmte Aimé nach Hause. Beinahe hätte er die junge Denise Vaurien aus dem Nachbarhaus umgestoßen, die gerade ihren Kinderwagen auf den Bürgersteig bugsierte und ihm ein paar böse Worte nachrief.

Vollkommen außer Atem drosselte Aimé seine Schritte. Leise öffnete er das Hoftor. Seine Mutter befand sich auf ihrem morgendlichen Spaziergang durch den Garten. Sie bemerkte ihn nicht, und Aimé hatte plötzlich eine Idee, die er sogleich in die Tat umsetzte. Er schlich sich ins Haus, durch die Küche in die Speisekammer. Hier konnte ihn niemand sehen. Hier würde ihn keiner finden. Sein Blick fiel auf die beiden prächtigen Schweineschinken, die da im Halbdunkel auf ihrem Reisigbett lagen. Er hatte sie eigenhändig bei der Schlachtung herausgelöst, gesäubert und eingepökelt. Hatte *Maman* ihm nicht gesagt, dass sie gewendet werden müssten? Behutsam packte er mit seinen großen, starken Händen erst den einen, dann den anderen Schinken und drehte sie um. Aus einem Keramiktopf nahm er eine Hand voll grobes Salz, um die Seiten damit zu bestreuen.

Plötzlich hörte er, wie die Küchentür aufging. Er kannte den Schritt seiner Mutter. Sie schlurfte zum Kamin und warf ein neues Holzscheit ins Feuer. Dann setzte sie sich an den Küchentisch. Aimé hörte ihren rasselnden Atem. Es klang wie das Geräusch seiner Motorsäge, kurz bevor sie den Geist aufgab und Benzin nachgefüllt werden musste. In dem Moment bremste ein Auto vor dem Haus. Aimé zuckte zusammen, versteckte das Gesicht in seinen Händen. Dann hielt er sich die Ohren zu. Erst nach einiger Zeit löste er die Finger aus den Ohren und hörte gerade noch, wie die Stimme der Polizistin in der Küche sagte:

»Gut, Madame, wenn er wiederkommt, richten Sie ihm aus, dass wir ihn sprechen möchten. Er braucht keine Angst zu haben, wir wollen ihm nur ein paar Fragen stellen.«

»Ich sag's ihm«, antwortete Edwige. »Aber Aimé ist ein guter Junge. Er hatte noch nie was mit der Polizei zu tun. Niemand in unserer Familie!« Dann fiel die Küchentür ins Schloss, Schritte entfernten sich, auch die seiner Mutter. Das Auto wurde gestartet, und kurz darauf verlor sich das Motorengeräusch.

Aimé verhielt sich weiterhin ganz still. Er würde so lange hier warten, bis sich eine gute Gelegenheit ergab, die Speisekammer heimlich wieder zu verlassen.

Hatte seine Mutter ihm nicht gesagt, er sollte die Schinken umdrehen? Vorsichtig wuchtete Aimé die beiden Stücke auf die andere Seite und streute eine Hand voll Salz darauf. Dann setzte er sich auf eine leere Obstkiste und wartete.

11

Heiligabend, gegen 11 Uhr

Es hatte angefangen zu schneien. Die kleinen Flocken fielen zögerlich vom grauen, tief hängenden Himmel, als müssten sie es sich noch einmal überlegen.

»Beeilen wir uns, Alain, der Himmel hängt voller Schnee.« Florence stieg aus dem Wagen, den Alain an derselben Stelle des Waldweges geparkt hatte wie letzte Nacht. Mit zügigen Schritten gingen sie zur Lichtung, wo die Leiche gefunden worden war.

Griffard und zwei weitere Männer der Spurensicherung waren bereits seit mehreren Stunden bei der Arbeit. Sie hatten nochmals sorgfältig die Umgebung des Wohnwagens abgesucht, doch nichts gefunden.

»Schon Resultate aus dem Labor?«, fragte Florence.

»Nein.« Griffard schüttelte den Kopf. »Aber die Kollegen haben mir heute Morgen versprochen, dass um die Mittagszeit die ersten Ergebnisse vorliegen.«

»Na, da sind wir ja gespannt.« Alain schlug den Kragen seiner Jacke hoch und steckte fröstelnd die Hände in die Taschen.

Florence drehte sich um, blickte den Weg zurück, den sie gerade gekommen waren. Sie zeigte auf ein paar Häuser, die sich in der Ferne auf einem Hügel befanden.

»Sehen Sie mal, Alain. Von dort aus hat man ja einen phantastischen Blick hierher. Das muss dieser Hameau de Bastide sein, wo wir gleich hinwollen. Von der Nationalstraße aus haben wir die Häuser gar nicht sehen können.« Sie warf einen letzten Blick auf die Lichtung, die bald völlig verschneit sein und das Geheimnis, das sie barg, unter einem weißen Kissen begraben würde.

Wenig später fuhren sie den steilen Zufahrtsweg hoch, der zum Weiler La Bastide führte. Allmählich war das Schneetreiben stärker geworden, aber es würde sicher noch eine Weile dauern, bis der Weg nicht mehr befahren werden konnte.

»Wenn richtig Schnee liegt, kommen die von hier oben nicht weg.« Alain bremste den Wagen vor dem Haus.

La Bastide bestand aus einer Ansammlung von vier bis fünf Häusern. Bis auf ein großes Gebäude in der Mitte des Komplexes, mit weißen Fensterläden und mächtigen Außenmauern aus Natursteinen, war alles verfallen, mit Efeu und Brombeerranken überwuchert.

– Im Sommer muss es hier von Schlangen und Skorpionen nur so wimmeln, dachte Florence. Aber wer Ruhe und Einsamkeit suchte, für den war der Weiler ein ideales Plätzchen.

Zwei Schäferhunde sprangen über den Vorplatz, wo ein robuster Allradwagen geparkt war. Sie bauten sich vor dem Polizeifahrzeug auf und bellten wie wahnsinnig.

»Verschwindet! Los, weg da!« Alain klopfte von innen gegen die Scheibe, doch die Hunde waren außer Rand und Band.

Energisch drückte Florence auf die Hupe. Kurz darauf wurde die Haustür geöffnet. Eine Frau Anfang vierzig mit schwarzem Haar und großer, schlanker Modelfigur scheuchte die Hunde hinters Haus. Sie trug grau-schwarz gestreifte Leggins mit passendem Pullover, dazu elegante Stiefeletten im Tigerlook.

Florence kurbelte das Fenster herunter.

»Sie sind Madame Roux?«

»Ja, warum? Was wünschen Sie?« Misstrauisch wanderte ihr Blick von Florence zu Alain und zurück. Jetzt gesellte sich ein untersetzter Mann zu ihr, mindestens einen Kopf kleiner als sie.

»Was ist denn los, Francie?«

»Polizei.« Florence stieg aus dem Auto und hielt den beiden ihren Dienstausweis unter die Nase. »Kommissarin Labelle. Und das ist Inspektor Roche. Dürfen wir einen Moment hereinkommen, Monsieur?«

»Na ja, eigentlich passt es uns jetzt nicht …« Gilles blickte seine Frau Hilfe suchend an, als brauchte er ihr Einverständnis. Dann lachte er.

»Wenn es unbedingt sein muss, kommen Sie.«

Als sie die geräumige Halle betraten, blickte sich Florence um. Das Haus war aufwendig renoviert worden und zeugte von Geschmack und Großzügigkeit der Besitzer. Es gab kostbare Antiquitäten, kombiniert mit modernen Gemälden. Der Fußboden war von erlesenem Material: nahtlos verfugte Marmorplatten, rombenartig zugeschnitten. Florence erkannte sofort die Handschrift. Dies musste einer von Cathérine Volets Entwürfen sein. Seit ihrem Rücktritt von der Bühne hatte sie sich auf das Gestalten teurer und exklusiver Marmorböden für Schlösser und Landhäuser spezialisiert.

»Ein wunderbarer Fußboden«, bemerkte Florence und lächelte verstohlen.

»Marmor. Ein Unikat. Es gibt ihn nur ein einziges Mal auf der Welt.« Gilles Roux lächelte stolz und bot den beiden Polizeibeamten die Fauteuils vor dem Kamin an.

Florence kam zur Sache. »Heute Nacht wurde auf einem Weg in der Nähe der Müllkippe die Leiche einer Frau gefunden. Und zwar in einem Wohnwagen, der völlig ausgebrannt war.«

»Ach ja? Mein Gott, wie furchtbar!« Frances Roux sah ihren Mann erschrocken an. Der erwiderte ihren Blick nur kurz, setzte sich auf das Ledersofa und suchte nervös nach seinem Taschentuch.

»War das ein Unfall? Ich meine …« Er beendete seinen Satz nicht, da er in diesem Moment heftig niesen musste.

»Gesundheit«, sagte Florence.

»Danke.« Gilles Roux hatte sein Taschentuch hervorgezogen und schnäuzte sich diskret.

Florence kam ohne Umschweife wieder zur Sache.

»Da Sie von hier oben einen weiten Blick ins Land haben, dachten wir, Sie hätten vielleicht in den letzten Tagen irgendetwas bemerkt.«

»Was denn?«, fragte Gilles. »Was sollen wir bemerkt haben?«

Alain blickte ihn ironisch an.

»Wir wollen Ihnen nicht sagen, *was* Sie bemerkt haben sollen. Wir fragen lediglich, *ob* Ihnen in letzter Zeit, speziell gestern, irgendetwas aufgefallen ist.«

»Nein, nichts. Oder hast du irgendwas gesehen, Francie?«

Frances schüttelte vehement den Kopf. »Nein, dann hätte ich dir das doch gesagt!«

Florence bemerkte, dass eine der angrenzenden Türen einen Spalt offen stand. Das Zimmer, das dahinter lag, ging wahrscheinlich nach Norden, also mit Blick auf die Müllkippe.

»Könnte ich da mal einen Blick hineinwerfen?« Ohne eine Antwort abzuwarten, war Florence aufgestanden und hatte die Tür aufgestoßen. Der Raum war groß, ebenfalls äußerst geschmackvoll eingerichtet. Nach vorn, zur Terrasse hin, wurde er durch eine riesige Fensterfront abgeschlossen. Sofort entdeckte Florence das große Fernglas, das griffbereit auf einem Tischchen stand. Ein hochwertiges Profiglas. Jäger benutzten so etwas, Seeleute, Rettungsmannschaften im Gebirge oder das Militär.

Gilles Roux war ihr mit wenigen Schritten gefolgt und protestierte höflich, aber bestimmt.

»Ich muss doch sehr bitten, *Commissaire*! Sie platzen einfach hier bei uns herein, ohne dass ein ersichtlicher Grund vorliegt, und benehmen sich so, als wären Sie hier zu Hause. Mit welchem Recht, Madame? Sind das die neuen Polizeimethoden in Frankreich?«

»Es sind die neuen und alten Polizeimethoden, wenn es um Mord geht, Monsieur«, antwortete Florence, nahm das Glas und richtete es auf den Waldweg und die Lichtung bei der Müllkippe, die bereits mit bloßem Auge zu sehen waren. Gerade fuhr der letzte Polizeiwagen vom Gelände des Tatorts. Florence erkannte Griffard am Steuer und einen seiner Kollegen auf dem Beifahrersitz. Das Bild war ungewöhnlich scharf, brillant und vergrößerte so stark, dass man sogar das große Muttermal auf Griffards Stirn erkennen konnte.

»Eine wunderbare Aussicht haben Sie von hier«, sagte Florence und reichte Alain, der inzwischen hinter ihr stand, das Fernglas. Als er hindurchsah, stieß er einen kurzen Pfiff aus.

»Oh, là là … Und da behaupten Sie, Ihnen wäre in den letzten Tagen nichts aufgefallen? Gestern hat es dort, wo gerade der Wagen wegfährt, gebrannt. Ein Wohnwagen, wie die Kommissarin vorhin bereits erwähnte. Die Leute aus dem Dorf haben uns gesagt, dass er schon seit ein paar Jahren dort stand.« Alain stellte das Glas auf den Tisch zurück.

»Tatsächlich? Ach, wissen Sie, Monsieur, wir sind viel zu beschäftigt, um pausenlos in die Landschaft zu blicken. Kann sein, dass da ein Wohnwagen stand, aber an der Müllkippe steht ohnehin so viel Gerümpel!« Gilles Roux lächelte die beiden Beamten erneut an.

Florence blickte dem Hausherrn direkt in die Augen. – Große, beinahe verträumt wirkende Augen, dachte sie. Ungewöhnlich für einen Mann. Er sieht aus, als könnte er kein Wässerchen trüben. Zu glatt, zu höflich, zu unergründlich … Florence hatte das Gefühl, dass er nicht die Wahrheit sagte.

»Ich frage Sie zum letzten Mal, Monsieur, ist Ihnen gestern oder an einem der letzten Tage dort hinten irgendetwas aufgefallen? Haben Sie oder Ihre Frau mit Ihrem Fernglas irgendetwas beobachtet? Einen Wohnwagen? Leute, die dort hinfuhren?«

Frances Roux schüttelte heftig den Kopf.

»Nein, *Commissaire*, nichts. Weder mein Mann noch ich.«

Florence gab Alain ein kurzes Zeichen zum Aufbruch.

»Na gut, da kann man nichts machen. Vielen Dank, Monsieur. Madame ...« Ohne den beiden die Hand zu reichen, verließen die Polizeibeamten den Salon und gingen durch die Halle zum Ausgang. An der Tür drehte sich Florence noch einmal um.

»Ach, was ich noch fragen wollte: Was machen Sie eigentlich beruflich, Monsieur?«

»Ich bin Grafiker und Zeichner. Ich arbeite für alle möglichen Zeitschriften und Magazine.«

»Was für Zeitschriften sind das?«

»Ganz unterschiedliche. Kunstmagazine, Modezeitschriften. Hauptsächlich amerikanische und kanadische.«

»Und worin besteht die Tätigkeit eines Grafikers bei einer Modezeitung?«

»Zum Beispiel im Zeichnen eines Comics oder eines Cartoons. Manche Zeitschriften bringen jede Woche einen Comic.«

»Und Sie haben eine Idee, zeichnen sie und betexten sie auch?«

»Ja. Doch der Text ist eher unwichtig. Ein Bild lebt durch seine Ausdruckskraft.«

»Aha, ich verstehe. Und Sie, Madame?«

»Ich bin Journalistin. Ich schreibe Life-Style-Artikel, manchmal auch Kochrezepte.«

»Ebenfalls für ausländische Publikationen?«

»Ja. Genau wie mein Mann. Meine Vater war Amerikaner, meine Mutter Französin. Ich habe beide Staatsbürgerschaften. Wir haben sehr gute berufliche Kontakte nach Nordamerika.«

»Tja dann – frohe Weihnachten. Und entschuldigen Sie bitte die Störung!«

»Keine Ursache. Tut mir Leid, dass wir Ihnen nicht weiterhelfen konnten.«

Die Haustür fiel ins Schloss.

12

Heiligabend, 12 Uhr 45

Als sie den Hameau verließen, drückte Alain aufs Gaspedal und wäre beinahe vor der ersten Kurve ins Schleudern geraten, weil die Schneedecke schon relativ dick war. Er schaltete in einen höheren Gang, blickte Florence von der Seite an und lächelte schief. Florence ahnte seine Gedanken.

»Ich weiß, Alain. Irgendwas stimmt bei den beiden nicht. Bei dieser phantastischen Aussicht auf den gesamten Tatort kann ich mir schwer vorstellen, dass die *nicht* irgendetwas beobachtet haben.«

»Genau. Sonst hätte ja das Fernglas nicht so griffbereit gestanden. Haben Sie bemerkt, wie erschrocken die beiden waren, als wir den Feldstecher sahen?«

»Das Problem ist nur, wie wir das beweisen wollen. Es ist nicht verboten, einen Feldstecher zu besitzen und damit die Gegend abzusuchen. Bislang gibt es keinen Punkt, wo wir einhaken könnten. Wir sind genauso schlau wie vorher.«

Sie fuhren eine Weile schweigend über die verschneite Nationalstraße.

»Hab ich Ihnen eigentlich je erzählt, warum ich zur Polizei gegangen bin, *Patron*?«, sagte Alain aus heiterem Himmel, als sie nach Puech-Soleil abbogen.

»Nein. Warum?«

»Ich bin in Tours aufgewachsen. Mein Vater hatte dort eine gut gehende Tischlerei. Wir waren drei Geschwister.«

»Ach ja? Ich dachte, Sie hätten nur eine ältere Schwester, die früher in der Schule so ein Überflieger war?«

»Nein, ich hatte noch eine Schwester. Sie war zwei Jahre

jünger als ich. Ich war das Kind in der Mitte, und ich musste immer auf die Kleine aufpassen. Sie beschützen, wie mein Vater mir frühzeitig beibrachte. Eines Tages, wir verbrachten den Nachmittag an einem unserer bevorzugten Plätze am Ufer der Loire, kamen ein paar Jungen aus der Nachbarschaft. Die hänselten mich, weil ich wieder mal auf Juliette aufpassen musste. Da habe ich mich geniert und zu Juliette gesagt, sie solle sich nicht vom Fleck rühren, ich käme in einer halben Stunde wieder. Ich hab sie allein am Uferstrand zurückgelassen und bin mit meinen Kameraden weggegangen. Als mich kurz darauf das schlechte Gewissen plagte, lief ich zurück, doch von Juliette keine Spur. Sie war verschwunden. Halb tot vor Angst bin ich dann irgendwann nach Hause gerannt. Nachdem mein Vater mich windelweich geschlagen hatte, wurde die Polizei alarmiert. Die Suchmannschaften waren die ganze Nacht mit Hunden unterwegs. Taucher suchten den Fluss ab, vergeblich. Vier Tage später fand man sie, in einem Steinbruch außerhalb der Stadt. Sie war vergewaltigt und erschlagen worden, im Alter von fünf Jahren. Meine Mutter überlebte diesen schrecklichen Schock nur kurze Zeit. Sie starb im Jahr darauf.«

Eine beklemmende Stille hatte sich im Wagen breit gemacht. Schließlich brach Florence das Schweigen. Leise sagte sie:

»Mein Gott, Alain, wie entsetzlich. Das tut mir unendlich Leid. Ich kann mir vorstellen, dass Sie Ihr Leben lang unter Schuldgefühlen gelitten haben.«

»So ist es, *Patron*. Und um einen Teil dieser Schuld abzutragen, habe ich mir schon damals als Junge geschworen, dass ich später einmal mithelfen will, solche Dreckskerle hinter Schloss und Riegel zu bringen. Deswegen bin ich Polizist geworden. Das Schwein, das meiner Schwester das angetan hat, ist nie gefasst worden. Wer weiß, wie viele Kinder der noch auf dem Gewissen hat.«

»Lassen Sie mich nur eines dazu sagen, Alain, denn diese

Geschichte geht mir ganz schön an die Nieren: Ich bin froh, dass Sie *nicht* die Tischlerei Ihres Vaters übernommen haben. Ich halte Sie nämlich für einen sehr guten Polizisten und würde ungern auf Sie verzichten.«

»Danke, dass Sie das sagen, *Patron*.«

Sie waren in Puech-Soleil angekommen. Der Ort lag ausgestorben in der winterlichen Landschaft und schien sich unter der immer dicker werdenden Schneedecke zu verstecken. Ein paar Reifenspuren auf der Straße, kaum Fußspuren. Puech-Soleil bereitete sich auf das Weihnachtsfest vor. In den Häusern wurden die Tannenbäume geschmückt, Geschenke eingepackt. Sehnsüchtig dachte Florence an die große Fichte, die gestern von der Gärtnerei geliefert und sicher schon von zwei Landarbeitern in der Halle auf *Les Oliviers* aufgestellt worden war. Nun musste sie nur noch geschmückt werden …

Florence bat Alain, vor der Epicerie zu halten. Inzwischen war es kurz nach eins, es schneite unentwegt. Sie wählte über ihr Handy die Nummer von Dr. Brochet in Nîmes.

»Gerade habe ich meinen Bericht abdiktiert, *Commissaire*. Ich fasse mal das Wichtigste zusammen.«

Florence hörte konzentriert zu, stellte hin und wieder eine Zwischenfrage. Dann war das Gespräch beendet. Sie gab die Details an Alain weiter.

»Die Obduktion hat Folgendes ergeben. Todeszeitpunkt: Zwischen 15 und 17 Uhr am 23. Dezember, also gestern. Die Todesursache war, wie bereits vermutet, nicht der Brand. Brochet hat keine Rußeinatmungen in Lunge und Bronchien feststellen können, auch keine Rußteilchen im Magen. Sie war also definitiv bereits tot, als das Feuer ausbrach.«

»Was war denn die Todesursache?«

»Sie ist erstickt. Das Blut in Herz und Gefäßen war bei der Obduktion noch flüssig. Kehlkopf- und Zungenbein waren gebrochen. Am Hals fanden sich Würgemale. Jemand hat sie erwürgt.«

»Und das andere? Ich meine die Vergewaltigung.«

»Durch den Scheidenabstrich konnte Sperma nachgewiesen werden. Eine genaue DNS-Analyse liegt erst nach Weihnachten vor.«

»Da sie Prostituierte war, erklären sich die Spermaspuren. Vielleicht ist sie gar nicht vergewaltigt worden.«

»In dem Fall liegen die Dinge anders, wie Brochet mir eben sagte. Sie hat schwere Verletzungen im Anal- und Vaginalbereich.«

»Gut. Ich fasse zusammen, *Patron*: Sie ist eindeutig erwürgt und vorher oder nachher sexuell missbraucht worden und nicht –«

Florence unterbrach ihn.

»Vorher. Da ist sich Brochet ganz sicher. Sie ist vergewaltigt worden, bevor sie erstickte.«

Florence suchte aus ihrem Adressbuch die Nummer des Labors. Nach einer Weile meldete sich Griffard.

»Hier Kommissarin Labelle. Wie weit sind Sie mit Ihren Resultaten?«

»Dr. Brochet gab uns heute Morgen den Fingerabdruck der Toten, und wir haben ihn mit den von uns sichergestellten verglichen. Auf dem Fahrrad sind eindeutig ihre Abdrücke, und zwar nur ihre. Das trifft auch für den Karton und die darin gefundenen Gegenstände zu. Ansonsten ist sie sauber, ich meine, die Fingerabdrücke der Toten sind nicht im Computer. Also keine Vorstrafen.«

»In dem Fall wäre es mir lieber, sie hätte welche. Dann hätten wir nämlich ihre Identität. Faserreste, irgendwelche anderen Details?«

»Der Wohnwagen wurde mit einem Zweig durch die geöffnete Tür in Brand gesetzt. Im Inneren des Wagens waren weitere Fingerabdrücke nachzuweisen, sowohl vom Opfer als auch von Dritten. Unter den Trümmern haben wir den angesengten Rest einer spanischen Tageszeitung gefunden.«

»Sind Sie sicher, dass es eine spanische Zeitung ist?«

»Natürlich, *Commissaire*. Einer der Kollegen spricht fließend Spanisch. Es gibt keinen Zweifel.«

»Ist die Zeitung neueren Datums?«

»Von gestern oder vorgestern, nach dem zu urteilen, was wir aus der Schlagzeile rekonstruieren konnten.«

»Fingerabdrücke?«

»Ist ein bisschen schwierig. Wir müssen aufpassen, dass die Zeitung nicht zerfällt. Nach Weihnachten hoffe ich, Ihnen mehr sagen zu können. Noch etwas Wichtiges, *Commissaire*: Wir haben auch ein Handy gefunden. Aber da können wir noch nichts Genaues sagen. Die Untersuchung wird ebenfalls bis nach Weihnachten dauern. Der Kollege, der bei uns Spezialist für derartige Dinge ist, befindet sich noch im Urlaub.«

»Gut, da ist nichts zu machen. Ich danke Ihnen. Frohe Weihnachten, Monsieur Griffard!«

13

Florence berichtete Alain vom Fund der spanischen Zeitung und des Handys.

»Komisch.« Alain schüttelte viel sagend den Kopf. »Schon wieder ein Hinweis auf Spanien. Ein Fächer, Kastagnetten, ein Foto des spanischen Königs – und jetzt die Zeitung. Man könnte meinen, das Opfer war Spanierin.«

»Auf den Gegenständen im Karton sind ausschließlich ihre Fingerabdrücke. Deshalb vermute ich, dass die Sachen ihr gehört haben. Von daher gibt es sicher irgendeine Verbindung zum Nachbarland.«

»Sollten wir uns nicht an die spanischen Kollegen wenden?«

»Ja, am besten gleich nach Weihnachten. Vorerst ermitteln wir auf nationaler Ebene. Rufen Sie gleich mal bei der Vermisstenstelle an und fragen Sie nach allen Vermisstenmeldungen im Département und den drei Nachbardépartements. Vielleicht ergibt auch die Untersuchung des Handys einen Hinweis auf die Identität der Toten.«

»Wenn Kollege Brinçon es nach Weihnachten untersucht, haben wir eine Chance, dass er noch irgendeine Information aus dem Ding rausholt. Er ist ein echter Profi auf dem Gebiet, *Patron*.«

»Hoffentlich. Wissen Sie was, Alain? In Deutschland müssten wir bis zum 27. Dezember warten, bis irgendwelche Resultate aus dem Labor vorlägen. Dort gibt es nämlich im Unterschied zu Frankreich zwei Weihnachtsfeiertage. Wir können den Kollegen vom Labor Gott sei Dank schon übermorgen wieder Dampf machen. Und das tun wir auch.«

»Gut. Als Erstes gehe ich die Vermisstenmeldungen durch.«

»Wer weiß, vielleicht haben wir Glück und irgendjemand macht sich Sorgen um die tote Frau.«

»Das wäre zu wünschen.«

»Von ihrer Familie, wenn sie eine gehabt hat, muss niemand wissen, welchem Métier sie nachgegangen ist.«

»Wissen *wir* das eigentlich so genau, *Patron*?«

»Nein, Alain, das wissen wir natürlich nicht mit Sicherheit. Aber es spricht doch einiges dafür, oder?«

»Das heißt, wir suchen nach der berühmten Nadel im Heuhaufen.« Alains Stimme klang resigniert. Er wusste, dass er die Reise zu seiner Schwester nach Grenoble endgültig abhaken konnte.

»So ungefähr.«

»Nach Weihnachten könnten wir eine Reihenuntersuchung aller männlichen Bewohner des Ortes ins Auge fassen. Genetischer Fingerabdruck. Dr. Brochet hat doch Spermaspuren.«

Florence lachte ironisch.

»Sie träumen wohl, Alain! Glauben Sie, die Staatsanwaltschaft genehmigt ein so aufwendiges und kostenintensives Verfahren, das uns zudem die ganze Presse auf den Hals hetzen würde, wegen *eines* Sexualverbrechens? Noch dazu an einer mutmaßlichen Wohnwagenprostituierten? Nein. Das Gespräch über einen Speicheltest in großem Stil kann ich mir ersparen. Der Kreis der Verdächtigen müsste stark eingegrenzt sein. Der Täter kann auch ein Fremder gewesen sein, der wusste, dass sie da gearbeitet hat. Außerdem müssten mindestens noch zwei, drei ähnlich gelagerte Morde hier in der Gegend geschehen. Und das wünscht sich doch keiner von uns.«

In dem Moment kamen zwei Mädchen die Straße entlanggelaufen. Sie waren etwa zwölf und bewarfen sich lachend mit Schneebällen.

Rasch öffnete Florence die Autotür und stieg aus.

»He, ihr beiden! Kann ich euch mal was fragen?«

Die Mädchen sahen sich kurz an, flüsterten kichernd etwas, das Florence nicht verstand. Dann sagte die kleinere von ihnen, mit rotem Schal und roter Wollmütze:

»Ja, was denn?«

»Sagt mal, ihr wohnt doch hier im Ort, oder?«

Die Mädchen nickten.

»Dann kennt ihr ja auch die meisten anderen Einwohner. Habt ihr mal gesehen, dass eine fremde Frau auf einem Fahrrad hier ins Dorf gekommen ist?«

»Hier haben einige Leute ein Fahrrad«, lispelte das andere Mädchen.

»Nein, ich meine eine Frau, die nicht im Dorf wohnt, aber ab und zu mal mit dem Fahrrad herkommt. Eine Fremde.«

»Ach ja, die!« Das Mädchen mit der roten Mütze lachte. »Da kauft manchmal eine bei uns ein. Aber die wohnt nicht hier.«

»Wo wohnt sie denn?«

»Ich hab mal gehört, wie mein Vater zu einem Kunden sagte, die wohnt auf dem Campingplatz.«

»Auf dem Campingplatz? Ist denn hier ein Campingplatz in der Nähe?«

Das Mädchen zuckte mit den Schultern, und die, die lispelte, sagte: »Nee, eigentlich nicht.«

»Kann es sein, dass sie in dem alten Wohnwagen hinten an der Müllkippe gewohnt hat?«

»Das glaube ich nicht.«

»Habt ihr manchmal da draußen gespielt? Ihr oder andere Kinder? Am Wohnwagen, meine ich?«

»Nee, draußen an der Müllkippe spielen wir fast nie. Weil es da meistens stinkt.«

Plötzlich wurde ein Fenster im ersten Stock der Epicerie geöffnet. Eine etwa fünfunddreißigjährige Frau mit Kittelschürze, dicker Brille und einem karierten Kopftuch beugte sich heraus.

»Sandrine! Komm sofort rein! Das Mittagessen ist fertig!

Außerdem hab ich dir schon hundertmal gesagt, du sollst nicht mit Fremden reden! Und du, Nicole, geh nach Hause. Deine Eltern haben schon bei uns angerufen.«

Das Fenster wurde zugeknallt.

Nicole verabschiedete sich rasch von ihrer Freundin, drehte sich um und rannte die Straße hinunter.

Sandrine mit der roten Mütze öffnete die Haustür ihres Elternhauses, lächelte Florence noch einmal kurz zu und verschwand.

»Vielen Dank, Sandrine!«, rief Florence ihr nach, doch sie war sich nicht sicher, ob das Mädchen das noch hören konnte.

Alain, der den ganzen Dialog durch das heruntergekurbelte Fenster verfolgt hatte, stieß einen leisen Pfiff aus.

»Das hört sich ja ganz so an, als hätten wir eine heiße Spur.«

Florence klopfte sich den Schnee von ihrem Lammfellmantel und beugte sich zu ihm.

»Also, Alain, worauf warten Sie noch? Gehen Sie in die Epicerie und befragen Sie die Leute. Ich versuche inzwischen, Ermittlungsrichterin Colombier zu erreichen.«

»Die ist sicher schon im Skiurlaub.«

»Dann hat sie auf jeden Fall einen Stellvertreter.«

»Wer mag das wohl sein? Wenn es Poulin ist, haben wir nichts zu lachen, *Patron* ...«

»Warten wir's mal ab, Alain. Danach rede ich mit diesem Aimé Bonnafoux. Wenn Sie in der Epicerie fertig sind, holen Sie mich dort ab. Und vergessen Sie nicht den Anruf bei der Vermisstenstelle!«

Als Florence wenig später erneut die Wohnküche der Familie Bonafoux betrat, war der geistig behinderte Mann immer noch nicht aufgetaucht. Auf die Frage, was ihr Sohn am Vortag gemacht hätte, sagte seine Mutter Edwige, dass er bis zum Nachmittag mit ein paar Freunden auf der Jagd gewesen sei. Florence fragte nach den Namen dieser Männer, doch Edwige wusste sie nicht. Unverrichteter Dinge musste Florence das Haus Bonnafoux verlassen.

Inzwischen war es fast siebzehn Uhr. Die Straßenlaternen brannten bereits, und das Schneetreiben war so dicht, dass man kaum die Hand vor Augen sehen konnte.

Alain hatte die Eheleute Sabran, die die Epicerie betrieben, nach der fremden Frau mit dem Fahrrad befragt. Tatsächlich bestätigten sie, dass hin und wieder eine Fremde mit einem Fahrrad nach Puech-Soleil kam, um einzukaufen. Woher sie kam und was sie machte? Sie hatten keine Ahnung. Dass sie auf einem Campingplatz wohnen würde? Das musste Sandrine falsch verstanden haben. Der Wohnwagen? Der stand schon so lange da ... Wohnwagenstrich? Davon hätten sie nichts gehört. Die Müllkippe? Die sei eine Schande für die ganze Gegend, aber sie selbst würden nie Abfälle irgendwelcher Art dort abladen. Der Name der Frau? Den wussten sie nicht. Sprach sie mit ausländischem Akzent, hätte sie Spanierin sein können? Auf keinen Fall, sie sprach wie eine Einheimische, mit ausgeprägtem südfranzösischen Akzent. Eine möglichst genaue Personenbeschreibung? Etwa einen Meter sechzig groß, schwarze Haare, dunkle Augen. Ein schmales Gesicht. Und auffällig schräg stehende Zähne.

Keine Frage, es handelte sich mit großer Wahrscheinlichkeit um die Tote aus dem Wohnwagen. Aber Florence Labelle und ihr Mitarbeiter Alain Roche hätten genauso gut nach einem Phantom suchen können. Keine der vermissten Personen in den umliegenden Départements stimmte mit der Beschreibung überein. Alles, was sie hatten, war die halb verkohlte Leiche einer Frau mit dem vermutlichen Namen Joséphine, die mit südfranzösischem Akzent gesprochen hatte. Kein wirklich konkreter Hinweis auf eine andere Nationalität. Irgendwann war sie in diese Gegend gekommen und hatte sich in dem alten Wohnwagen einquartiert. Die einzig greifbare Spur, die sie hinterlassen hatte, war die ihres gewaltsamen Todes.

»Etwas Interessantes hab ich allerdings doch erfahren. In der Epicerie haben sie gesagt, dass gestern bis zum frühen

Nachmittag Schüsse zu hören gewesen seien, weil eine Gruppe von Jägern in der Nähe der Müllkippe eine Treibjagd auf Wildschweine veranstaltet hätte.«

»Ja. Das deckt sich mit der Aussage von Madame Bonnafoux.«

»Tja, *Patron*, ich glaube, da sind Sie jetzt gefragt.«

»Inwiefern?«

»Hat nicht einer Ihrer Verwandten ein Buch über die Wildschweinjagd geschrieben?«

»Mein Großvater. Aber denken Sie bloß nicht, ich hätte es bis ins Detail gelesen. Ich bin nämlich gegen die Jagd. Doch so viel weiß ich, dass bei einer Treibjagd die Schusslinie auf breiter Fläche angelegt wird. Wenn sich die Schusslinie unweit der Müllkippe befand, müssten die Jäger auch in der Nähe des Wohnwagens gewesen sein. Wann haben die Leute die Schüsse gehört?«

»Mit Unterbrechungen bis mittags. Und Aimé Bonnafoux soll auch dabei gewesen sein.«

»Das sagte seine Mutter auch. Wer war noch dabei?«

»Das wussten die Leute nicht. Sie haben nur Bonnafoux nach Hause gehen sehen.«

»Um wie viel Uhr?«

»Das konnten sie nicht sagen. Sie wussten lediglich, dass es noch nicht dunkel war. Also vor 16 Uhr 30.«

»Gut, Alain, das ist ein Punkt, an dem wir weitermachen. Bei den Jägern.«

»Jetzt?! In einer Stunde liegt der Schnee so hoch, dass wir hier nicht mehr wegkommen, *Patron*.«

Florence dachte einen Moment nach.

»Da haben Sie Recht. Wir sollten vielleicht doch bis morgen warten, zumal Aimé Bonnafoux immer noch nicht wieder aufgetaucht ist.« Florence blickte auf die Uhr. Gleich fünf. »Fahren Sie mich nach *Les Oliviers*, Alain«, sagte sie zu ihrem Assistenten. »Heute erreichen wir wahrscheinlich sowieso nichts mehr.«

»Man muss auch verlieren können, *Patron*.«

»Freuen Sie sich nicht zu früh, Alain. Wenn die Wetterverhältnisse morgen noch genauso sind, besorgen wir von der Gendarmerie einen Wagen mit Allradantrieb.«

»Hoffentlich haben die überhaupt so was.«

»Wenn nicht, wenden wir uns an die Feuerwehr. Die verfügen über Jeeps für die Waldbrand-Patrouillen.«

»Stimmt.«

»Dann fahren wir wieder nach Puech-Soleil und beschäftigen uns mit der Gruppe der Jäger, die am Tag des Mordes so munter auf Wildschweinjagd war. Es muss doch irgendeinen Sinn haben, dass dieser Aimé Bonnafoux sofort gesagt hat, er wär's nicht gewesen. Sein ganzes Verhalten deutet darauf hin, dass er irgendetwas weiß. Nicht umsonst ist er den ganzen Tag schon spurlos verschwunden.«

14

Heiligabend, gegen 19 Uhr

Unaufhaltsam eilte die Zeit davon und nahm Träume und Illusionen mit sich.

Vieles im Leben von Martine Morana war schief gegangen. Ihre Pläne, Puech-Soleil in jungen Jahren zu verlassen und nach Marseille oder Paris zu gehen, waren gescheitert. So wie ihre drei Ehen gescheitert waren. Ihr letzter Mann, Jacques Morana, Gelegenheitsarbeiter und Freizeit-Don-Juan, hatte sie von einem Tag zum anderen wegen einer reichen Witwe verlassen, die etliche Jahre älter war als er. Inzwischen lebte er in Aix, wo er mit einer Fünfundzwanzigjährigen liiert war. Die reiche Witwe hatte längst das Zeitliche gesegnet, und ihr beträchtliches Vermögen war auf ihn übergegangen. Er hatte sozusagen ausgesorgt.

Martine warf einen letzten Blick auf den blank geputzten Tresen, löschte das Licht und verließ die Gaststube. Sie ging in den ersten Stock, wo ihre Privaträume lagen.

Heiligabend. Der neunundvierzigste in ihrem Leben.

– Je älter man wird, desto schneller rast die Zeit, dachte sie. Wieder ein Jahr vergangen. Nichts Entscheidendes hatte sich ereignet. Die Tage glichen einander wie die Blätter eines Baumes. Nur etwas war spürbarer geworden: das Alter, das ihr mit jedem Tag näher auf die Pelle rückte und dessen unaufhaltsames Heranschleichen sie mehr und mehr in die Enge trieb. Ein Traum fiel ihr ein, den sie vor Jahren gehabt hatte und von dem sie schweißgebadet aufgewacht war: Sie befand sich mit vielen Menschen in einem schlossartigen, fremden Haus. Die Zimmer waren riesige Säle, gefüllt mit Menschen.

Plötzlich brach eine Panik aus. »Es kommt!«, schrien einige und flüchteten in andere Zimmer. Martine schloss sich ihnen an. Sie wusste im Traum sofort, *was* da kam und wovor die Menschen Angst hatten – das NICHTS. Auf der Flucht vor diesem Nichts rannte sie mit den anderen von Saal zu Saal. Wenn sie zurückblickte, sah sie, dass die anderen Räumlichkeiten, durch die sie soeben noch gelaufen war, mitsamt den Menschen darin bereits vom Nichts verschluckt worden waren. Das Nichts war geräuschlos und hinterließ eine helle, milchig flimmernde Fläche. Als ob auf einem Computerdokument die Schrift gelöscht wurde. Als Martine in den letzten Saal kam, der mit schreienden Menschen voll gestopft war, und sah, wie das alles verschluckende NICHTS langsam, aber stetig näher rückte, wachte sie auf.

Mit knapp fünfzig war Martine nicht mehr jung. Aber auch noch nicht alt. Nur so alt, dass ihre besten Jahre vorbei waren und die Bezeichnung »verblüht« immer treffender erschien.

Früher war sie attraktiv gewesen. Sie hatte Kurven wie Marilyn Monroe, und auch ihre Beine waren nicht schlecht. Jedenfalls hatten die Männer ihr das gesagt. Als Caféhausbesitzerin kam ihr das zugute. Wenn zwanzig, dreißig Kerle die Gaststube bevölkerten, sich kräftig nachschenken ließen und mit ihr herumschäkerten, war Martine in ihrem Element. Inzwischen hatte ihre resolut-geschäftige Freundlichkeit etwas Künstliches und Aufgesetztes. Doch das merkten die Gäste zum Glück nicht.

Das Schlimmste am Älterwerden waren nicht die Falten im Gesicht oder die gekräuselte Oberlippe. Auch nicht die Tränensäcke unter den Augen. Das Schlimmste war die Einsamkeit und der stumpfe Blick nach vorn. Die Gewissheit, von nun an nur noch den verpassten Gelegenheiten und geplatzten Lebensträumen nachzutrauern. Es gab kein Zurück. So wie es keine Zukunftspläne mehr gab. Die Gegenwart kroch unaufhaltsam an das Ende heran.

Joséphine hatte alles schon hinter sich. Obgleich sie noch

jung war, hatte ihr Leben schon früh einen gewissen Endpunkt erreicht. Nicht nur durch ihren plötzlichen und grausamen Tod. Sie war schon lange vorher gestorben …

Martine versuchte, sich Joséphines Gesichtszüge ins Gedächtnis zurückzurufen. Doch es gelang ihr nur ansatzweise. Immer wieder schoben sich Bilder davor: hoch auflodernde Flammen, ein zum Schrei geöffneter Mund und die Räder eines umgekippten Fahrrades, die sich in der Luft drehten. Was hatte Joséphine im Moment ihres Todes gedacht und gefühlt? Was denken Menschen, wenn sie sterben? Wie würde es ihr selbst in ihrer Todesstunde ergehen? Was würden ihre letzten Wahrnehmungen sein? Bei Joséphine mussten es Todesangst und unvorstellbare Qualen gewesen sein …

Im Bad machte sich Martine frisch. Sie reinigte die welke Haut ihres Gesichts und legte neues Make-up auf.

In halbhohen, gefütterten Stiefeln, warm eingepackt in ihren Webpelz, machte sich Martine auf den Weg zu ihrem Bruder und ihrer Schwägerin. Auf der Straße empfing sie ein Reigen dicht tanzender Flocken. Es war still. Nur der Schnee unter ihren Schritten knirschte im Rhythmus der davoneilenden Zeit.

Heiligabend, 19 Uhr 30

»Du hast sie doch auch gekannt, oder?« Martine beobachtete ihren Bruder aus den Augenwinkeln. Sie zündete sich eine Zigarette an.

»Ich? Wie kommst du darauf?«

Yves Latour hatte unwillkürlich seine Stimme gesenkt. Er blickte zur Tür, die einen Spalt offen stand. In der Küche bereitete seine Frau einen kleinen Imbiss vor und unterhielt sich mit ihrem Sohn Christian, der vor einer halben Stunde aus Toulon eingetroffen war.

»Wieso reagierst du denn so komisch?« Genüsslich zog Martine an ihrer Zigarette. »Du hast doch gewusst, dass sie sich in dem Wohnwagen einquartiert hatte.«

»Natürlich wusste ich das. Aber das heißt noch lange nicht, dass ich die Frau gekannt habe.« Yves nahm einen hastigen Schluck aus seinem Pastisglas. »Ich meine –«

»Du meinst, dass du kein Kunde von ihr warst? Das glaube ich dir nicht. Denn bei Simone kommst du doch sicher nicht auf deine Kosten. Du warst genau so'n guter Kunde wie alle anderen. Oder sollte ich mich irren?«

»Ach, Martine, ich muss dir doch nicht meine kleinen Sünden beichten, oder?« Yves grinste, trank den letzten Schluck Pastis und stellte das Glas auf den Tisch. »Ich kann dir sagen, wer es war.«

»Wer denn?«

»Denk doch mal nach. So viele Möglichkeiten gibt es ja nicht.«

»Es gibt so viele Möglichkeiten, wie es Männer hier im Dorf gibt. Theoretisch gesehen, meine ich.« Martine drückte die halb gerauchte Zigarette in den Aschenbecher. »Die Polizei verdächtigt Aimé.«

»Woher weißt du das?«

»Der hat sich heute Mittag bei mir im Café so komisch verplappert.«

Yves lehnte sich im Sessel zurück und verschränkte seine kräftigen Arme über der Brust.

»Aimé war's nicht. Es war Didier.«

»Woher willst du das wissen?«

»Der war Stammkunde bei ihr.«

»Wenn er Stammkunde war, wieso sollte er sie dann ermorden?«

Yves' breite Lippen verzogen sich zu einem wissenden Lächeln.

»Als wir fünfzehn waren, fuhren wir im Sommer mal zusammen ins Ferienlager. Victor Augier, Jean-Paul Chabot, Didier Legrand und ich. Didier hat damals versucht, ein Mädchen zu vergewaltigen. Ich hab dir das nie erzählt. Hier im Dorf wissen das außer mir nur Victor und Jean-Paul. Das Mädchen gehörte zu einer Klasse aus Montpellier. Ich erinnere mich nicht mehr, wie sie hieß. Auf jeden Fall gab's eines Nachts einen Riesenaufruhr. Das Mädchen kam schreiend aus ihrem Zelt gerannt und behauptete, Didier Legrand wäre hereingeschlichen gekommen, hätte sie festgehalten und versucht, ihr das Höschen auszuziehen. Didier wollte die Sache herunterspielen, aber es gab eine Zeugin für den Vorfall. Am nächsten Tag wurde Didier nach Hause geschickt.«

Martine sah ihren Bruder prüfend an. Er hatte sich nicht viel verändert im Lauf seines Erwachsenenlebens. Eigentlich sah er noch so aus wie der halbwüchsige Junge, der mit seinen Freunden auf dem Dorfplatz von Puech-Soleil stand und stolz das Moped präsentierte, das er zum fünfzehnten Geburtstag bekommen hatte. Ihr kleiner Bruder ... Erstaunt stellte Martine fest, dass sie plötzlich so etwas wie Zärtlichkeit für Yves empfand. Sie lächelte.

»Komisch, dass du mir nie was davon erzählt hast.«

»Wir Jungs haben uns damals geschworen, die Sache niemandem gegenüber zu erwähnen. Aus Solidarität mit Didier. Außerdem nahm man doch so was in dem Alter nicht so ernst.«

»Und jetzt nimmst du es plötzlich ernst? Keine Solidarität mehr? Wie kommt das?«

»Damals waren wir Jugendliche. Inzwischen sind mehr als zwanzig Jahre vergangen. Und hier im Dorf ist ein Mord geschehen.«

Martine schüttelte skeptisch den Kopf.

»Didier muss aber wegen dieser Sache von damals noch lange kein Mörder sein.«

»Sehr richtig!«, ertönte Simones Stimme. »Ich wäre vorsichtig mit solchen Anschuldigungen.« Ohne dass Yves und Martine es gemerkt hatten, stand sie im Raum. In der Hand hielt sie ein Tablett mit Tellern, Besteck und einer warmen Gemüse-Quiche. »Es ist doch eher zu vermuten, dass ein Fremder der Täter ist, oder?«

Simone stellte das Tablett auf den Tisch, schnitt die Quiche und verteilte die Stücke auf die Teller. »Hier im Dorf kennt man sich doch. Ich kann mir nicht vorstellen, dass es jemand aus Puech-Soleil gewesen ist.«

»Ich auch nicht.« Christian, der seiner Mutter wie aus dem Gesicht geschnitten ähnelte, brachte die Gläser und eine Flasche Rotwein. Er war groß und schlaksig und trug kurz geschnittene Haare. Er warf seiner Tante Martine einen bedeutungsvollen Blick zu. »Es sei denn, irgendeiner hier wäre durchgedreht.«

15

Heiligabend, 19 Uhr 40

Didier Legrand riss die Tür auf, die vom Wohnzimmer zum Flur führte. Ein kalter Luftzug schlug ihm entgegen.

»Verdammt nochmal, du bist ja schon wieder hier?! Wieso schläfst du nicht endlich?!«

»Ich dachte, es gibt schon Bescherung, Papa.«

Cédric, mit sechs Jahren ungewöhnlich klein für sein Alter, verbog seine nackten Zehen, die auf dem Steinfußboden des Flurs eiskalt geworden waren.

»Bescherung? Von wegen Bescherung! Wenn du nicht sofort in dein Bett gehst, ist es aus mit der Bescherung.«

Mit wenigen Schritten war Didier Legrand bei seinem Sohn und gab ihm eine kräftige Kopfnuss. Cédric duckte sich und drückte die Hand auf die schmerzende Stelle. Bevor sein Vater ein zweites Mal ausholen konnte, rannte der Junge die Treppe hoch in sein Zimmer.

»Lass dich heute Nacht bloß nicht noch einmal blicken!«

Didier Legrand ging zurück ins Wohnzimmer und knallte die Tür zu.

Auf der großblumigen Velourscouch saß seine Frau Anne-Marie, die den Vorfall im Flur mitbekommen hatte. Während ihre Hände flink und geschickt an einem bunt geringelten Wollsocken strickten, lief im Hintergrund der Fernseher.

»Lass doch den Jungen.« Anne-Marie warf ihrem Mann einen kurzen Blick zu. »Kinder freuen sich nun mal auf Weihnachten und können's kaum abwarten. Mach Cédric doch nicht immer so fertig.«

Didier antwortete nicht. Er ließ sich in den wuchtigen Sessel fallen, dem Pendant zur gemusterten Couch, griff nach der Fernbedienung und stellte den Ton des Fernsehers lauter. Er starrte auf die Mattscheibe, ohne die Quizsendung mit dem strahlenden Moderator und seinen aufgedrehten Kandidaten richtig wahrzunehmen. Nach einer Weile stand er auf.

»Ich geh nochmal in mein Arbeitszimmer. Und dann gleich ins Bett.«

»So früh schon?«

»Ich bin hundemüde.«

Anne-Marie warf ihm einen raschen Blick zu und sagte laut und deutlich, um den Fernseher zu übertönen:

»Hast du eigentlich gewusst, dass der Wohnwagen bei der Müllkippe plötzlich bewohnt war?«

»Ich? Woher soll ich das denn gewusst haben?« Didier zog verächtlich die Nase hoch.

Anne-Marie legte das Strickzeug beiseite, stellte den Fernsehton leiser und zündete sich eine Zigarette an.

»Kommt ihr da nicht öfter vorbei, wenn ihr auf die Jagd geht? Da merkt man doch, ob der Wagen bewohnt ist oder nicht.«

Didier steckte seine Hände in die Hosentaschen und verzog seinen Mund zu einem bösartigen Schlitz.

»Sag mal, was soll denn diese dämliche Fragerei? Wenn ich dir sage, dass ich nichts von der Nutte gewusst habe, die da umgebracht wurde, dann hab ich nichts gewusst!«

Anne-Marie lehnte sich ins Polster der Couch zurück. »Und die anderen? Ich meine deine Jagdkumpels. Hat das nie einer von denen erwähnt?«

»Was weiß ich. Du kannst sie ja mal fragen.«

Didier verließ das Wohnzimmer und Anne-Marie lauschte seinen Schritten, die sich Richtung Arbeitszimmer entfernten.

Sie schaltete den Fernseher ab. Draußen war starker Wind aufgekommen. Die Straßenlaterne vor dem Haus klapperte, und einer der Fensterläden schlug dumpf hin und her. Dennoch lastete eine Stille im Raum, die Anne-Marie schmerzlich spürte. Ein Stillstand oder vielmehr eine Einsamkeit. Ein Zustand, der sich wie eine unheilbare Krankheit ausgebreitet hatte. Was hatten all die Jahre angerichtet! Mit welcher Hoffnung war sie einst ins Leben gegangen … Damals, vor mehr als zehn Jahren, hatte sie Didier kennen gelernt. Er war lustig, immer gut gelaunt, hatte sie zum Lachen gebracht. Das Leben an seiner Seite schien leicht und unbeschwert, eine Zukunft mit ihm verlockend. Sie war verliebt in ihn. Dann, kurz nach der Heirat, kam die andere Seite seines Wesens zum Vorschein. Seine jähzornigen, unmotivierten Ausbrüche, seine Anflüge von Brutalität. Seine perversen sexuellen Wünsche, denen sie sich zu entziehen suchte. Irgendwann gab er es schließlich auf, sie zu irgendwelchen Handlungen zu zwingen, die sie als schamlos empfand. Mehr und mehr verlor er das Interesse an ihr. Gott sei Dank! Denn sie selbst hatte sich nie nach Sexualität gesehnt, sondern stets nur nach Liebe. Dass Männer darunter etwas anderes verstanden, hatte sie erkannt, als es zu spät war.

Für seinen Sohn Cédric interessierte Didier sich ebenso wenig wie für sämtliche Belange, die mit einem normalen Familienleben zusammenhingen. Er teilte Anne-Marie das Wirtschaftsgeld zu, wobei er nicht knauserig war. Seine Hühnerzucht warf genug ab.

Erneut zündete sich Anne-Marie eine Zigarette an. Seit vielen Jahren hatte sie es sich zur Gewohnheit gemacht, bei jeder sich bietenden Gelegenheit die Taschen von Didiers Hosen und Jacken zu durchsuchen. In mancher Hinsicht war sie schon fündig geworden. Einmal fand sie den Beleg eines Massagesalons in Nîmes, obgleich Didier an diesem Tag geschäftlich in Marseille gewesen sein wollte. Wenige Wochen später hatte er einen gelben Zettel mit einer Telefonnummer in der Hosentasche. Als Anne-Marie anonym bei dieser Nummer durchrief, meldete sich eine rauchig klingende Frauenstimme direkt und ohne Umschweife mit: »Hallo, Süßer?!«

Sie drückte ihre Zigarette aus. Seit dem frühen Morgen

wurde sie den Schatten nicht los, der sich über ihre Gedanken gelegt hatte. Als Didier sich im Bad rasierte, hatte sie in seiner Brieftasche ein Foto gefunden: Eine nackte Frau lag mit obszön gespreizten Beinen auf einem Bett und lachte mit ihren schiefen Zähnen in die Kamera. Anne-Marie hatte unschwer erkennen können, dass dieses Foto in einem Wohnwagen aufgenommen worden war. Wenig später erfuhr sie durch ihre Freundin Pauline Augier von dem Leichenfund an der Müllkippe. Am Abend, als Didier ein ausgiebiges Bad nahm, suchte sie erneut nach dem Foto. Doch es war verschwunden.

Heiligabend, 19 Uhr 50

Pauline Augier saß auf der Kante des ehelichen Eichendoppelbettes und zog das Fieberthermometer aus der Achselhöhle ihres Mannes.

»Neununddreißig komma sieben«, sagte sie und legte das Thermometer auf den Nachttisch. Resolut fügte sie hinzu: »Kalte Wadenwickel, Milch mit Honig und zwei Aspirintabletten.«

Victor Augier, der Versicherungsvertreter, sah sie mit glänzenden Augen an und stieß mit den Beinen die Bettdecke zurück. Sein massiger Körper steckte in einem grün-blau gestreiften Pyjama, der über Brust und Bauch kräftig spannte. Auf der Brusttasche war ein bunter Teddybär eingestickt.

Pauline griff die Bettdecke und zog sie bis zum Kinn ihres Mannes hoch.

»Deck dich zu, sonst wird es nur schlimmer.«

»Ich schwitze so.« Victor schob die Bettdecke ein Stück weg und fing heftig an zu husten.

Pauline stand auf.

»Zuerst mache ich dir die heiße Milch. Hoffentlich kriegst du keine Lungenentzündung.«

Victors Husten wurde noch heftiger. Er ebbte erst ab, als Pauline das Schlafzimmer verlassen hatte und Victor hörte, dass sie hinunter in die Küche ging.

Er gähnte, streckte seine Glieder und drehte sich dann auf die Seite. Körperlich fühlte er sich pudelwohl. Den Trick mit dem Fieberthermometer kannte er aus seiner Militärzeit. Vor anstrengenden Nachtmärschen hatte er ihn öfter angewendet, wenn er voll Grauen an die Blasen an Fersen und Zehen dachte, das schwere Sturmgepäck und den Dauerregen, der zu solchen Übungen meist gehörte. Es genügte, das Thermometer mit der Hand kräftig zu reiben, und im Nu stieg die Temperatur. Zusätzlich schlug er sich ein paar Mal mit der flachen Hand auf Stirn und Wangen, bis sie rot und heiß wurden. Hinzu kamen die perfekt simulierten Hustenanfälle. Während seine Kameraden sich die Nacht um die Ohren schlugen, lag er warm und behaglich im Krankenrevier.

Victor Augier lächelte. Auch heute, wie schon oft, war er dank seiner schauspielerischen Fähigkeiten einer unangenehmen Situation aus dem Weg gegangen. Am Abend hatte er den letzten Kunden in Uzès besucht, dem er eine umfangreiche Hausratversicherung aufschwatzen konnte, und war nach Hause gekommen. Dort erwartete ihn seine Frau mit einem Bündel Fragen, kaum dass er die Haustür geöffnet hatte.

»Hast du gewusst, dass in dem alten Wohnwagen bei der Müllkippe eine Prostituierte gearbeitet hat?« Victor hatte heftig verneint, doch Pauline wollte sich nicht abspeisen lassen.

»Willst du mir etwa erzählen, dass sich das nicht unter euch Männern herumgesprochen hat?! Jemand wie Didier Legrand weiß doch so was als Erster.«

»Schon möglich, aber ich hab's nicht gewusst.«

»Lüg mich nicht an, Victor! Ich glaub dir kein Wort. Ihr seid doch jedes Wochenende auf der Jagd, du und die anderen. Männer reden über so was, das kennt man ja. Und du bist auch kein Unschuldslamm.«

Victor hatte sich den Mantel ausgezogen und mit sicherem

Instinkt gewusst, dass es nur eine Möglichkeit gab, der lästigen Fragerei während des Weihnachtsfestes zu entkommen. Wenige Minuten später bekam er den ersten Hustenanfall, gefolgt von starker Atemnot und einem Zittern in den Knien, dass er wankte und sich auf den nächsten Küchenstuhl fallen ließ. Paulette hatte ihn ins Schlafzimmer bugsiert und ins Bett gepackt. »Das kommt davon, wenn man bei diesem Mistral auf die Jagd geht und sich anzieht, als wäre gerade der Frühling ausgebrochen«, hatte sie gesagt und versucht, das Thema erneut auf den ausgebrannten Wohnwagen und die Leiche zu lenken. Doch er hatte ermattet abgewinkt.

Victor schloss die Augen. Er war beinahe eingeschlafen, als er hochschreckte. Vor dem Bett, im Dämmerlicht des Zimmers, stand seine Frau, in der Hand ein Glas Milch mit Honig. Die Konturen ihres Gesichtes lagen im Dunkeln. Aus der halb geöffneten Tür fiel ein Lichtstrahl der Flurbeleuchtung auf ihr dunkelbraunes, leicht gewelltes Haar. Es sah aus, als würde ihr Haarschopf jeden Moment Feuer fangen.

Victor spürte, wie seine Hände schweißnass wurden.

16

Heiligabend, 20 Uhr

»So, das wär's.«

Langsam stieg Florence von der großen Aluminiumleiter, gesellte sich zu Cathérine, die einige Meter entfernt am Eingang der Halle stand, und betrachtete ihr Werk.

»Toll.« Cathérine legte den Arm um ihre Schulter. »Das ist der schönste Weihnachtsbaum, der je auf *Les Oliviers* gestanden hat!«

»Danke.« Florence strich sich die Haare aus dem Gesicht. Sie war zufrieden. Die roten Kugeln passten sehr gut zu den zarten bunten Glasvögeln, die den Baum bevölkerten, als seien sie lebendig. Die ockerfarbenen Bienenwachskerzen harmonierten mit den Strohsternen, die Florence vor Jahren in Berlin selbst hergestellt hatte. Wie kleine Vorhänge hingen die regelmäßig verteilten Bündel silbernen Lamettas von den Zweigen der etwa drei Meter hohen Fichte.

Cathérine und sie hatten für diesen Abend umdisponieren müssen. Zwar war Florence trotz der Wetterverhältnisse doch noch rechtzeitig zum Schmücken des Baumes auf *Les Oliviers* eingetroffen, doch anderweitig war eine Änderung eingetreten. Über die Feiertage wurden eigentlich Gäste erwartet: Annabelle de Pousset, Cathérines ehemalige Managerin, wollte mit ihrem Mann Carlos aus Paris kommen. Weihnachten in der Provence – das versprach milde, sonnige Tage, gutes Essen und lange Spaziergänge auf dem Land. Doch das Wetterchaos hatte auch die Hauptstadt erreicht. Paris erstickte im Schnee. Seit dem frühen Nachmittag waren die Flughäfen dicht, und neunzig Prozent der Züge fielen aus. Cathérine, die sich am Vortag aus den Hallen von Nîmes einen drei Kilogramm schweren Kapaun hatte liefern lassen, den sie mit Trüffeln, Steinpilzen und Polenta füllen wollte, musste den Vogel kurzerhand einfrieren. Aus dem geplanten Festmahl mit Freunden am Heiligabend würde nichts werden. Stattdessen hatte Cathérine für sich und Florence eine Steinpilz-Blätterteig-Tarte vorbereitet, die durch frisch darüber gehobelte Trüffelscheiben entscheidend aufgewertet würde. Die Tarte war im Ofen und würde in zwanzig Minuten fertig sein.

Emmanuelle, die Haushälterin, hatte Glück gehabt. Sie war am Vormittag noch rechtzeitig mit dem Wagen von *Les Oliviers* weggekommen, um die Weihnachtstage bei ihrem Bruder und dessen Familie in Marguerittes zu verbringen.

Während Florence in ihre Räume in den Westflügel ging, um sich frischzumachen und umzuziehen, legte Cathérine im Venezianischen Salon Holz im Kamin nach und deckte den Tisch. Draußen heulte der Wind immer stärker. Als Cathérine vor einer Viertelstunde im Schuppen neben dem Pferdestall neue Eichenscheite holte, war das Schneetreiben so dicht, dass sie kaum die Hand vor Augen sehen konnte. Ein Schneesturm kündigte sich an.

Wenig später saßen sie vor dem prasselnden Kaminfeuer. Cathérines Tarte war köstlich gewesen, und Florence hatte mehr davon gegessen, als es sonst ihre Gewohnheit war. Sie hielt ihr großbauchiges Rotweinglas in der Hand und blickte nachdenklich ins Feuer. Cathérine zündete sich eine Zigarette an und stieß den Rauch mit einer schnellen Bewegung in die Luft. Florence lächelte. Wenn man einen Menschen liebt, werden einem seine Angewohnheiten so vertraut, dass man sich diesen Menschen anders gar nicht mehr vorstellen kann. Cathérine und ihre Art zu rauchen. Von Anfang an hatte Florence das als etwas Besonderes empfunden, als etwas Typisches, Einmaliges. Nie hätte sie sich gewünscht, dass Cathérine plötzlich ins Lager der Nichtraucher übergelaufen wäre.

In die Stille hinein ertönte von draußen eine heftige Windbö, die gleichzeitig die Flammen im Kamin anfachte, sodass ein wenig Asche auf den Marmorfußboden vor der Feuerstelle rieselte.

In den letzten Stunden war es Florence gelungen, den Mordfall im Wohnwagen auf eine unerreichbare Ebene ihres Bewusstseins zu schieben. Sie wollte nicht zulassen, dass die Ermittlungen ihr den Weihnachtsabend verdarben. Cathérine hatte nicht gefragt, als sie am Nachmittag nach Hause gekommen war. Florence hatte sich eine Stunde schlafen gelegt, dann ein heißes Bad genommen und nach einer kräftigen Tasse Kaffee und einem kalten Imbiss begonnen, den Baum zu schmücken. Jetzt, ausgelöst durch die stiebende Asche auf dem Marmorboden, nahmen die Ereignisse schlagartig wieder von ihr Besitz. Sie trank einen Schluck Wein, stellte das Glas auf das Beistelltischchen und lehnte sich zurück.

»Sag mal, hast du nicht einen Marmorfußboden in einem Anwesen konzipiert, das La Bastide heißt?«

»Doch.« Cathérine stand auf, nahm das Kaminbesteck und drehte das mächtige Eichenscheit um, das sofort wieder Feuer fing. »Wieso fragst du das?«, fügte sie verwundert hinzu.

»Weil ich da heute wegen einer Zeugenaussage gewesen bin. Ich hab gleich gesehen, dass der Fußboden von dir sein muss. Er hat etwas Unverwechselbares.«

Cathérine lächelte und schenkte sich Wein nach.

»So, findest du.«

»Ja. Und dieses Ehepaar, das dort wohnt, war ganz stolz darauf.«

»Welches Ehepaar?«

»Gilles und Frances Roux.«

»Die kenne ich nicht. Seit wann wohnen die dort?«

Florence sah ihre Freundin irritiert an.

»Keine Ahnung. Waren die beiden denn nicht deine Auftraggeber?«

»Nein. Den Auftrag hat ein Amerikaner namens Bob Levine erteilt. Ein Maler aus New York. Keiner von den ganz Großen. Er hat sein Geld mit Gebrauchsgrafik und Kaufhauskunst gemacht. In La Bastide hatte er sich zur Ruhe gesetzt.«

»Allein?«

»So weit ich weiß, war er Witwer und hatte eine Tochter, die irgendwo in Amerika lebte und mit ihrem Vater zerstritten war. Als Auftraggeber war er ein bisschen schwierig, wusste alles besser und hatte merkwürdige Farbvorstellungen, von denen ich ihn allerdings abbringen konnte. Das ist jetzt sechs oder sieben Jahre her.«

»Ist er gestorben oder weggezogen?«

»Keine Ahnung. Ich wusste bis jetzt gar nicht, dass er nicht mehr dort lebt. Vielleicht hatte er Heimweh und hat das Anwesen verkauft. Was sind das für Leute, die jetzt da wohnen?«

»Komische Leute. Ein bisschen undurchsichtig, um es vorsichtig auszudrücken. Mein Gefühl täuscht mich selten in solchen Fällen.«

»Gehören sie zur Liste deiner Verdächtigen?«

»Schwer zu sagen. Ich stehe noch ganz am Anfang. Morgen wollen wir ein paar Leute im Dorf vernehmen.«

Cathérine drückte ihre Zigarette aus.

»Sieht so aus, als würde sich draußen ein ziemlicher Schneesturm entwickeln. Dann sind alle Straßen dicht. Bei uns im Süden wird bei Schnee normalerweise nicht geräumt. Schneepflüge gibt es nicht. Niemand ist hier auf so etwas eingestellt.«

»Wenn ich mit dem normalen PKW morgen früh nicht wegkomme, holt mich Alain mit einem Allradwagen der Gendarmerie ab.«

Cathérine nickte.

»Gut. Sonst würde ich dir meinen Landrover zur Verfügung stellen. Der wird mit solchen Wetterverhältnissen spielend fertig.«

»Ich glaube, das wird nicht nötig sein.« Florence lehnte sich im Sessel zurück und seufzte.

»Dieser Fall ist ganz schön vertrackt«, sagte sie. »Da taucht eine Fremde in einem Dorf auf, niemand weiß angeblich, woher sie kommt und wer sie ist. Außerhalb des Dorfes steht ein alter Wohnwagen, in dem sie ermordet aufgefunden wird. Vermutlich hat sie dort als Prostituierte gearbeitet, aber bestätigt hat uns das niemand. Wie findest du diese Geschichte?«

Cathérine schenkte die Gläser nach, nahm eine weitere Zigarette aus der Packung und blickte ihre Freundin nachdenklich an.

»Das Erste, was mir dazu einfällt, ist ein Film, den ich vor Jahrzehnten gesehen habe. ›*La Fiancée du Pirate*‹ von Nelly Kaplan. Kennst du ihn zufällig?«

»Nein.«

»Die Geschichte spielt in einem kleinen Dorf irgendwo in der Provinz. Eine junge Frau, die in einem ärmlichen Haus am Rande des Ortes wohnt, verkauft reihum, nach einem festen Wochenrhythmus, den Männern des Dorfes ihre Liebesdienste. Zu ihren Kunden gehören der reiche Bauer, der Lehrer, der Pfarrer, der Bürgermeister und so weiter, alles ehrbare Leute. Offiziell nimmt niemand zur Kenntnis, dass die Frau als Prostituierte arbeitet, aber die Männer untereinander ahnen sicher, dass sie allesamt Kunden sind. Wie immer in solchen Situationen herrscht zwischen den Männern eine stille Übereinkunft des Schweigens. Die Ehefrauen und Familien im Dorf wissen nichts vom Doppelleben ihrer Ehemänner beziehungsweise Väter oder Großväter, Brüder und Söhne.

Die Vorstellung, ihr Leben lang in diesem Kaff als Prostituierte zu arbeiten, wird für die junge Frau irgendwann unerträglich. Sie wartet quasi auf ein Wunder. Auf jemanden, der sie da rausholt. Auf den Märchenprinzen, wenn du willst. Eines Tages jedenfalls kommt der Kinomann ins Dorf. Damals fuhren die Kinovorführer mit mobilen Projektoren über Land, denn nur in den Städten gab es Kinosäle. Der Film, der am

Abend gespielt wird, heißt ›La Fiancée du Pirate‹ – Die Braut des Piraten, eine Liebes- und Abenteuerschnulze. Die junge Frau sieht sich den Film voller Begeisterung an und verliebt sich in der Nacht prompt in den Kinovorführer. Sie beschließt, mit ihm aus dem Dorf fortzugehen. Doch vorher plant sie noch eine kleine Racheaktion.

Am nächsten Tag, einem Sonntag, sitzen die Honoratioren der Stadt mit ihren Familien in der Messe. Plötzlich ertönen von der Empore Stimmen. Es sind die Stimmen der jungen Frau und diverser Männer. Einige Männer beschweren sich wortreich und vehement über ihre Ehefrauen. Koseworte und eindeutige Liebeslaute sind zu vernehmen. Der Pfarrer weiß nicht, wie er reagieren soll, und die Gemeinde ist starr vor Schreck. Die Stimmen sind zweifelsfrei zuzuordnen. Sie gehören dem Lehrer, dem reichen Bauern, dem Bürgermeister und so weiter. Allen Kirchenbesuchern wird schlagartig klar, dass die junge Frau bei den wöchentlichen Treffen mit ihren Freiern ein Tonband hatte mitlaufen lassen. Indem sie die Wahrheit ins Gotteshaus trägt, rächt sie sich an den Spießern.«

Cathérine machte eine Pause und schnippte die Asche ihrer Zigarette in den Aschenbecher.

»Ich weiß nicht, ob ich die Geschichte ganz korrekt wiedergegeben habe, aber im Großen und Ganzen hat sie der Film so erzählt.«

»Du meinst also, es gäbe eine gewisse Parallele zu meinem Mordfall?«

»Vielleicht. Eine Außenseiterin, eine Paria, hat die Männer des Dorfes in der Hand, weil sie ohne deren Wissen die Liebesstunde auf Kassette mitschneidet.«

»Ich verstehe, was du meinst, Cathérine. Die Frau im Wohnwagen könnte für die Männer im Dorf eine ähnliche Funktion gehabt haben.«

»Genau. Zum Beispiel könnte sie einen von ihnen erpresst haben. Das wäre doch ein Mordmotiv, habe ich Recht?«

»Natürlich. Aber sie ist vergewaltigt worden. Da kann ein

Fremder als Täter nicht ausgeschlossen werden. Es muss niemand aus Puech-Soleil sein.«

»Wenn alle im Dorf abstreiten, dass sie von ihr gewusst haben, ist das mehr als auffällig. Keiner wird Interesse haben, jetzt nach dem Mord mit ihr in Verbindung gebracht zu werden. Insofern erinnert das durchaus an den Film von Nelly Kaplan. Nur dass da die Prostituierte nicht umgebracht wurde.«

Florence musste lächeln. Normalerweise hielt sich Cathérine mit Kommentaren und Spekulationen zu Florences Ermittlungen sehr zurück.

»Du hast Recht, meine Liebe. Und genau in dieser Richtung ermitteln wir auch.«

»Ein Dorf und sein Geheimnis.«

»Vielleicht, vielleicht auch nicht.«

17

Heiligabend, 20 Uhr 10

Aimé schob den Teller zurück und rülpste. Er drückte seine schwieligen Hände auf die Tischkante, breit und stark lagen die Finger auf dem Holz. Über sein glänzendes, am Abend frisch rasiertes Gesicht huschte ein zufriedenes Lächeln.

»Hat gut geschmeckt, *Maman*.« Er knöpfte den obersten Knopf seiner Hose auf.

»Das hab ich gemerkt.« Edwige Bonnafoux räumte die Teller zusammen. »Ist ja kaum was von dem Fleisch übrig geblieben. Ich freu mich, wenn's dir schmeckt.«

Liebevoll blickte sie ihren Sohn an. Er war immer ein guter Esser gewesen. Nie mäkelte er an irgendetwas herum. Alles, was sie kochte, mochte er, auch ein noch so bescheidenes Mahl.

Das heutige Weihnachtsessen konnte allerdings nicht gerade als bescheiden bezeichnet werden. Das Huhn war fleischig und zart, die selbst eingekochten Erbsen zergingen auf der Zunge, und das kräftige Knoblauchbrot, auf dem offenen Feuer geröstet, schmeckte köstlich. Edwige stand auf, stellte das Geschirr in den Spülstein und holte die Käseteller und zwei Messer. Sie schnitt ein großes Stück *Munster* für Aimé ab und für sich selbst ein Stück Ziegenkäse. Aimé schenkte aus dem Steingutkrug Rotwein in ihre Gläser nach.

Immer wieder fingen sich Windböen im Kamin. Die Deckenlampe schwang hin und her, und Edwige spürte den eisigen Luftzug an ihren Beinen, der durch den breiten Türspalt vom Hausflur her in die Küche drang. Früher, als sie Kind war, gab es oft solche kalten Weihnachtsabende. Wochenlang blies der Tramontane, und auch Schnee fiel immer wieder. Da saß die ganze Familie um den großen Kamin. Man aß Stockfischsuppe mit Gemüse und Knoblauch und selbst gebackenes Brot. Die Männer tranken vor dem Essen eine *Cartagène*, und nach dem Essen gab es für die Kinder Bescherung. Manchmal war es eine Apfelsine, die Edwige bekam und wie einen kostbaren Schatz bis ins neue Jahr hinein hütete. Manchmal ein Paar schafwollene Socken oder ein dicker Pullover, von Großmutter oder Tante Cécile gestrickt. In der Nacht durften sie und die anderen Geschwister lange aufbleiben. Um Mitternacht gingen alle in die Messe. Der Weihnachtsabend hatte etwas Geheimnisvolles und Aufregendes, dem man als Kind wochenlang entgegenfieberte. Die Wohnküche, der einzige beheizbare Raum, dampfte von der Anwesenheit der vielen Menschen, dem Tabakrauch der Männer, dem qualmenden Kaminfeuer und den Gesprächen all derer, die sich hier warm und geborgen fühlten: Großeltern, Eltern, Tanten, Onkel, Edwiges vier Geschwister und sie selbst, die Jüngste.

Doch das war lange her. Sie war allein übrig geblieben, hatte alle überlebt und nach und nach alle zu Grabe getragen. Wenn man so alt war wie sie und immer mehr Menschen um sich herum verloren hatte, wurde der Tod irgendwann bedeutungslos und berührte einen nicht mehr sonderlich. Er bekam etwas Banales und Alltägliches, gehörte mehr und mehr zum Leben. Edwige würde die Nächste sein. Doch was würde dann aus Aimé werden? Das war ihre einzige Sorge, denn sie selbst würde ruhig und im festen Vertrauen auf Gott, die heiligen Sakramente und ein Leben nach dem Tod von dieser Welt scheiden.

Aimé leerte mit einem letzten Zug sein Weinglas, stand auf und legte zwei neue Holzscheite in den Kamin.

»Ich geh nochmal raus, *Maman*.«

»Was? Um diese Zeit und bei diesem Wetter? Wo willst du denn hin, Junge?« Edwige schob sich das letzte Stück Käse in den Mund.

»Nur mal vor die Tür. Ich will, ich will k... kurz m... mal...« Aimé war ins Stottern geraten.

»Du meinst Luft schnappen?«

»Ja! Ja!« Aime griff nach seiner gesteppten, dick gefütterten Nylonjacke, die an einem Haken neben der Tür hing. Edwige schüttelte den Kopf.

»Willst du nicht erst deinen Schokoladenpudding essen?«

»Den, d... den ess ich sp... später.«

»Aber draußen tobt ein Schneesturm. Da bleibt man doch lieber im Warmen!«

»Bin, bin ja gl... gleich wieder da.«

Noch ehe seine Mutter neue Einwände vorbringen konnte, fiel die Tür ins Schloss. Edwige seufzte. Dann beschloss sie, die Zeit bis zu Aimés Rückkehr zu nutzen und das Geschirr zu spülen. Anschließend würde sie Aimés Weihnachtsgeschenk aus der Truhe in ihrem Schlafzimmer holen, es in Geschenkpapier packen und auf den Küchentisch legen. Er würde sich freuen, das wusste sie. Die neue Jagdweste mit den Patronenschlaufen über beiden Brustseiten und mit den vielen Taschen hatte er sich schon lange gewünscht. Edwige lächelte. Aimé war immer ein bescheidener und dankbarer Junge gewesen. Das machte ihn so liebenswert. Das hatte sie im Lauf der Jahre vergessen lassen, dass ihr Sohn anders war als andere. Ja, man konnte sagen, dass er etwas Besonderes war.

Der Schnee lag so hoch, dass Aimé zeitweise bis zu den Waden darin versank. Die groben Profilsohlen seiner Schnürstiefel hinterließen nur kurzzeitig ein Abdruckmuster. Wie Sandfontänen, die jede Spur unter sich begruben, trieb der Sturm den Schnee vor sich her. Bald waren Aimés Haare von einer weißen Kappe bedeckt.

Die Straßenlaternen waren ausgefallen, und es konnte nur noch eine Frage der Zeit sein, wann Puech-Soleil gänzlich ohne Stromversorgung sein würde.

Aimé spürte den Wind nicht. Seine Gedanken überstürzten sich, so weit es sein einfältiger Gemütszustand zuließ. Er hatte einen Plan, den er sich am Mittag in seinem Versteck in der Speisekammer zurecht gelegt hatte. Ja, er wollte sich Gewissheit verschaffen! Voller Aufregung hatte er die Speisekammer verlassen, gerade als seine Mutter wieder die Küche betrat. Sie hatte ihm ein paar Fragen gestellt. Wo sie denn gestern die Treibjagd veranstaltet hätten? Wer alles dabei gewesen sei? Ob sie auch an der Müllkippe vorbeigekommen wären? Erneut hatte Aimé in einem Anfall von Panik zu stottern begonnen und unzusammenhängende Sätze geredet. Seine Mutter hatte es dann aufgegeben, weiter in ihn zu dringen.

Doch jetzt, gestärkt durch das gute Essen und angespornt durch ein paar Gläser Wein, musste er sich endlich Gewissheit verschaffen. Mit seinem kräftigen Körper trotzte er den orkanartigen Böen und kämpfte sich durch den Schnee. Am Ende der Sackgasse bog er in die kleine Straße ein, die nach einigen hundert Metern dorfauswärts führte. Der Schneesturm wurde immer heftiger. Schritt für Schritt stapfte er in die weiße Dunkelheit.

Dann, ohne dass er die leisesten Anzeichen dafür gespürt hatte, überrollten ihn die Ereignisse.

– Fliegen, ich fliege!, dachte Aimé plötzlich. – Aber es brennt so, die Kehle ist wie ausgedörrt. Wasser, einen Schluck Wasser!

Wie wild ruderte er mit den Armen. Er glitt auf dem Schnee aus und rutschte auf die Knie. Das Brennen in seiner Kehle ließ nicht nach, wurde nach kurzer Zeit unerträglich. Kleine Sterne tanzten vor seinen Augen, und erstaunt dachte er, dass die glitzernden Dinger jetzt zu ihm heruntergekommen waren, um ihm auf dem Weg durch die Nacht zu leuchten. Doch es gab keinen Weg. Nur eine endlose weiße Weite und ein Brausen, das immer dröhnender wurde. War es der Wind? War es sein Blut, das in den Schläfen pochte? Hitzewellen schossen ihm durch den Körper, sie schmerzten wie glühende Holzstücke. Plötzlich tauchten Bäume auf, ihre kahlen Äste streckten sich Hilfe suchend zum Himmel. Nein, das waren erneut seine Arme, die wie wild in der Luft herumfuchtelten.

– Ich fliege! *Maman*, ich fliege!, wollte er rufen, doch seine Kehle war wie zugeschnürt. Deutlich sah er die Gestalt seiner Mutter vor sich. Sie war jung und hielt eine Kinderrassel in der Hand, die sie hin und herschwenkte. Doch die Töne, wo waren die Töne geblieben? Dann erblickte er die breitschultrige Gestalt eines Mannes. Das musste sein Vater sein! In der Hand hielt er ein Jagdgewehr. Doch das Gesicht … Aimé konnte das Gesicht des Fremden nicht erkennen. Erst als die Gestalt näher kam, sah er, dass der Mann niemand anderes war als Didier Legrand.

Jetzt spürte er, wie eine warme Flüssigkeit aus Nase und Ohren floss. Gleichzeitig schnellte sein Leben davon wie von der Sehne eines Bogens.

Dann wurde ihm schwarz vor Augen. Es war, als wären seine Augäpfel zersprungen. Es war, als wäre er innerlich explodiert.

Heiligabend, gegen 21 Uhr 30

Unvermindert blies der Sturm, als Martine Morana das Haus ihres Bruders verließ. Dort hatte die Schwägerin ihr angeboten, auf der Wohnzimmercouch zu übernachten, damit sie bei dem Wetter nicht mehr nach Hause musste. Doch Martine hatte dankend abgelehnt. Erstens waren es bis zu ihrem Haus nur etwa zweihundert Meter, und die würde sie trotz des Schneesturms schaffen. Zweitens gab es für sie nicht Schöneres, als an winterlichen Sonn- und Feiertagen auszuschlafen, anschließend ein heißes Bad zu nehmen und sich dann mit einem Schmöker oder einer Illustrierten noch einmal eine Stunde ins Bett zu verkriechen.

Sie hatte etwas zu viel getrunken, das spürte sie jetzt. Ihre Füße gehorchten ihr nicht richtig, und mehrfach rutschte sie im tiefen Schnee aus. Sie hätte schon früher nach Hause gehen sollen. Doch irgendwie war die Zeit im Nu verflogen. Nach dem Essen hatte ihr Neffe Christian von seiner Marineeinheit in Toulon erzählt. Später schlug Yves eine Partie Monopoly vor. Nachdem er völlig überschuldet aus dem Spiel ausgestiegen war, hatte er sich schlafen gelegt. Christian war ihm kurz darauf gefolgt, und Martine war noch eine Weile mit ihrer Schwägerin Simone im Wohnzimmer geblieben. Beide hatten belanglose Themen angeschnitten und vermieden, das Gespräch noch einmal auf den Mord an der Müllkippe zu bringen.

Martine konnte kaum die Hand vor Augen sehen, so dicht war das Schneetreiben. Der Wind peitschte ihr ins Gesicht, und plötzlich musste sie wieder an Joséphine denken. Die heutige Nacht hätte sie sowieso nicht überlebt. Bei der Kälte im ungeheizten Wohnwagen! Sie wäre erfroren wie ein ausgesetzter Hund. Wie ist das, wenn man erfriert? Man schläft einfach ein. Wie das Mädchen mit den Zündhölzern in diesem Märchen. Das war auch einfach eingeschlafen und hatte nichts gespürt. Auf jeden Fall war Erfrieren ein sanfterer Tod als der, den die junge Frau draußen an der Müllkippe gestorben war.

Fünf Minuten später erblickte Martine endlich den Eingang ihres Hauses. Sie hatte nur noch einen Wunsch: eine heiße Wärmflasche und zwei Aspirintabletten, um einer möglichen Erkältung vorzubeugen.

Da sie so ausschließlich mit der toten Joséphine und sich selbst beschäftigt war, bemerkte sie nicht, dass sich einige Meter entfernt eine Gestalt durch das Schneegestöber kämpfte. Und selbst wenn sie es bemerkt hätte, wäre es ohnehin bereits zu spät gewesen.

18

Weihnachtsfeiertag, 9 Uhr

Der Tag begann mit einem eisblauen Himmel. Der Sturm hatte sich gelegt. Eine dichte Schneedecke gab dem Dorf Puech-Soleil, dessen Kirchtumspitze man in der Ferne sehen konnte, und der Landschaft ringsum ein sanftes, verträumtes Aussehen.

Gilles Roux hatte gerade die Hunde gefüttert und nach draußen gelassen. Jetzt tobten sie auf dem weißen Vorplatz herum. Er klopfte den Schnee von seinen Stiefeln und Hosenbeinen und betrat die marmorgeflieste Eingangshalle in La Bastide. Im Kamin prasselte ein Feuer, und aus der Küche drang der Geruch von frisch aufgebrühtem Kaffee.

»Die Hunde haben ganz schön reingehauen«, rief Gilles seiner Frau zu. »Besonders Hector, dieser Vielfraß. César hatte Mühe, sich da durchzusetzen.«

Er zog die Stiefel aus, stellte sie zum Trocknen an den Kamin. Beschwingt pfiff er eine Arie aus dem »Troubadour«. Er war bester Laune. Schnee und blauer Himmel – es würde ein herrlicher Tag werden. Nachher würde er den Vorplatz freischaufeln und sich auf diese Weise ein bisschen Bewegung verschaffen.

Auf Strümpfen ging Gilles in den Salon mit der großen Terrasse. Vom Tisch nahm er das Fernglas und suchte damit die Gegend um die Müllkippe ab. Eine gewohnheitsmäßige Geste, die ihm in Fleisch und Blut übergegangen war und die zu seinem Tagesablauf gehörte wie die morgendliche Rasur, die regelmäßigen Mahlzeiten und die mittägliche Siesta, die er und Frances häufig für einen phantasievollen Quickie nutzten.

Dort, wo der Wohnwagen gestanden hatte, lagen das Eichenwäldchen und die Lichtung unberührt da. Keinerlei Fahrzeugspuren mehr, kein zertrampeltes Unterholz. Es war, als hätte es den brennenden Wohnwagen ebenso wenig gegeben wie die zweimalige Tatortbesichtigung der Polizei.

Aus der Küche erklang die Stimme seiner Frau.

»Gilles? Frühstück ist fertig!«

»Ich komme.«

Als er das Glas gerade absetzen wollte, sah er auf dem Weg zum Eichenwäldchen zwei Gestalten. Sie zogen einen Schlitten hinter sich her. Gilles drehte am Schärfeneinstellknopf und erkannte, dass es Kinder waren. Zwei Mädchen in bunten Anoraks, mit Schals und Mützen. Sie kamen über den Feldweg, der von Puech-Soleil zur Müllkippe führte und in den breiteren Weg mündete, der von der Nationalstraße dorthin abzweigte.

Eines der Mädchen setzte sich jetzt auf den Schlitten, und das andere zog ihn. Anscheinend ging es mühsam, denn nach ein paar Metern blieb der Schlitten stehen und die Mädchen verschnauften. Dann zogen sie weiter. Kurze Zeit darauf waren sie Gilles' Blicken entschwunden. Er stellte das Glas an seinen angestammten Platz und begab sich hinunter in die Küche. Erst jetzt merkte er, dass er einen Mordshunger hatte.

Weihnachtsfeiertag, 9 Uhr 05

»Jetzt musst du auch mal ziehen.« Sandrine warf das Seil in den Schnee, es versank und hinterließ eine Spur in Form einer Schlaufe. »Ich kann nicht mehr.« Sie ließ sich auf den Schlitten fallen, direkt auf die Beine ihrer Freundin Nicole.

»Pass doch auf!«

»Ach, sei nicht so zimperlich!«, sagte Sandrine, nahm eine Ladung Schnee und warf sie Nicole ins Gesicht. Diese wollte sich revanchieren, doch Sandrine war schneller. Sie sprang lachend auf und stellte sich in sichere Entfernung.

»Na gut.« Nicole erhob sich, suchte das Seil unter der Schneedecke hervor und setzte sich mit dem Schlitten in Bewegung. Sandrine gesellte sich wieder zu ihr und legte sich bäuchlings auf den Schlitten. Nicole wollte schneller ziehen, doch das war mühsam. Der Schlitten scherte zur Seite aus, traf auf ein Hindernis, das aussah wie eine große Schneewehe, und kippte um. Sandrine fiel herunter. Als sie sich aufrappeln wollte, kam unter dem Schnee etwas zum Vorschein. Ein Stück Stoff.

»Was ist denn?« Nicole hatte das Schlittenseil fallen lassen und war herangekommen.

»Hilf mir mal. Da liegt 'ne Jacke oder so«, sagte Sandrine. Nicole kniete sich zu ihr, und gemeinsam schaufelten sie mit ihren Händen den Schnee beiseite. Bald tauchte ein kompletter Ärmel auf, aus dessen Öffnung eine große, steife Hand ragte, die Finger halb gekrümmt und mit Eiskristallen bedeckt.

Nicole bekam einen solchen Schrecken, dass sie stolperte und rückwärts in den Schnee fiel. Voller Panik raffte sie sich auf und sah das entsetzte Gesicht ihrer Freundin Sandrine, die mit schreckgeweiteten Augen auf die Hand blickte.

»Komm«, flüsterte Nicole, und ihre Stimme klang heiser. »Lass uns zurückgehen.«

Erst jetzt war Sandrine in der Lage aufzustehen.

Unverwandt starrten die beiden Mädchen auf den leblosen Arm im Schnee, als hätten sie Angst, er könnte plötzlich nach ihnen greifen. Dann liefen sie, so schnell es ihnen durch den hohen Schnee möglich war, zurück nach Puech-Soleil. Den Schlitten ließen sie zurück.

19

Weihnachtsfeiertag, 10 Uhr

Florence nahm den Hörer des drahtlosen Telefons in die andere Hand. Durch das Erkerfenster des grünen Salons im Westflügel von *Les Oliviers* blickte sie in den tief verschneiten Innenhof. Vor dem geräumigen Schuppen, als Garage für den Landrover genutzt, schaufelte Cathérine gerade den Weg frei. Die Stallbox ihrer Stute Rossignol war zur Hälfte geöffnet. Das Pferd steckte den Kopf heraus, und Florence sah seine dampfenden Atemstöße.

Nach dem zehnten Klingeln wurde endlich abgehoben.

»Alain? Ich dachte schon, Sie wären doch noch zu Ihrer Schwester nach Grenoble gefahren.« Es war ironisch gemeint.

»Schön wär's.« Alains Stimme klang belegt und verschlafen. »Trotzdem – frohe Weihnachten, *Patron* ...«

»Danke gleichfalls, Alain. Viel Zeit zum Feiern werden wir leider nicht haben. In einer halben Stunde holt Sie ein Wagen der Gendarmerie ab. In Puech-Soleil ist heute Morgen die Leiche von Aimé Bonnafoux gefunden worden.«

»Was?!«

»Ja, auf der Lichtung, wo auch der ausgebrannte Wohnwagen stand.«

»Was ist passiert?«

»Die Gendarmerie in Bagnols hat mich angerufen. Der Tote lag unter tiefem Schnee. Die beiden Mädchen, die wir gestern im Dorf getroffen hatten, haben ihn gefunden. Der Brigadier, der sofort zum Tatort gefahren ist, hat am Hals des Toten Strangulierungsmale entdeckt.«

»Das fehlt uns gerade noch.«

»Wir treffen uns vor Ort. Ich fahre von hier aus direkt nach Puech-Soleil.«

»Wie kommen Sie denn bei dem Schneewetter da hin?«

»Madame Volet hat einen Landrover.«

»Verstehe.«

»Dr. Brochet habe ich bereits verständigt. Fahren Sie bei ihm vorbei und holen Sie ihn ab. Sie kennen ja die Adresse. Also bis später, Alain.«

Florence stellte das Telefon ab. Ein Anflug von Panik stieg in ihr auf. Durch diesen zweiten Mord waren alle Ermittlungsstrategien, die sie sich für heute vorgenommen hatte, über den Haufen geworfen. Sie fing quasi am Punkt null wieder an: Inaugenscheinnahme der Leiche, Suche nach Spuren und Indizien, neue Zeugenbefragungen. Mit aller Kraft kämpfte sie dagegen an, sich von den Ereignissen überrollt zu fühlen.

Während sie ihre Sachen zusammensuchte und entsprechende Kleidung anzog, versuchte sie eine erste provisorische Bestandsaufnahme des Geschehens zu konstruieren: Aimé Bonnafoux war seit gestern Mittag unauffindbar gewesen. Lebte er da noch? Am Nachmittag hatte es immer heftiger geschneit. Ist er da vielleicht schon hinaus zur Lichtung gegangen? Was wollte er da? Ging er erst später dorthin, oder war er hingeschafft worden? Spuren am Hals, die auf Tod durch Erdrosseln schließen lassen ... Wenn ein einfacher Brigadier das bei einer ersten Inaugenscheinnahme der Leiche gleich feststellte, war ein Irrtum unwahrscheinlich. Also Fremdverschulden, Mord. Selbstmord durch Erhängen schied aus, da in der Nähe der Leiche weit und breit kein Baum stand.

Ein zweiter Mensch in Puech-Soleil war innerhalb von zwei Tagen ermordet worden. Unwahrscheinlich, dass das Zufall sein sollte. Wahrscheinlicher, dass die beiden Morde miteinander zusammenhingen. Demnach musste sich der Mörder in Puech-Soleil aufhalten, er konnte nur einer der Dorfbewohner sein. Die (mutmaßliche) Wohnwagenprostituierte mit dem (möglichen) Namen Joséphine war also nicht von einem durchfahrenden Fremden umgebracht worden. Der wäre sicher nicht bei diesen Wetterverhältnissen und am Heiligen Abend noch einmal nach Puech-Soleil gekommen, um einen zweiten Mord zu begehen. Festzustehen schien auch, dass Aimé Bonnafoux mit an Sicherheit grenzender Wahrscheinlichkeit *nicht* der Mörder der Frau im Wohnwagen war. Vielmehr war zu vermuten, dass der geistig behinderte Mann aus dem Weg geräumt worden war, weil er anscheinend etwas wusste. Weil er den Mörder kannte?

Als Florence zur Abfahrt bereit in die große Wohnküche kam, schraubte Cathérine gerade eine Thermosflasche mit heißem Kaffee zu. Sie packte sie in einen kleinen Rucksack, zusammen mit etwas Proviant. In ihren pelzgefütterten Stiefeln, dem roten Daunenanorak und der bunten Wollmütze sah sie aus wie ein Model für sportlich-elegante Wintermoden.

»Fertig?«, fragte sie, und Florence nickte. »Dann los.«

Die beiden Frauen verließen das Herrenhaus. Draußen schien die Sonne vom tiefblauen Himmel. Kein Lüftchen regte sich. Der Schnee glitzerte, doch Florence wusste, dass es kein Tauwetter geben würde. Das Thermometer hatte vor einer Stunde minus sechs Grad angezeigt. Es bestand Glatteisgefahr.

Cathérine öffnete das Garagentor. Sie hatte angeboten, Florence mit ihrem Geländewagen nach Puech-Soleil zu bringen.

»Danke, dass du das auf dich nimmst.« Florence legte ihre Hand auf den Nacken ihrer Freundin. Er fühlte sich weich und warm an.

»Na hör mal! Das ist doch das Mindeste.« Cathérine blickte sie lächelnd an. Wieder einmal konnte Florence nicht sehen, ob ihre Augen grün oder blau waren. Heute sind sie blau, entschied sie dann. Wegen des blauen Himmels. Sie fuhren los.

Die Räder des Landrovers mahlten sich durch die Schneemassen. Cathérine fuhr langsam und konzentriert. Ein paar

Mal ruschte der Wagen weg, doch Cathérine konnte sofort gegensteuern. Hinter ihnen lag die tiefe Spur der breiten Profilreifen, vor ihnen die glatte weiße Fläche der Pinienallee, die von *Les Oliviers* zur Départementstraße führte.

Florence hatte das Gefühl, sich auf ein gefahrvolles Terrain zu begeben. Irgendwo da draußen lauerte ein eiskalter Mörder, der sicher nicht davor zurückscheuen würde, ein weiteres Mal zu töten, um nicht entdeckt zu werden.

20

Weihnachtsfeiertag, 12 Uhr 00

Sie schlief nicht. Noch nicht.

Sie hatte nur die Augen geschlossen und betete die ganze Zeit. Lieber Herr Jesus, lass mich zu ihm. Oder mach es ungeschehen! Gib ihn mir wieder. Warum lässt du diesen Kelch nicht an mir vorübergehen?

Von weit her hörte sie Stimmen. Sie rauschten vorbei wie die Wellen des Meeres. Als junges Mädchen war sie einmal am Meer gewesen. Das war die einzige Reise in ihrem Leben. Die See spannte sich vom Strand zum Horizont wie ein riesiges gekräuseltes Laken. Wie lange war das her? Wie lange lag sie schon hier in diesem Bett, in dem sie geboren wurde und in dem sie auch ihr Leben aushauchen wollte? Zum ersten Mal wünschte sie sich zu sterben. Sie wünschte es sich so inbrünstig, dass Gott sie doch erhören musste! Warum nahm er sie nicht zu sich? Obwohl sie gestern an Christi Geburt nicht in der Messe gewesen war, hoffte sie, dass Gott ihr gnädig sein möge. Plötzlich begannen ihre Gedanken sich aufzulösen. Vor ihren geschlossenen Augen tat sich ein weißer, heller Weg auf. Wie das Meer oder der Strand, der dazugehörte. Noch ehe sie überlegen konnte, ob das wohl der Weg in die Ewigkeit war, verlor sie das Bewusstsein.

Dr. Brochet packte die benutzte Einwegspritze in seinen Arztkoffer und erhob sich.

»Sie schläft jetzt erst einmal. Vielleicht gibt es eine Nachbarin, die im Lauf des Tages mal nach ihr sehen kann.«

Florence nickte.

»Alain, gehen Sie ins Nachbarhaus und fragen Sie da.« Sie wandte sich an den Arzt. »Sie kann unmöglich allein in diesem Haus bleiben. Ohne ihren Sohn ist sie aufgeschmissen. Und das Zimmer hier kann man doch gar nicht heizen.« Florence zog den Kragen ihres Schaffellmantels hoch. »Das ist ja ein richtiger Eispalast.«

Dr. Brochet ging zur Tür. »Am besten bringt man sie in ein Heim nach Bagnols oder Nîmes. Ich werde gleich das Nötige veranlassen. Gibt es noch irgendwelche Angehörigen?«

»Keine Ahnung. Das lasse ich überprüfen. Jedenfalls braucht sie rund um die Uhr Betreuung, sonst übersteht sie den Schock nicht.«

»Also gut, *Commissaire*. Ich mache mich gleich an die Arbeit. Mal sehen, was die Autopsie noch alles zutage bringt. Meine vorläufige Einschätzung haben Sie ja.«

»Ja, danke, Doktor. Rufen Sie mich an, wenn Sie mehr wissen. Wie geht es übrigens Ihrer Frau und dem Kind?«

»Danke, gut. Morgen hole ich beide nach Hause. Heute hat mir erneut der Tod einen Strich durch die Rechnung gemacht.«

Florence blickte sich im Raum um. Edwige Bonnafoux' Schlafzimmer ähnelte aufs Haar denen, die Florence aus Filmen und aus Romanen kannte. Schlafzimmer der armen Leute auf dem Land. Zola hatte sie so oder ähnlich beschrieben, Victor Hugo und Jean Giono auch. An den Wänden eine heruntergekommene, fleckige Tapete. Ein Nussbaumdoppelbettgestell mit einer brettharten Rosshaarmatratze, die bereits seit drei Generationen dort liegen musste. Ein passender Schrank, wie das Bett und die beiden Nachttische, Aussteuerstück aus einer anderen Zeit. Ein Kruzifix an der Wand, ein billiger Flickenteppich als Bettvorleger. Der Geruch nach Mottenkugeln und Möbelpolitur, intensiv wie Stiefelwichse. Der Raum erzählte ein ganzes, hartes Leben.

Florence warf einen letzten Blick auf die Schlafende, die unter dem schweren Federbett noch zerbrechlicher wirkte als sonst. Dann verließ sie das Schlafzimmer und ging in die

Wohnküche. Dort hatte Alain vor einer halben Stunde, als sie eingetroffen waren, ein Feuer gemacht.

Zuvor waren sie durch den tiefen Schnee zur Lichtung gefahren, um die Leiche in Augenschein zu nehmen. Aimé Bonnafoux' Hals wies tiefe Strangulierungsmale auf, die wahrscheinlich von einem dicken Strick stammten. Auf Stirn und Oberlidern waren punktförmige Hautblutungen zu sehen, in den Augen Bindehautblutungen. Der Erstickungsvorgang, der zum Tod eines Menschen führt, dauert normalerweise etwa drei bis neun Minuten. Florence konnte sich unschwer vorstellen, welch qualvoller Tod das für Aimé Bonnafoux gewesen sein musste.

Und keine Spuren im Schnee. Nur die der beiden Mädchen und des Schlittens. Der Mörder hatte nichts zurückgelassen. Nachdem die Mitarbeiter des Labors ihre Arbeit aufgenommen hatten, war das Terrain völlig zertrampelt, der Schnee verschmutzt. Wenn Tauwetter kam, musste das Gelände noch einmal akribisch abgesucht werden. Bis dahin sollte es von der Gendarmerie abgesperrt und bewacht werden.

Nachdem sie mit den beiden Mädchen gesprochen hatten, begaben sich Florence und Alain ins Haus des Ermordeten. Edwige Bonnafoux wusste noch nichts vom Tod ihres Sohnes. Doch als hätte sie ihn erahnt, hatte sie offenbar seit Stunden bewegungslos in ihrem Schaukelstuhl vor dem erloschenen Kamin gesessen, in der Hand ihren Rosenkranz. Sie war wachsbleich, eiskalt und zitterte am ganzen Körper.

»Madame Bonnafoux, wann ist Ihr Sohn denn aus dem Haus gegangen?«, hatte Florence gefragt, nachdem sie Edwige so schonend wie möglich vom Tod Aimés erzählt hatte. Doch was heißt schonend, wenn es um einen geliebten Menschen geht, den man verliert? Eine solche Nachricht kann man nicht verharmlosen oder verpacken. Insbesondere nicht, wenn der Mensch ermordet worden ist. Wenn es der einzige Mensch war, den man hatte. Und wenn es sich um das eigene Kind handelte.

»Haben Sie sich keine Sorgen gemacht, als er nicht wiederkam? Und nicht nach ihm gesucht? Oder mal bei den Nachbarn angerufen? Oder haben Sie kein Telefon?«

Edwige Bonnafoux hatte sie und Alain angestarrt, den Kopf geschüttelt und war dann noch mehr in sich zusammengesunken.

»Wann ist Ihr Sohn letzte Nacht aus dem Haus gegangen?« Florence hatte es erneut versucht.

»Wir waren gerade mit dem Essen fertig«, sagte Edwige schließlich tonlos.

»Um wie viel Uhr war das?«

»Wir essen immer zwischen halb acht und acht. Er wollte nur frische Luft schnappen.« Danach war sie in Tränen ausgebrochen, was ihrem verhärmten Gesicht einen unerwarteten Ausdruck von Verletzlichkeit verlieh. »Ich muss vor dem Kamin eingeschlafen sein.«

Florence wärmte ihre kalten Hände am Feuer und wünschte sich, sie hätte einen Flachmann zur Hand. Wie ihn ihr früherer Berliner Kollege Blaschke anlässlich solcher Umstände stets in seiner Hosentasche mitführte. Egal, ob Fusel darin wäre oder ein guter Scotch. Irgendetwas, um sich zu wärmen. Sie fühlte sich kalt von innen her.

Nach einer Viertelstunde kam Alain zurück.

»Die Nachbarin heißt Denise Vaurien. Junge Mutter, ihr Mann ist Elektrotechniker und auf Montage im Tschad. Sie war nicht besonders erbaut von dem Gedanken, hier mal herüberzukommen und nach dem Rechten zu sehen. Ich habe ihr gesagt, es sei nur für kurze Zeit, weil Madame Bonnafoux in ein Heim gebracht wird. Schließlich hat sie eingewilligt.«

»Nicht gerade die Art von Nachbarschaftshilfe, die man sich wünscht.«

»Und die angeblich auf dem Land noch so gut funktioniert, *Patron*!« Alain nieste heftig, zog sein Taschentuch und schnäuzte sich. »Ich hab's gewusst«, murmelte er. »Bei so einem Wetter erwischt es mich regelmäßig.«

Florence ging nicht darauf ein. Alain war ein Hypochonder, das war ihr schon lange klar. Doch jetzt gab es Wichtigeres.

»Ist ihr letzte Nacht irgendetwas aufgefallen?«

»Sie sagte nein. Angeblich war sie den ganzen Abend zu Hause und hat sich die Show im Ersten Programm angesehen.«

»Finden Sie es nicht eigenartig, Alain, dass in diesem Dorf nie jemand irgendetwas gesehen haben will? Die Menschen leben auf relativ engem Raum, kennen sich untereinander und scheinen doch nichts voneinander zu wissen.«

»Vielleicht gerade weil sie sich alle schon so lange kennen, *Patron*. Da schaltet man möglicherweise eher ab. Interesse und Aufmerksamkeit für den anderen lassen nach.«

Florence seufzte fröstelnd und sehnte sich erneut nach einem anständigen Schluck Whisky. Sie nahm sich vor, bei der erstbesten Gelegenheit einen Flachmann zu kaufen. Für alle Fälle. Für solche Tage wie diesen.

»Legen Sie ordentlich Holz nach, Alain. Wir machen es uns hier so gemütlich, wie es geht, falls der Ausdruck überhaupt den Umständen entsprechend passend ist. Wir gehen alles, was wir bisher wissen, genauestens durch. Mal sehen, ob es irgendein Muster gibt. Aber vorher rufe ich noch den Bürgermeister an. Hier in Puech-Soleil wird es bald heiß hergehen, das verspreche ich.«

Florence nahm ihr Handy, suchte den Zettel mit der Telefonnummer des Bürgermeisters aus ihrer Manteltasche und wählte. Schon nach zweimaligem Klingeln wurde am anderen Ende abgehoben.

21

Das Gespräch dauerte nicht lange. Als Bürgermeister Chabot den Hörer auflegte, war sein Kopf rot angelaufen, und seine Augen quollen noch stärker aus den Höhlen als sonst. Er hatte es mit der Schilddrüse. Aufregungen waren Gift für ihn, und sein Arzt hatte ihm geraten, jeglichen Stress zu vermeiden. Dies war ihm in den letzten Jahren auch weitgehend gelungen. Seine zweite Amtsperiode neigte sich dem Ende zu. Im März des nächsten Jahres waren Kommunalwahlen. Er hatte sich ernsthaft überlegt, noch einmal zu kandidieren. Chancen hätte er gewiss, denn unter seiner Ägide waren die Kläranlage gebaut und die Départementstraße frisch geteert worden. Die Schule hatte eine komplett neue Einrichtung nebst zwei modernen Computern erhalten. Für das jährliche mittelalterliche Fest im August, Highlight des Dorfes und konkurrenzlose Touristenattraktion, hatte er eine große Bank als Sponsor gewinnen können. Alles in allem hatte er eine glückliche Hand gehabt. Die Bürger waren zufrieden.

Doch die Ereignisse der letzten Tage drohten alles aus dem Lot zu bringen. Zwei Menschen waren ermordet worden. Der eine, Aimé Bonnafoux, gehörte zur Gemeinde von Puech-Soleil und hatte mit ihm zwei Jahre lang die Schulbank gedrückt. Die Tote an der Müllkippe gehörte zweifellos nicht zur Gemeinde. Aber die Müllkippe gehörte zur Gemeinde. Von daher war Puech-Soleil bis zu einem gewissen Maß zwar nicht mitverantwortlich für diesen Mord, aber doch betroffen davon.

Soeben hatte diese Kommissarin ihn am Telefon aufgefordert, unverzüglich eine Liste mit den Namen aller Männer zusammenzustellen, die in Puech-Soleil den Jagdschein besaßen. Beamte der Gendarmerie würden die Leute dann aufsuchen und zusammentrommeln. Heute, am Weihnachtstag!

Bürgermeister Chabot wollte sich nicht ausmalen, welche Konsequenzen das für seine angestrebte Wiederwahl haben könnte. Was für ein gefundenes Fressen für die Rechten! Der *Front national* hatte viele Anhänger unter den Jägern im Département. In jeder Kommune bildeten sie eine starke Lobby, an der kein Kommunalpolitiker vorbeikam. Ihre Leute saßen im *Conseil municipal* und konnten sich auf eine starke Basis stützen. Mit viel Geschick war es Chabot in seiner Amtszeit gelungen, den Interessen der Jäger weitgehend Rechnung zu tragen, ohne seine übrige Wählerschaft zu verprellen. Das sollte ihm erst einmal jemand nachmachen!

Und jetzt das.

Chabot spürte das Blut in seinen Schläfen pochen. Die Tabletten, die er seit Jahren allmorgendlich zur Einstellung seiner Schilddrüse nahm, nützten heute nichts.

Er sah auf die Uhr. Viertel nach zwölf am Weihnachtsfeiertag. Die Kommissarin hatte ihn gebeten, der Polizei den Gemeindesaal zur Verfügung zu stellen. Erst jetzt fiel ihm ein, dass ja dort die Heizung nicht funktionierte. So ein verdammter Mist! Doch das würde diese Polizistin sicher nicht abschrecken. Mit Rücksicht auf den betroffenen Teil seiner Wählerschaft, die sich in dem riesigen Raum totfrieren würde, musste Chabot sich also etwas einfallen lassen. Überhaupt – wollte diese Dame die Leute alle auf einmal vernehmen? Oder sollten sie sich lediglich dort versammeln? Dann würden die Vernehmungen sicher in einem der Räume in der *Mairie* stattfinden. Hoffentlich nicht in seinem Büro.

Aus seinem Telefonverzeichnis suchte er eine Nummer heraus und griff zum Hörer.

»Ja?«, meldete sich eine weibliche Stimme. Chabot räusperte sich, bevor er sprach.

»Hier ist Chabot. Erst einmal frohe Weihnachten, Simone. Entschuldige die Störung, aber kann ich Yves mal sprechen?«

»Euch auch frohe Weihnachten, Jean-Paul. Augenblick bitte.«

Nach einer Weile kam Yves Latour ans Telefon.

»Guten Morgen, Jean-Paul. Frohe Weihnachten.«

»Frohe Weihnachten, Yves. Ich weiß nicht, ob ihr es schon gehört habt.«

»Ja. Aimé ist tot. Das hat heute Morgen gleich im Dorf die Runde gemacht. Eine schreckliche Geschichte! Nicht auszumalen, was das für uns alle hier bedeutet. Mir tut vor allem seine Mutter Leid.«

»Ja, furchtbar. Vielleicht war es auch Selbstmord, wer weiß. – Also hör zu, Yves. Die Polizei will alle Männer, die den Jagdschein haben, im Gemeindesaal versammeln.«

»Heute?«

»Ja. Aber im Gemeindesaal ist die Heizung kaputt. Das habe ich dir übrigens schon letzte Woche gesagt.«

Am anderen Ende der Leitung war einen Moment lang Stille. Dann ertönte ein leises Lachen.

»Sag mal, Jean-Paul, du willst doch nicht etwa sagen, dass ich …«

»Doch«, unterbrach ihn Chabot ungehalten. »Genau deswegen rufe ich an. Pack dein Werkzeug zusammen und mach dich sofort auf den Weg.«

»Heute ist Weihnachten. Die ganze Familie ist beisammen. Simone bringt sich in der Küche halb um.« Das war zwar mehr oder weniger gelogen, denn die Verwandtschaft hatte wegen der Schneeverhältnisse ihren Besuch abgesagt. Yves' Schwester Martine würde auch nicht kommen, da sie einen Kater hatte und fit sein musste, wenn sie am Nachmittag das Café öffnete. »Es geht nicht, Jean-Paul, verstehst du.«

Ein unerträglicher Druck lag auf den Augen des Bürgermeisters. Am liebsten hätte er seinen Kopf sofort unter kaltes Wasser gehalten. Stattdessen brüllte er in den Hörer.

»Ich darf dich vielleicht daran erinnern, wer das Heizungssystem vor fünf Jahren installiert hat! Du hast immer gute Aufträge von der Kommune bekommen. Und zwar bevorzugt! Demnach erwarte ich jetzt, dass du die verdammte Heizung in der nächsten Stunde in Schwung bringst!«

Er knallte den Hörer auf. Dieser Tag würde einer von denen werden, die er nicht mochte, so viel war sicher.

Wie viele Jäger gab es in Puech-Soleil? Er wusste es nicht genau. Praktisch jeder dritte oder vierte Mann besaß den Jagdschein. Er selbst gehörte nicht dazu.

Und diese Kommissarin, wer war das eigentlich? Er erinnerte sich dunkel, dass die Zeitungen im letzten Jahr etwas über sie gebracht hatten. Von Frauen in Führungspositionen von Politik, Verwaltung und Justiz hielt er nicht viel. Sein Vertrauen in ihre Fähigkeiten war gleich null. Daran änderte auch die Tatsache nichts, dass der Premierminister in Paris inzwischen fast die Hälfte seiner Ministerposten mit Frauen besetzt hatte.

Derartige Gedanken halfen jetzt allerdings nicht weiter. In Puech-Soleil waren zwei Morde geschehen. Noch hatte der Ort eine gewisse Schonfrist. Doch schon morgen würde die Presse einfallen. Wie die Hyänen würden sich die Journalisten auf diese Sache stürzen. Wenn ein Dorf, das in den letzten Jahren mehr und mehr Touristen im Sommer angezogen hatte, eines nicht gebrauchen konnte, dann waren es zwei ungeklärte Mordfälle.

Jean-Paul Chabot ging in die Küche und setzte seine Frau über die Sachlage in Kenntnis. Das weihnachtliche Festessen im Kreis der Familie (die Tochter war mit dem Schwiegersohn und den beiden Kindern vor zwei Tagen aus Toulouse gekommen) musste aller Wahrscheinlichkeit nach ohne ihn stattfinden.

Der Bürgermeister begab sich in die knapp hundert Meter entfernt liegende *Mairie,* um aus seinem Bürocomputer die Liste der Jäger auszudrucken.

Draußen empfing ihn ein strahlender Wintertag.

22

Weihnachtsfeiertag, 12 Uhr 30

»Also, Alain, was haben wir?« Florence trank einen Schluck von dem Kaffee, den Cathérine ihr in der Thermoskanne mitgegeben hatte. Er schmeckte heiß und süß.

»Die Frau im Wohnwagen wurde mit den Händen erwürgt«, sagte Alain bedächtig. »Aimé Bonnafoux wurde erdrosselt. Vermutlich mit einem gedrehten Strick, nach den Einschnürungen am Hals zu urteilen.«

»Der Täter muss ihn von hinten angegriffen haben und sehr kräftig gewesen sein, sonst hätte er einen so starken Mann wie Bonnafoux nicht töten können.«

»Nicht unbedingt, *Patron*. Wenn er schnell genug zugeschlagen und den Strick sofort zugezogen oder zugedreht hat, war er durch den Überraschungseffekt von vornherein im Vorteil.«

»Das ist richtig, Alain. Und bei solchen Wetterverhältnissen würde man nicht unbedingt bemerken, wenn sich jemand von hinten anschleicht. In beiden Mordfällen wurde jedenfalls eine ähnliche Todesart gewählt.«

»Das deutet auf ein und denselben Täter hin.«

»Der aus unterschiedlichen Motiven gemordet hat. Der erste Mord war ein Sexualmord mit anschließendem Vertuschungsversuch.«

»Das Motiv für den zweiten Mord: Beseitigung eines Zeugen.«

»Demnach ein erneuter Vertuschungsversuch. Der Mörder ist offenbar ungeheuer nervös geworden und hat die erstbeste Gelegenheit gesucht, diesen Zeugen aus dem Weg zu räumen. Erstaunlich ist nur, wie glatt das alles ging. Aimé Bonnafoux verlässt am Heiligen Abend im Schneesturm sein Haus. Warum? Was wollte er bei dem Wetter draußen?«

»Vielleicht kann man bei ihm keine normalen und logischen Handlungen erwarten, *Patron*. Als wir ihn im Café gesehen haben, machte er einen total verwirrten Eindruck.«

»Vergessen Sie nicht, dass er geistig zurückgeblieben ist.«

»Ja eben, *Patron*. So einer handelt spontan, unberechenbar und ohne erkennbaren Grund.«

»In dem Fall glaube ich das nicht, Alain. Aimé Bonnafoux hatte Angst. Sonst wäre er nicht in Panik aus dem Café gelaufen. Und jemand, der Angst hat, geht nicht ohne triftigen Grund bei Schneesturm vor die Haustür.«

»Und woher soll der Täter gewusst haben, dass Bonnafoux gerade zu diesem Zeitpunkt und bei diesem Wetter aus dem Haus ging? Das wäre doch mehr als Zufall.«

»Allerdings. Vielleicht war er ja mit dem Mörder verabredet? Immer vorausgesetzt, es *ist* derselbe Täter, der auch die Frau auf dem Gewissen hat.«

»Die Überprüfung der Alibis dürfte in diesem Fall leichter sein als üblicherweise. Wer geht schon bei Schneesturm vor die Tür?«

»Vielleicht ging er gar nicht vor die Tür. Vielleicht hat er das Opfer in einem Haus oder einer Wohnung erwürgt und anschließend nach draußen geschafft.«

»Auch dann hätte er bei Schneesturm vor die Tür gemusst. Und sogar ziemlich weit, bis zur Lichtung bei der Müllkippe. Und das sind etwa zwei Kilometer, *Patron*!«

»Richtig. Noch dazu mit einer Leiche, die mindestens achtzig bis neunzig Kilo wog. Da ist was dran, Alain.«

»Und dann der Todeszeitpunkt. Gegen zwanzig Uhr oder etwas später verlässt Bonnafoux sein Haus. Am nächsten Morgen kurz nach acht wird die Leiche gefunden. Zieht man den Zeitraum der Ausbildung der Totenstarre ab, also circa neun Stunden, dann bleibt die Zeitspanne zwischen zwanzig und null Uhr letzte Nacht. Grob geschätzt.«

»Dr. Brochet meinte, durch die Außentemperatur könnte sich der Todeszeitpunkt noch nach hinten verschieben.«

»Trotzdem – wie kam die Leiche mitten in der Nacht in die Nähe der Müllkippe? Und mitten in der Nacht muss sie ja dorthin gekommen sein. *Vor* Ausbildung der kompletten Totenstarre.«

»Und bevor es aufgehört hatte zu schneien.«

»Und das war, wie wir wissen, heute früh gegen vier Uhr.«

Florence trank den letzten Schluck Kaffee und lehnte sich in Edwige Bonnafoux' Schaukelstuhl zurück. Während ihr Rücken inzwischen eiskalt war, glühte ihr Gesicht von der Wärme des Kamins.

»Gut, Alain. Gehen wir mal von ein und demselben Täter aus. Sonst haben wir ja überhaupt keinen Anhaltspunkt. Das heißt, wir müssen da anfangen, wo wir gestern aufgehört haben. Die Ausgangssituation für alles Weitere ist nach wie vor der Mord an der mutmaßlichen Prostituierten. Bonnafoux, der gesagt hat »Ich war's nicht«, ist am 23. Dezember mit ein paar Kumpels auf der Jagd gewesen. Ungefähr zu der Zeit, als der Wohnwagen ausbrannte, kam er ins Dorf zurück. Was schließen Sie daraus, Alain?«

»Dass *wir* jetzt *auch* auf die Jagd gehen, *Patron*.«

»Genau. Ich hoffe, dass die Gendarmerie die ersten Jäger in Kürze ins Gemeindehaus bringt.«

»Griffard und Petit kümmern sich um die Fingerabdrücke. Außerdem wissen wir in ein paar Stunden, wer von den Leuten ein Alibi für den 23. Dezember und für letzte Nacht hat und wer nicht.«

In dem Moment klopfte es an die Tür. Eine junge Frau mit einem Baby auf dem Arm betrat die Wohnküche. Sie lächelte unsicher.

»Kommen Sie herein«, sagte Alain. »Das ist Kommissarin Labelle – Madame Vaurien, die Nachbarin.«

»Guten Tag. Nett, dass Sie sich bereit erklärt haben, nach

Madame Bonnafoux zu sehen. Sie liegt nebenan im Schlafzimmer. Der Arzt hat ihr ein Beruhigungsmittel gegeben. Spätestens heute Abend kommt ein Krankentransport und bringt Madame Bonnafoux in ein Pflegeheim.«

Der Säugling im Arm der jungen Frau fing leise an zu wimmern. Die Mutter versuchte ihn zu beruhigen.

»Inspektor Roche hat Ihnen ja bereits einige Fragen gestellt, Madame. Ist Ihnen noch irgendetwas eingefallen?«

Florence entging nicht das kurze Zögern in den Augen der jungen Frau.

»Alles, was Sie uns sagen, wird vertraulich behandelt. Das versichere ich Ihnen.«

Der Säugling hatte aufgehört zu weinen.

»Na ja, ich weiß nicht, ob es wichtig ist.« Denise Vaurien schniefte und wischte sich mit dem Handrücken die Nase.

»Alles kann für uns von Wichtigkeit sein, Madame.«

»Letzte Nacht hab ich aus dem Fenster gesehen, weil ich wissen wollte, ob es immer noch so heftig schneit.«

»Und?«

»Da ging jemand die Straße entlang.«

»Wann war das?«

»So gegen neun, halb zehn.«

»Warum haben Sie mir das vorhin nicht gesagt, als ich Sie fragte, ob Ihnen in der Nacht irgendetwas aufgefallen ist?« Alains Stimme war schärfer geworden.

»Weil ich mir nicht ganz sicher war. Ich hab nämlich kaum was erkennen können. Wegen des Schneegestöbers.«

»Und jetzt sind Sie sich plötzlich sicher? Wieso?« Florence beugte sich vor und nahm die junge Frau näher in Augenschein. Ein schmales, blasses Gesicht. Dünne Lippen, die nervös lächelten. Rotblonde Haare unter einer blauen Strickmütze. Wahrscheinlich hatte sie noch nie mit der Polizei zu tun gehabt. War sie als Zeugin etwas wert?

Denise Vaurien vermied krampfhaft jeden Blickkontakt.

»Na ja, ich weiß auch nicht ... Aber da war jemand.«

»Können Sie diese Person beschreiben?«

»Nein. Dazu war sie zu weit weg, und wie gesagt, es war dichtes Schneetreiben.«

»War es ein Mann oder eine Frau?«

»Das weiß ich nicht. Eher ein Mann, würde ich sagen.«

»Wohin ging die Person denn?«

»Den Weg entlang. Richtung Dorfmitte.«

»Welchen Weg?«

»Der vom Dorf in die Felder führt, dann in das Eichenwäldchen und zur Müllkippe.«

»Aber die Person ging *ins* Dorf und nicht *aus* dem Dorf.«

»Ja, genau.«

»Ich danke Ihnen, Madame Vaurien. Kommen Sie, Alain, wir müssen los.«

Wenig später standen sie auf besagtem Weg in Sichtweite von Denise Vauriens Haus. Florence sah sich um. Zur einen Seite hin lag das Dorf, zur anderen erstreckten sich Felder und Waldstücke.

– Irgendwo da hinten sind heute Nacht eigenartige Dinge geschehen, dachte sie. Ob sie es je herausfinden würden? Sie wandte sich zu Alain.

»Was halten Sie von der Aussage der Zeugin?«

»Die Frage ist nur, was uns das bringt. Eine schemenhafte Gestalt im Schneegestöber. Das ist wie Schattenboxen im Tunnel.«

Florence lachte kurz auf.

»Sie sagen es, Alain. Es gibt zwei Möglichkeiten. Nein, drei. Erstens: Die Gestalt im Schneesturm letzte Nacht war Aimé Bonnafoux, der ins Dorf ging. Frage: Wo war er die ganze Zeit, und wie ist er dann später in die Landschaft gekommen? Zweitens: Besagte Gestalt war der Mörder, der nach getaner Arbeit zurück ins Dorf ging. Das würde bedeuten, dass der Zeitpunkt von Aimés Tod vor 21 Uhr beziehungsweise 21 Uhr 30 liegen müsste. Darüber werden wir nach der Autopsie mehr wissen. Drittens: Die Gestalt, die die Zeugin gesehen hat, war ein völlig unbeteiligter Dritter.«

»Ich neige zur zweiten Variante, *Patron*.«

»Ich auch, Alain.«

24

Weihnachtsfeiertag, 14 Uhr

Es war eisig in dem riesigen Raum. Die wartenden Männer hatten in ihren warmen Jacken, Mützen und Schals auf Plastikstühlen Platz genommen, die kreisförmig in der Mitte angeordnet waren.

39 männliche Dorfbewohner besaßen den Jagdschein, das waren etwa 75 Prozent der erwachsenen männlichen Bevölkerung von Puech-Soleil. 10 von ihnen waren über die Feiertage zu Verwandten gefahren oder in Urlaub. Einer lag mit einer Grippe zu Hause im Bett. Die übrigen 28 saßen mit ihren Familien beim festlichen Mittagessen, als die Polizei kam. Nicht jeder hatte sich gleich kooperativ gezeigt. Einige äußerten vehement ihren Unmut. Doch der Druck, durch eine Weigerung womöglich in Schwierigkeiten zu geraten, war wohl so groß, dass schließlich alle versammelt waren.

Teils mürrisch, teils neugierig blickten sie zu Kommissarin Labelle, die gerade mit Inspektor Roche den Saal betrat. Florence sah auf die Uhr. Ermittlungsrichterin Colombier hätte schon längst hier sein müssen. Aber die Wetterverhältnisse erschwerten vermutlich auch dies. Florence beschloss, die ersten Vernehmungen ohne sie durchzuführen. Griffard und Petit von der Spurensicherung standen wegen der Fingerabdrücke bereit.

Yves Latour, der Heizungsmonteur, kniete im Blaumann und mit Schraubenschüssel und Klempnerzange bewaffnet vor einem der Heizkörper. Er überprüfte die Ventile und versuchte, so wenig Lärm wie möglich zu machen.

Florence ließ ihre Blicke über die Männer schweifen. Es

waren alle Altersgruppen vertreten. Der jüngste mochte achtzehn sein, der älteste an die siebzig. Niemand stach auf den ersten Blick durch irgendetwas hervor. Ein repräsentativer Durchschnitt der männlichen Bevölkerung auf dem Land. Biedere Familienväter, tüchtige Handwerker und Bauern, die sich untereinander kannten und duzten.

»Ich will es kurz machen, meine Herren«, begann Florence. »Wir alle sind daran interessiert, das hier auf schnellstem Weg zu Ende zu bringen. Aber das wird weitgehend von Ihnen abhängen.« Sie ließ ihre Worte einen Moment nachwirken. Keiner der Männer reagierte.

»Sie sind alle darüber informiert, was passiert ist. Als Erstes will ich von Ihnen wissen, wer vorgestern, am 23. Dezember, zusammen mit Aimé Bonnafoux auf der Jagd gewesen ist.«

Unruhe im Raum, die Männer sahen sich erstaunt an. Einige schüttelten den Kopf, andere rutschten frierend auf ihren Stühlen hin und her.

»Wir wissen, dass Aimé Bonnafoux an diesem Tag mit einer Gruppe von Jägern unterwegs war. Er hat uns einige Namen genannt, als wir gestern mit ihm sprachen.« Dies war natürlich reiner Bluff. »Also, wer von Ihnen war in dieser Gruppe?«

Didier Legrand warf einen verstohlenen Blick zu Pierre Jalaguier, dem Tankstellenbesitzer. Der kratzte sich scheinbar unbeteiligt am Kopf.

Niemand meldete sich. Florence blickte erneut in die Runde.

»Ich warte, meine Herren.«

Didier Legrand lehnte sich auf dem unbequemen Stuhl zurück, gähnte und sah auf die Uhr.

Endlich stand einer der Männer zögernd auf.

»Ich war dabei.« Er wirkte nervös, sein unruhiger Blick suchte die anderen Männer. Irritiert lachte er.

»Was ist – bin ich etwa allein mit ihm unterwegs gewesen? Ihr wart doch auch mit!«

»Ihr Name?«, fragte Alain.

»Bruno Delors.«

Jetzt reagierte Didier Legrand. Lässig hob er die Hand.

»Ich war auch dabei.«

»Wie heißen Sie?«

»Legrand.« Dies war für Jalaguier das Zeichen, sich ebenfalls zu melden.

»Ich auch«, sagte er. »Jalaguier.«

Lionel Dupuis und Philippe Fresquet erhoben ebenfalls zögernd ihren Arm und nannten ihre Namen.

»Also fünf«, sagte Florence. »Mit Monsieur Bonnafoux wäre das demnach eine Gruppe von sechs gewesen. Ein bisschen wenig für eine Treibjagd auf Wildschweine.«

Didier Legrand zündete sich eine Zigarette an und sagte gedehnt:

»Na ja, Victor Augier war auch dabei. Aber der liegt zur Zeit mit einer Erkältung im Bett.«

Florence nickte.

»Ich verstehe. Wir suchen ihn nachher zu Hause auf. Sie waren also zu siebt. Oder war noch jemand dabei?« Niemand antwortete. Legrand zog den Rauch tief in seine Lungen und musterte die Kommissarin. Florence spürte auf unangenehme Weise seinen abschätzigen Blick.

– Merkwürdig, dachte sie. Zuerst meldet sich dieser Legrand nicht, dann verpetzt er seinen kranken Jagdgefährten. Instinktiv wusste Florence, dass Didier Legrand in der Gruppe der Jäger der Jagdführer war. Sein ganzes Verhalten ließ darauf schließen. Dennoch würde sie ihn nicht als Ersten verhören, sondern Bruno Delors, der den Stein ins Rollen gebrachte hatte.

»Gut. Ich will Ihnen sagen, wie wir vorgehen. All diejenigen, die nicht zu der Gruppe gehören, können jetzt nach Hause gehen. Die anderen, die mit Bonnafoux auf der Jagd waren, bitte ich dann nacheinander zur Vernehmung. Die Kollegen von der Gendarmerie werden darauf achten, dass Sie in der

Zwischenzeit keine Gespräche miteinander führen. Zum Schluss bitten wir Sie dann noch um Ihre Fingerabdrücke. Dazu sind wir berechtigt. Gibt es irgendwelche Fragen?«

»Ja, allerdings.« Pierre Jalaguiers Stimme klang laut und aggressiv. »Hätte das nicht bis morgen Zeit gehabt? Der Polizei macht das vielleicht alles nichts aus. Aber für uns ist das Weihnachtsfest damit gelaufen.«

Ein beifälliges Gemurmel war zu hören. Stühle scharrten, eine Unruhe entstand im Saal. Diejenigen, die nicht zur Gruppe der Jäger gehörten, schickten sich zum Gehen an.

»Das tut mir Leid, Monsieur«, sagte Florence sarkastisch in die allgemeine Aufbruchstimmung hinein. »Haben Sie sich deswegen nicht gleich auf meine Frage hin gemeldet, weil Ihnen das Weihnachtsfest wichtiger ist als der Tod zweier Menschen? Glauben Sie nicht, dass für die Tote im Wohnwagen und für Ihren Jagdfreund Aimé Bonnafoux das Weihnachtsfest *auch* gelaufen ist?«

Jalaguier klappte verblüfft seinen Mund zu und verzog ihn zu einem verlegenen Grinsen. Didier Legrand blickte mit unbeweglicher Miene und dachte, dass er diese Kommissarin keinesfalls unterschätzen durfte.

»Hoffentlich geht die Heizung bald«, murmelte Lionel Dupuis. »Ich hab nämlich keine Lust, mir den Tod zu holen.«

Yves Latour, der sich gerade erhoben hatte und seinen Werkzeugkoffer nahm, warf einen kurzen Blick zu Florence und sagte: »Alles in Ordnung, Madame. Die Heizung funktioniert jetzt. Aber es dauert natürlich noch eine Weile, bis es richtig warm wird.«

»Danke, Monsieur.« Florence wusste, dass es in diesem großen Saal mit seiner hohen Decke und den gekalkten Backsteinwänden frühestens nach sechs Stunden richtig warm werden würde.

25

Weihnachtsfeiertag, 14 Uhr 10

Mit einem fürchterlichen Kater war Martine Morana am Morgen erwacht. Aus ihren Plänen, sich einen gemütlichen Vormittag im Bett zu gönnen, war nichts geworden. Das Telefon hatte sie viel zu früh aus dem Schlaf gerissen. Auf diese Weise erfuhr sie durch ihre Schwägerin Simone von Aimés gewaltsamem Tod. Schlagartig war sie hellwach geworden, gleichwohl wurde das Dröhnen in ihrem Kopf von Minute zu Minute stärker. Auch zwei Aspirintabletten hatten nicht geholfen.

Jetzt, viele Stunden später, fühlte sie sich nicht besser. Ihre Augen waren verquollen, der schlechte Geschmack im Mund hatte sich trotz mehrfachen Zähneputzens und einer Packung Pfefferminzdrops nicht verflüchtigt. Sie fühlte sich wie ausgespuckt.

Aimés Tod ging ihr mächtig unter die Haut. Sie hatte ihn gekannt, seit sie Kinder waren. Er war immer ein Außenseiter gewesen, ohne Freunde. Von allen Kindern im Dorf wurde er gehänselt. Auch sie hatte sich jahrelang an den Hänseleien beteiligt. Dabei war Aimé immer gutmütig und hilfsbereit gewesen. Doch das erkannte sie erst sehr viel später. Kinder sind grausam und gnadenlos. Aimé hatte es nie leicht gehabt. Dennoch machte er stets einen zufriedenen und glücklichen Eindruck. In gewisser Weise hatte sie ihn sogar immer ein wenig beneidet.

Was war geschehen? Wer hatte einen so friedfertigen und sanftmütigen Menschen in der Weihnachtsnacht umgebracht und warum? Gestern Mittag war er noch in ihrem Café gewesen. Seltsam, wie schnell ein Menschenleben verlöscht! Als ob man eine Kerze auspustet … Sie dachte an Lady Di und das Lied, dass Elton John bei ihrem Begräbnis in der Kirche gesungen hatte. Martine hatte hemmungslos schluchzen müssen, als sie die Übertragung seinerzeit im Fernsehen verfolgte.

Nun würde Aimé nie mehr bei ihr an der Bar sitzen, mit seinem Bier, den starken Zigaretten, die er rauchte, und dem einfältigen Lächeln auf seinem platten Gesicht.

Der, der Joséphine ermordet hatte, war auch Aimés Mörder. Dessen war sie sich gewiss. Daran gab es keinen Zweifel. Die Geschehnisse in Puech-Soleil hatten sich auf eine schicksalhafte und unabwendbare Weise miteinander verwoben. Wenn man näher darüber nachdachte, konnte einem angst und bange werden. Nicht, dass sie selbst etwa um ihr Leben gefürchtet hätte. Sie hatte Angst, dass von nun an im Dorf nichts mehr so sein würde wie vorher.

Sollte sie der Polizei erzählen, was sie über Joséphine wusste? Jetzt wäre es vielleicht an der Zeit, bevor womöglich noch weiteres Unheil geschah. Doch je länger Martine darüber nachdachte, desto mehr verwarf sie diesen Gedanken wieder. Die Polizei würde vielleicht selbst herausfinden, was herauszufinden war. Wenn nicht, dann sollte es so sein.

Martine ging ins Bad und versuchte, sich, so gut es ging, auf die Reihe zu bringen. Sie tupfte die Augenlider mit kaltem Wasser ab und legte sorgfältig ihr Make-up auf. Die Haare hatte sie bereits vor einer Stunde gewaschen und neu gefärbt. Umhüllt von einer schweren und süßen Parfümwolke suchte sie sodann ihre Kleider aus dem Schrank und zog sich an.

Es wurde Zeit, das Café zu öffnen. Wie immer an Sonn- und Feiertagsnachmittagen war dies der wichtigste Treffpunkt für alle im Dorf, die der öden Familienidylle für ein paar Stunden entfliehen wollten. Und heute, das war gewiss, würde der Umsatz im *Chien perdu* aufgrund der Ereignisse einen neuen Rekord erreichen.

Weihnachtsfeiertag, 14 Uhr 20

Als Martine Morana sich auf den Weg in ihr Café machte, beendeten Gilles und Frances Roux einige Kilometer weiter auf ihrem Hügelanwesen La Bastide gerade ihre mittägliche Siesta.

Frances hatte Punkt zwölf ein typisch amerikanisches Weihnachtsessen auf den Tisch gebracht: Truthahn mit einer Füllung aus *Corn Bread* und Rosinen und *Pumpkin Pie.* Die zwei Flaschen *Pommard,* die sie dazu geleert hatten, gaben diesem Festtag etwas Beschwingtes und Leichtes. Alle Sinne wurden angesprochen. Dies führte bald nach dem Mittagessen dazu, dass Frances und Gilles im ehelichen Schlafzimmer landeten. Trotz des opulenten Essens gingen sie voller Schwung und kreativer Ideen ans Werk. Frances hatte sich bei ihrem letzten Aufenthalt in New York aus einem Erotik-Shop so genannte *Eatable Undies* mitgebracht – essbare Reizunterwäsche. Einen sparsamen Tanga und einen winzigen BH, rosa mit türkisfarbenen Spitzen abgesetzt. Sie hatte Gilles damit überraschen wollen, und dies war ihr am heutigen Tag voll geglückt.

Als sie aus dem Bad kam und den blutroten Seidenkimono ablegte, war Gilles beinahe ausgeflippt. Francies Figur war immer noch makellos. Sie war schlank, hatte festes, straffes Fleisch und an den richtigen Stellen weibliche Rundungen. Die essbare, erotische Unterwäsche, quasi ein erlesener Nachtisch, schmeckte süß und klebrig. Wie eine Mischung aus Marsh Mellows und Donuts. Doch das hatte Gilles keineswegs gestört. Noch ehe er das linke Körbchen des BHs verspeist hatte, war er so weit, und alles andere nahm seinen Lauf. Auf diese Weise war der Großteil der *Eatable Undies* unberührt geblieben, für weitere Gelegenheiten dieser Art.

Während Frances sich gerade in die große Jacuzzi-Wanne ein duftendes Schaumbad einlaufen ließ, ging Gilles, nur mit Boxershorts bekleidet, in sein Arbeitszimmer. Wie immer war sein Computer angestellt. Auch nachts schaltete Gilles ihn nur selten aus. Das war die Zeit, in der die wichtigen E-Mails aus den Staaten kamen. Die Stunden, in denen Gilles' kreatives Arbeitspotential am größten war und seine Materialien über den Daten-Highway in Windeseile in New York landeten.

Er ging seine E-Mails durch. Eine tiefe Befriedigung erfasste ihn. Wichtige Verträge waren abgeschlossen, einige bedeutende Geldbeträge standen in Kürze ins Haus.

Anfang Februar, zur Zeit des *Carnevale*, würde er sich und Frances wieder einmal mit einer Reise nach Venedig verwöhnen.

Weihnachtstag, 14 Uhr 40

»Was ist das hier, Victor, eine Wunderheilung?«

Victor Augier drehte sich hastig zur Tür, wo seine Frau mit einem Tablett stand. Auf einem dampfenden Teller das späte Mittagessen, ein Stück Wildschweinkeule in Rotweinsauce, garniert mit Pilzen. Schnell zog Victor seine Hose hoch, stopfte das Hemd hinein und fischte die Socken vom Stuhl neben dem Kleiderschrank. Seine Frau stellte das Tablett auf die Kommode.

»Kannst du mir bitte mal erklären, was das soll?«

»Meinst du, ich hab Lust, die Polizei am Weihnachtstag hier in meinem Haus zu empfangen? Das fehlte gerade noch.«

»Ich denke, du bist todkrank?!«

»Ob krank oder nicht, es ist besser, wenn ich zu den anderen rüber in den Gemeindesaal gehe. Da weiß ich wenigstens, was läuft.«

»Was soll denn laufen, Victor? Du hast doch mit der ganzen Sache nichts zu tun. Oder doch?«

Victor lachte kurz auf.

»So ein Unsinn! Natürlich hab ich nichts damit zu tun. Aber man kennt ja die Methoden der Polizei. Die drehen dir das Wort im Munde um. Ich will vor Ort sein und nicht hier zu Hause hocken und Däumchen drehen.«

Er war fertig mit Anziehen. Seine Frau seufzte.

»Zieh dich bloß warm an. Sonst liegst du morgen mit einer Lungenentzündung da.«

– Von wegen, dachte Victor. Wie leicht man ihr doch etwas vormachen kann! Er lachte heimlich in sich hinein. Schadenfreude war das Salz in der Suppe des Lebens. Mein Gott, waren Frauen naiv! Davon hatte ihn die Erfahrung seines bisherigen Lebens überzeugt. Seit er ein kleiner Junge war, hatte er von dieser Erkenntnis profitieren können.

Seine Gedanken eilten voraus. Wie ging die Polizei vor? Was würden die anderen sagen? Wie gut, dass er am Vormittag rundum telefoniert hatte.

Etwas später betrat er den Gemeindesaal. Schnell ließ er seine Blicke schweifen. Da saßen die anderen. Niemand sah ihn an, niemand von ihnen reagierte, als er auf einem der Stühle Platz nahm.

Einer der Gendarmen wandte sich an ihn.

»Darf ich fragen, wer Sie sind, Monsieur?«

»Victor Augier. Eigentlich bin ich krank, aber ich dachte, dass es der Polizei vielleicht zu viele Umstände machen würde, zu mir nach Hause zu kommen.«

Der Beamte suchte in seiner Liste nach Victors Namen.

»Richtig. Dann gehören Sie zum Kreis der Jäger, die mit dem ermordeten Aimé Bonnafoux am 23. Dezember auf der Jagd gewesen sind?«

Victor sah ihn irritiert an und nickte.

»Gut. Ich sage gleich der Kommissarin Bescheid.« Der Beamte stand auf und ging hinaus.

Victor beugte sich zu Lionel Dupuis.

»Wieso sind denn so wenig Leute hier? Ich dachte, dass alle Jäger aus Puech-Soleil vorgeladen würden?«

»Nicht sprechen bitte«, ermahnte ihn der zweite Gendarm.

– Scheiße, dachte Victor. Jetzt sitze ich ja erst recht in der Falle. Wie konnte ich bloß auf die Idee kommen, Hals über Kopf hier aufzutauchen? Er versuchte sich zu beruhigen. Nur nicht nervös werden, die Marschroute stand für alle fest.

In dem Moment bemerkte er, dass Bruno Delors fehlte. Didier Legrand saß am Fenster und fixierte ihn mit zusammengekniffenen Augen. Etwas Drohendes lag darin, das Victor sich nicht erklären konnte. Oder irrte er sich? Didier kannte ihn doch! Er musste doch wissen … Victors Gedanke brach ab. Plötzlich spürte er die Eiseskälte, die von allen Seiten an ihm hochkroch.

26

Weihnachtsfeiertag, 14 Uhr 45

Im Gegensatz zum Gemeindesaal war es im Büro des Bürgermeisters angenehm warm. Das Wasser in der Heizung gluckerte, und das monotone Geräusch füllte die Pausen, die im Frage- und Antwortspiel einer polizeilichen Vernehmung entstanden. Durch das Fenster schien die Sonne herein, auf der Straße tummelten sich Kinder im Schnee.

Der Bürgermeister war nach Hause gegangen. Er hatte einsehen müssen, dass er in seinem eigenen Büro derzeit nicht erwünscht war. Auf diese Weise nahm er die Chance wahr, doch noch in den Genuss des weihnachtlichen Festschmauses zu kommen. Alles andere lag ohnehin nicht in seiner Macht.

Florence hatte hinter seinem Schreibtisch Platz genommen, Alain saß mit gezücktem Notizbuch an der Schmalseite des Tisches.

»Gut, Monsieur Delors.« Florence stützte die Ellbogen auf die Tischplatte und faltete die Hände. »Fassen wir das bisher Gesagte einmal zusammen. Obwohl Sie nur zu siebt waren, wurde die Treibjagd wie geplant durchgeführt. Die Gruppe teilte sich in zwei Treiber – Didier Legrand, Pierre Jalaguier – und fünf Schützen. Die beiden Treiber hatten ihre Hunde dabei. Als Schützen waren Aimé Bonnafoux, Lionel Dupuis, Philippe Fresquet, Victor Augier und Sie selbst eingeteilt. Das Treiben fand im Abschnitt DC 1145 und DC 1146 in den kommunalen Wäldern statt. Als Treffpunkt war der Löschtank am Waldweg DC 1145 verabredet, 9 Uhr morgens am 23. Dezember. Ist das so weit richtig?«

»Ja.«

»Wie weit ist der Jagdabschnitt von der Müllkippe entfernt?«

»Knapp einen Kilometer.«

»Wo hatten Sie die Autos geparkt?«

»Wir hatten die Autos im Dorf gelassen und waren zu Fuß gekommen.«

»Das erstaunt mich, weil doch die meisten Jäger möglichst dicht an das Jagdgebiet heranfahren und lange Fußwege eher scheuen.«

»Wir nicht. Wir gehen schon seit Jahren zusammen auf die Jagd. Manchmal sind ein paar Leute mehr dabei, aber wir gehen immer zu Fuß. Außer wenn wir in den Nordwäldern jagen. Das ist dann zu weit.«

»Kannten Sie Aimé Bonnafoux gut?«

»Natürlich. Wir alle hier im Dorf kannten ihn gut. Er war ja einer von uns. Wir waren gleichaltrig und haben schon auf der Straße zusammen gespielt. Ein netter Kerl und ein guter Schütze, der Aimé.«

»Dachten die anderen Jäger auch so über ihn?«

»Ich glaube schon.«

»Und wie dachte er über die anderen? Fühlte er sich in ihrer Gegenwart wohl?«

»Natürlich, sonst wäre er ja nicht immer dabei gewesen.«

»Was geschah dann während der Jagd?«

»Nicht viel, leider. Das heißt, die Treiber haben versucht, die Sauen vor die Schützen zu bringen. Aber die Sauen gingen nicht aus dem Treiben. Die Treiber sind stundenlang mit den Hunden durchs Unterholz gelaufen. Mehrfach haben die Hunde Witterung aufgenommen, aber die Rotten nicht sprengen können. Vielleicht war die Schusslinie von vornherein falsch festgelegt. Außerdem waren viel zu wenig Schützen postiert. Die Sauen konnten durchbrechen.«

»Wer hat die Schusslinie denn festgelegt?«

»Didier Legrand. Mit seinen Hunden ist er der beste Treiber weit und breit. Aber dieser Jagdabschnitt ist tückisch. Die steile Schlucht, das dichte Unterholz. Wenn die Sauen nicht rauskommen oder entwischen, weil die Schusslinie zu weitläufig ist, kann man nichts machen.«

»Wenn ich das richtig verstehe, haben Sie also kein Wild gesichtet und auch keins geschossen.«

»Nein.«

»Aber es fielen doch Schüsse. Das haben uns mehrere Zeugen bestätigt.«

»Ja, sicher fielen Schüsse. Wir hörten die Sauen ja im Unterholz.«

Bruno Delors war warm geworden in seiner dick gefütterten Jacke. Er zog sie aus. Darunter trug er ein helles Flanellhemd, das mit dunklen Stiermotiven bedruckt war. Schwarze spanische Kampfstiere ... Sollte das Zufall sein, oder ergab sich hier ein weiterer, mysteriöser Hinweis zum Nachbarland Spanien? Konnte das in Zusammenhang mit der spanischen Zeitung, den Kastagnetten und so weiter zu sehen sein? Florence fasste den Jäger scharf ins Auge.

»Sagen Sie, Monsieur Delors, waren Sie in letzter Zeit mal in Spanien?«

Delors sah sie irritiert an.

»Wieso?«

»Weil Sie so ein hübsches Hemd tragen. Haben Sie sich das als Souvenir mitgebracht?«

Delors schüttelte verwundert den Kopf.

»Nein, ich war noch nie in Spanien. Im Urlaub fahre ich immer in die Ardèche. Zum Angeln. Außerdem gibt es diese Hemden hier überall auf den Märkten.«

Alain, der natürlich ahnte, worauf die Fragen seiner Chefin zielten, hakte nach.

»Sie haben auch keine Verwandte oder Freunde in Spanien?«

»Nein.«

»Kennen Sie Leute, die dort herkommen?«

»Nein.«

Florence musste einsehen, dass die Fragen nicht weiterführten. Sie lenkte das Gespräch wieder auf das Geschehen am 23. Dezember.

»Wie lange waren Sie und Ihre Jagdgefährten denn vorgestern unterwegs?«

»Von 9 Uhr morgens bis zum frühen Nachmittag.«

»So lange? Ohne Pause? Die ganze Zeit im Wald unterwegs?«

»Na ja, kurz nach 2 Uhr haben wir Schluss gemacht und ein Lagerfeuer angezündet. Wir hatten ein bisschen Proviant dabei, auch was zu trinken.«

»Aha. Und dann?«

»Dann haben wir am Feuer gestanden und uns unterhalten.«

»Worüber?«

»Über dies und das. Wie man eben so redet. Über Alltäglichkeiten.«

»Auch über Frauen?«

Delors sah sie mit großen Augen an.

»Wie meinen Sie das, über Frauen?«

»Ich meine es so, wie ich es sage. Wenn Männer unter sich sind, reden sie doch oft über Frauen. Oder nicht?«

»Ja sicher …«

»Da werden allerlei Anspielungen gemacht, die nicht immer schmeichelhaft für die Frauen ausfallen.«

»Tja, wissen Sie, *Commissaire* …«

Florence sah ihn scharf an.

»In dem Fall möchte ich nur eines wissen: Haben Sie und Ihre Jagdgefährten an dem Tag über die Prostituierte in dem Wohnwagen geredet?«

»Nein.«

»Kannten Sie sie?«

»Nein.« Bruno Delors öffnete den obersten Knopf seines Hemdes.

»Wussten Sie von ihr?«

»Nein!«

»Und von dem Wohnwagen?«

»Davon wusste doch jeder im Dorf. Der stand da seit ewigen Zeiten.«

Florence beugte sich vor.

»Sie könnten also jederzeit beeiden, dass Sie die im Wohnwagen getötete Frau weder kannten noch wussten, dass sie da draußen einem einschlägigen Gewerbe nachging?«

Bruno Delors schluckte. Er spürte, wie ihm die Röte ins Gesicht schoss.

»Ja, das könnte ich.« Es klang so, als würde er es selbst nicht glauben.

Es war einen Moment Stille im Raum, nur die Heizungsrohre knackten.

Der Bürgermeister hatte ein paar Flaschen Mineralwasser auf den Bürotisch gestellt. Florence stand auf, schenkte sich ein Glas ein und ging zum Fenster. Auf der Dorfstraße fuhr ein Traktor entlang, der eine Art Baggerschaufel montiert hatte und den Schnee beiseite zu schieben versuchte. Schräg gegenüber gingen einige Gäste ins Café *Au chien perdu*. Eigenartig, dass die Kneipe heute am Feiertag geöffnet hatte …

»Sind Sie verheiratet, Monsieur Delors?«

»Verwitwet, *Commissaire*.«

»Verstehe. Haben Sie eine Freundin?«

»Nein, zur Zeit nicht.«

Alain schaltete sich ein.

»Gehen Sie hin und wieder zu Prostituierten?«

Delors wusste nicht, was er darauf sagen sollte. Also sagte er nichts.

Florence taxierte ihn. Er war klein und rundlich, mit rotbackigem Gesicht und spärlichen grauen Haaren. Ein paar braune Knopfaugen standen eng beieinander. Delors wirkte gutmütig und ein wenig phlegmatisch. Er war der Typ netter Onkel und hilfsbereiter Nachbar. Sicher kein Frauentyp im herkömmlichen Sinne.

Florence setzte sich wieder hinter den Schreibtisch.

»Antworten Sie bitte, Monsieur Delors.«

»Ja, ein- oder zweimal im Vierteljahr fahre ich deswegen nach Nîmes oder Montpellier.«

»Aber die Prostituierte im Wohnwagen kannten Sie nicht?«, hakte Alain nach. »Das wäre doch für Sie viel bequemer gewesen, als nach Nîmes oder Montpellier zu fahren.«

»Ja, schon möglich, aber ich kannte sie nicht!« Bruno Delors hatte seine Stimme erhoben und strich sich erregt über die dünnen Haarsträhnen. Florence wechselte das Thema.

»Welchen Beruf haben Sie, Monsieur Delors?«

»Ich bin Maurer.«

»Selbständig?«

»Ja. Meine beiden Schwiegersöhne sind mit in der Firma. Wir sind ein kleiner Familienbetrieb.«

»Nochmals zurück zum Geschehen am 23. Dezember. Als Sie Ihr Picknick am Lagerfeuer beendet hatten, was geschah dann?«

»Wir gingen zurück.«

»Zurück ins Dorf? Gingen Sie alle zusammen los?«

»Ja.«

»Wann war das?«

»So gegen 15 Uhr, glaube ich.«

»Welchen Weg nahmen Sie?«

»Den Weg bis zur großen Gabelung.«

»Was heißt das?«

»Südlich von den beiden Jagdabschnitten führen zwei Wege nach Puech-Soleil. Zum einen die Abkürzung, da ist man schneller im Dorf. Und dann der Weg an der Müllkippe vorbei.«

Florence und Alain tauschten einen schnellen Blick.

»Und welchen Weg gingen Sie?«, fragte Alain.

»Wir trennten uns. Wie ich schon sagte, gingen wir bis zu der Gabelung. Ich nahm die Abkürzung, die anderen gingen den anderen Weg.«

»Den an der Müllkippe vorbei?«

»Ja. Das nehme ich jedenfalls an.«

»Aber Sie gingen die Abkürzung, die *nicht* an der Müllkippe und an der Lichtung vorbeiführt. Ist das richtig?«

»Ja, das ist richtig.«

»Wieso, Monsieur Delors? Warum sind Sie nicht mit den anderen gegangen?«

»Weil ich es eilig hatte. Ich wollte in die 16-Uhr-Messe, und es war ja schon ziemlich spät.«

»Wie spät war es etwa, als Sie die anderen verließen?«

»Bestimmt schon Viertel nach drei.«

»Haben Sie es noch zur Messe geschafft?«

Bruno Delors lächelte, als ob ihn diese Frage erleichterte.

»Natürlich, *Commissaire*. Das wird Ihnen der Pfarrer bestätigen. Und einige andere auch, die in der Messe waren.«

»Gut, Monsieur Delors. Jetzt möchte ich nur noch wissen, wo Sie heute Nacht zwischen 20 und 0 Uhr gewesen sind.«

»Zu Hause natürlich! Wo soll man denn sonst bei dem Wetter gewesen sein?«

»Gibt es dafür Zeugen?«

»Nein, ich war allein. Meine Töchter und Schwiegersöhne sind über die Feiertage weggefahren.«

Florence schob ihren Stuhl zurück, ein durchgesessener Drehstuhl auf Rollen. Der Bürgermeister musste einen robusten Rücken haben, ihr tat jedenfalls schon nach einer halben Stunde das Kreuz weh.

»Das wäre vorerst alles.«

»Dann kann ich also jetzt gehen?«

»Ja, das können Sie. Die Kollegen draußen nehmen Ihnen noch die Fingerabdrücke ab. Aber verlassen Sie Puech-Soleil in den nächsten Tagen bitte nicht.« Delors nickte, zog seine Jacke an, und das mit dunklen Stieren bedruckte Hemd entschwand Florences Blicken.

Als Bruno gegangen war, sagte Florence:

»So, Alain, jetzt wissen wir wenigstens, dass die anderen aus der Gruppe zum fraglichen Zeitpunkt an jenem Nachmittag an der Müllkippe gewesen sein müssen. Und das ist doch gar nicht so schlecht für den Anfang. Denken Sie immer an Aimé Bonnafoux' Worte gestern im Café! Wenn er's nicht war, hatte er zumindest eine Vorstellung davon, *wer* es gewesen ist.«

»Schon möglich. Aber er kann das auch in einem völlig anderen Zusammenhang gemeint haben.«

»Dann haben wir Pech. Spätestens nach der dritten Vernehmung wird sich ein Bild herauskristallisieren.«

»Hoffentlich, *Patron*. Wer ist der Nächste?«

Florence warf einen Blick auf ihre Liste.

»Pierre Jalaguier. Der Jüngste in der Gruppe. Danach kommt Victor Augier an die Reihe. Ich frage mich, wieso er sich erst krankmeldet und dann doch noch Hals über Kopf hier erscheint.«

»Weil er sonst vielleicht das Gefühl hat, irgendetwas zu verpassen.«

»Eben!«

Alain verließ den Raum.

Als Florence wenig später erneut einen Blick aus dem Fenster warf, sah sie, wie Bruno Delors mit eiligen Schritten auf das Café *Au chien perdu* zusteuerte.

27

Weihnachtsfeiertag, 15 Uhr 50

Martine Morana hatte alle Hände voll zu tun. Sämtliche Tische im Café waren besetzt, und am Tresen drängten sich die Gäste. In der Luft lag der Geruch von Alkohol und Männerschweiß, Zigarettenqualm und Kaffee. In der Musikbox dudelte ein alter Schlager von Yves Montand.

Bruno Delors trank bereits den fünften Pastis. Sein Kopf war rot angelaufen, seine Zunge gelöst.

»Scheiße, Marcel!«, sagte er zu seinem Nachbarn am Tresen, einem jungen Mann. »Weihnachten ist dieses Jahr richtig Scheiße.« Der junge Mann namens Marcel erhob sein Pastisglas.

»Lass mal gut sein, Bruno. Du bist doch sowieso aus dem Schneider.«

»Genau! Ich hab nämlich ein Alibi.« Er lachte und prostete Marcel zu. »Die Bullen sind hier bei uns auf dem Holzweg. In Puech-Soleil gibt es keine Mörder.«

Yves Latour, der mit seinem Sohn Christian an einem der Tische saß, drehte sich um.

»Woher willst du das wissen?«

Bruno Delors trank sein Glas aus. Er wankte leicht, als er es mit einem Schwung auf den Tresen stellte und Martine ein Zeichen gab, ihm nochmals nachzuschenken.

»Weswegen sollte denn jemand 'ne Nutte umbringen, wenn sie gut war? Da sägt er sich doch den eigenen Ast ab!« Erneut fing Delors an zu kichern, doch dann verschluckte er sich und bekam einen Hustenanfall. Der junge Mann neben ihm klopfte ihm auf den Rücken.

Martine mischte sich ins Gespräch ein.

»Bruno, am besten gehst du jetzt nach Hause.«

»Wieso? Schenk mir ruhig noch einen ein.«

»Lieber nicht. Außerdem ist hier nicht der richtige Ort für derartige Gespräche. – Marcel, bring ihn nach Hause.«

Marcel zögerte einen Moment, dann nahm er Delors am Arm und führte ihn aus dem Lokal. Zuerst sträubte Delors sich noch, dann jedoch ließ er sich willig hinausgeleiten, nicht ohne noch ein paar Mal kräftig zu fluchen und unmotiviert zu kichern.

Yves Latour kam mit zwei leeren Kaffeetassen an den Tresen und stellte sie ab.

»Der ist ja sternhagelvoll«, sagte er zu seiner Schwester. »Ich könnte allerdings jetzt auch was Härteres gebrauchen. – Du auch, Christian?«

»'ne Cola.«

»Na schön. Für mich einen Pastis.«

Martine nahm die Flasche aus dem Regal. »Ob bei diesen Befragungen der Jäger irgendwas herauskommt?« Sie sah ihren Bruder skeptisch an.

»Hoffentlich. Ab morgen haben wir sicher die Presse im Ort.«

»Bruno war einige Male bei ihr draußen.« Martine hatte ihre Stimme gesenkt. »Und da war er nicht der Einzige.«

Yves senkte ebenfalls seine Stimme. »Woher weißt du das?«

»Weil sie es mir gesagt hat.«

»Sie hat es dir gesagt? Hast du sie denn so gut gekannt?«

»Ja. Sie war ein paar Mal hier im Lokal.«

»Und da hat sie dir erzählt, wer ihre Freier waren?«

»Sie hat einige Namen genannt. Deinen übrigens nicht. Aber ich nehme trotzdem an, dass du mal bei ihr warst.«

»Lass das doch endlich, Martine.« Yves Stimme klang unwillig. »Das hab ich dir schon gestern Abend gesagt.«

Martine lächelte ihren Bruder spöttisch an. »Aus dem Dorf waren fast alle bei ihr. Was man den meisten nicht verdenken kann. Sie sah ja niedlich aus, und Männer brauchen anscheinend ab und zu mal 'ne Abwechslung. Die Bullen würden wahrscheinlich sonst was darum geben, wenn ich Namen nennen würde.«

»Warum tust du's nicht?«

Martine beugte sich vertraulich zu ihm. »Weil ich nicht glaube, dass es einer von denen war! Außerdem hab ich was gegen Bullen. Aus Prinzip.«

Yves wusste, dass dieses Prinzip daher rührte, dass seine Schwester in erster Ehe einen Brigadier der Gendarmerie geheiratet hatte. Der war krankhaft eifersüchtig, machte ihr schreckliche Szenen und schlug sie. Seine Kollegen hatten kein einziges Mal eingegriffen, wenn Martine den Notruf gewählt hatte. Im Gegenteil. Sie deckten ihn. Die Anzeige, die Martine gegen ihn erstattet hatte, verlor sich auf dem Weg zur Staatsanwaltschaft im Dickicht der Bürokratie. Zum Glück ließ Martine sich nach einem Jahr scheiden. Der Brigadier war nach Perpignan versetzt worden, und man hatte nie wieder von ihm gehört.

Plötzlich ging die Tür auf. Victor Augier und Pierre Jalaguier betraten das Café. Das Stimmengewirr verstummte, alle drehten sich nach den beiden um.

Victor Augier blickte provozierend in die Runde.

»Was glotzt ihr denn so? Wir sind's nicht gewesen!« Er lachte schallend los, als ob er einen guten Witz erzählt hätte. »Sonst wären wir sicher nicht hier. Was, Pierre?«

Jalaguier nickte und zündete sich eine Zigarette an. »Na los, Martine«, rief Augier der Wirtin zu. »Champagner für Pierre und mich! Heute ist schließlich Weihnachten.«

Die beiden kämpften sich zum Tresen durch. Yves Latour nahm den Pastis und die Cola und ging wieder an seinen Tisch zurück. Pierre Jalaguier blickte sich um.

»Übrigens – wo ist denn Bruno?«

»Der ist schon weg«, sagte Martine und holte aus dem Eisschrank eine Flasche Veuve Cliquot. Sie senkte ihre Stimme und beugte sich zu Jalaguier. »Und ob es gut ist, dass ihr beide hier so aufdreht, bezweifle ich.«

Jalaguier lachte. Victor und er waren erleichtert, dass alles so glatt gegangen war. Sie brauchten nur ihre einmal eingeschlagene Linie durchzuhalten. Diese Polizistin hatte sich buchstäblich die Zähne ausgebissen. »Soll ich dir mal was sagen, Martine? Diese Kommissarin ist total unfähig. Die Sache ist doch glasklar: Aimé ist an dem Nachmittag zum Wohnwagen gegangen und hat das Mädchen umgelegt. Dann hat er sich letzte Nacht erhängt.«

»So?« Martine entfernte das Stanniolpapier von der Flasche. »Wie denn? Sandrine Sabran hat erzählt, dass er mitten auf der Lichtung lag. Der nächste Baum ist zwanzig Meter entfernt. Ich will dir mal was sagen, Pierre.« Sie legte ihre flache Hand an ihren Hals und zog sie wie die Schneide eines Messers von links nach rechts. »Einer von euch steckt vermutlich bis hier hin in der Scheiße.«

Victor Augier hatte Martines Worte gehört. Unwirsch sagte er:

»Hör auf, große Reden zu schwingen, Martine. Schenk endlich ein.«

Während Martine die Flasche öffnete, beschloss sie, sich anschließend einen kleinen Rosé zu gönnen. Zum einen wollte sie im stillen Gedenken auf die Toten anstoßen, deren Schicksal ihr bis zu einem gewissen Grad an die Nieren ging. Gleichzeitig konnte sie auf das gute Geschäft trinken, das ihr diese traurigen Umstände am heutigen Tag beschert hatten. Morgen würde es weitergehen. Weil dann vermutlich die Presse kam, möglicherweise auch das Fernsehen. Sie würde ihre Imbisskarte erweitern müssen. Gleich heute Abend wollte sie ihre Schwägerin Simone anrufen und sie bitten, für morgen ein paar Gemüsekuchen vorzubereiten. Um Sandwichs konnte sie sich selbst kümmern, und der *Croque-Monsieur* lag dutzendweise eingefroren in der Tiefkühltruhe und musste bei Bedarf nur kurz in die Mikrowelle.

Als sie zwei Gläser Champagner einschenkte und sie den beiden Jägern über den Tresen schob, dachte sie, dass allein schon diese Flasche 220 Francs Profit abwarf.

So war das nun einmal. Das Leben ging weiter, und Geschäft war Geschäft.

Zur gleichen Zeit nutzte Anne-Marie Legrand die Abwesenheit ihres Mannes, um überall im Haus nach dem verschwundenen Foto aus seiner Brieftasche zu suchen. Die obszöne Darstellung verfolgte sie und ließ einen schrecklichen Verdacht in ihr aufsteigen. Sie durchstöberte sämtliche Hosentaschen, seine Jacketts, die Sportjacken, seine Arbeitsoveralls und suchte zwischen seiner Wäsche. Danach nahm sie sich sein Büro und seine Werkstatt vor. Als sie auch dort nichts fand, ging sie durch den hohen Schnee in die Hühnerställe, die fünfzig Meter hinter dem Haus standen. Große Flachbauten mit Futtersilos an den Stirnseiten und 15 000 Hühnern auf engstem Raum. Aber dort gab es kein Versteck, es sei denn, Didier hätte das Foto irgendwo zwischen den neurotisch lärmenden Tieren deponiert. Doch das schien eher absurd. Den Hundezwinger mit den Jagdhunden konnte sie ebenfalls ausschließen. Am Ende fand sie das, was sie suchte, in der Tiefe des Müllcontainers bei den Hühnerställen. Das Bild der nackten Frau im Wohnwagen lag, in winzige Stücke zerrissen, zwischen diversen Styroporverpackungen. Anne-Marie holte ihre Gummihandschuhe aus der Küche und sammelte die Schnipsel mühsam zusammen. Nach einer halben Stunde war das Foto wieder zusammengesetzt und mit durchsichtigem Klebeband fixiert. Alles war deutlich zu erkennen, es gab keinen Zweifel. Das musste die ermordete Frau im Wohnwagen sein. Nach Abwägung aller Punkte, die dafür und dagegen sprachen, hatte Anne-Marie eine Entscheidung getroffen, die früher oder später Folgen haben würde.

Wenig später telefonierte sie mit ihrer Freundin Pauline Augier und machte sich kurz danach auf den Weg zu ihr. Die

Augiers wohnten nur wenige Häuser weiter. Anne-Maries Sohn Cédric, der zur morgendlichen Bescherung unter anderem auch einen Schlitten bekommen hatte, tummelte sich mit anderen Kindern auf der Dorfstraße. Didier und Victor Augier waren noch im Gemeindesaal. Wer weiß, wann sie wiederkamen. Vermutlich würden sie anschließend noch ins *Chien perdu* gehen, wie meistens am Sonntag.

Pauline hatte Tee gekocht und servierte ihre selbst gebackenen Weihnachtsplätzchen. Sie saßen gemütlich vor dem Kamin und sprachen über die Ereignisse im Dorf.

»Ich hab Aimé immer gern gemocht«, sagte Pauline. »Es tut mir Leid für Edwige. Was wird nun aus ihr werden?«

»Sie kommt in ein Pflegeheim. Das ist sicher das Beste für sie.«

»Glaubst du, dass Aimé es gewesen ist?«

»Tja, was soll ich sagen?« Anne-Marie setzte ihre Teetasse ab und nahm sich noch eines der Gebäckstücke. »Hm …«, sagte sie. »Köstlich, Pauline. Man schmeckt deutlich den Anis und die Mandeln heraus.«

»Das ist ja auch der Zweck der Übung!« Pauline lachte, wurde dann jedoch sofort wieder ernst. »Also – war es Aimé?«

»Das wäre möglich. Der hatte doch sonst gar keine Gelegenheit, zu einer Frau zu gehen. Andererseits – wer sollte dann Aimé umgebracht haben?«

»Victor meint, er hätte sich erhängt.«

»Das hat Didier auch gesagt.«

Pauline legte ein Holzscheit ins Feuer.

»Glaubst du, dass unsere Männer nicht gewusst haben, dass die Frau da draußen stand? Das habe ich Victor auf den Kopf zugesagt. Weißt du, wie er reagiert hat? Er fing an zu husten, hat den Schwerkranken gespielt und sich ins Bett gelegt. Das macht er immer so, wenn es unangenehme Fragen gibt und er irgendetwas verschleiern will.«

Anne-Marie nickte. So hatte jeder Ehemann seine eigene Taktik, Problemen aus dem Weg zu gehen. Erneut dachte sie an das Foto. Sollte sie Pauline davon erzählen? Besser nicht. Die Dinge kamen sicher noch früh genug ins Rollen. Auch wenn Didier das Bild nicht selbst aufgenommen hatte, war es eindeutig der Beweis dafür, dass er die Prostituierte gekannt haben musste. Wie gut kannte er sie? Ging er regelmäßig zu ihr?

Pauline riss sie aus ihren Gedanken heraus.

»Aber hier geht es nicht darum, ob unsere Männer diese Dame kannten. Sondern darum, ob einer von ihnen sie ermordet hat. Außerdem – solche Weiber gehen ja ganz raffiniert vor. Sie bringen die Männer in eine sexuelle Abhängigkeit. Da werden Wünsche erfüllt, die jeder Ehefrau die Schamesröte ins Gesicht treiben würden. Und gerade Victor ist bestimmt dumm genug, auf so etwas hereinzufallen. Aber er ist kein Mörder. Nie im Leben. Und die anderen auch nicht. Höchstens Aimé. Und der war doch gar nicht zurechnungsfähig.«

Anne-Marie sagte nichts. Ihre Gedanken eilten voraus. Wenn sie sich geschickt genug verhielt, konnte ihr Leben eine plötzliche Wende nehmen. Und es gab nichts, wonach sie sich mehr gesehnt hätte.

28

Weihnachtsfeiertag, 16 Uhr 20

Florence hatte beschlossen, Didier Legrand noch eine Weile schmoren zu lassen. Von den Jägern, die den Weg über die Müllkippe genommen hatten, waren alle bis auf Legrand vernommen worden. Pascal Jalaguier und Victor Augier hatten bis hin zu einzelnen Redewendungen identische Aussagen gemacht. Es klang wie abgesprochen. Florence hatte keinen Ansatzpunkt gefunden, um die beiden in die Zange zu nehmen, doch das sah sie im Moment nicht als nachteilig an. Da ihr klar war, dass an diesen Aussagen etwas faul sein musste, war es vielleicht besser, die Männer würden sich in Sicherheit wiegen und früher oder später einen Fehler begehen. Bei Legrand wollte sie allerdings anders vorgehen.

Die Jäger waren auf dem Heimweg zwar an der Müllkippe vorbeigekommen, aber angeblich nicht an dem Wohnwagen. Irgendwann hätten sie den Weg verlassen, um durchs Unterholz abzukürzen. Die Hunde wären vorausgelaufen, und die könnte man nun mal nicht zwingen, auf dem Weg zu bleiben.

Die Vernehmung von Philippe Fresquet und Lionel Dupuis hatte Ähnliches ergeben. Alle vier Männer erzählten dieselbe Geschichte wie Bruno Delors.

Niemand hatte etwas Verdächtiges gesehen.

Niemand wusste, dass der Wohnwagen von einer Frau bewohnt worden war.

Eine Fremde, die manchmal mit dem Fahrrad ins Dorf kam, wollte niemand bemerkt haben.

Für die Nacht, in der Aimé Bonnafoux ermordet wurde,

hatten alle, bis auf Bruno Delors, ein Alibi. Sämtliche Alibis mussten natürlich noch überprüft werden. Morgen würden die Fingerabdrücke mit den Abdrücken verglichen, die im ausgebrannten Wohnwagen sichergestellt worden waren.

Als das Verhör mit Pierre Jalagier beendet war, hatte er sich auf die Straße gestellt und gewartet, bis Victor Augier das Büro des Bürgermeisters verließ. Florence konnte beobachten, dass die beiden sich auf die Schulter schlugen, lachten und siegessicher in Martine Moranas Café marschierten.

»Bis jetzt sitzen wir in der Sackgasse fest, *Patron*«, sagte Alain und gähnte. »Ich könnte dringend einen Kaffee gebrauchen. Sie nicht?«

»Doch.« Florence stand erneut am Fenster und blickte hinaus. Allmählich brach die Abenddämmerung herein. Die Straßenbeleuchtung war bereits eingeschaltet. Das Licht fiel aus den hell erleuchteten Fenstern des Cafés *Au chien perdu* auf die schneeglitzernde Dorfstraße. Noch immer waren Kinder mit ihren Schlitten unterwegs, manche auch mit Skiern.

»Ich könnte nicht nur einen Kaffee gebrauchen, sondern auch was zu essen, Alain. Gehen Sie mal rüber in die Kneipe und besorgen Sie uns irgendetwas. Vielleicht gibt es ein Sandwich oder so. Und fragen Sie Griffard und Petit, ob sie auch was wollen.« Die beiden Beamten der Spurensicherung hatten das Vorzimmer des Bürgermeisterbüros in Beschlag genommen. »Die Wirtin soll Ihnen eine große Thermoskanne mit Kaffee fertig machen.« Florence suchte einen Zweihundertfrancschein aus ihrer Handtasche.

»Mal sehen, was MM so alles zu bieten hat«, sagte Alain ein wenig anzüglich, wedelte mit dem Geldschein und zog seine Jacke an.

»In der Zwischenzeit überlege ich mir, wie wir bei Didier Legrand vorgehen. Wenn er die gleiche Nummer abzieht wie die anderen, werden wir den großen Bluff versuchen. Sie wissen schon, Alain. Das ist zwar nicht ganz legal, aber zwei Morde sind weiß Gott auch nicht legal.«

Alain hatte kaum das Büro des Bürgermeisters verlassen, da klingelte Florences Handy. Es war Dr. Brochet.

»Und, Doktor?«

»Die Sache ist relativ einfach, *Commissaire*. Wie bereits vermutet, ist Aimé Bonnafoux von hinten mit einem Strick erwürgt worden. Es handelt sich aller Wahrscheinlichkeit nach um ein etwa fingerdickes Kunststoffseil, das für tausend Zwecke benutzt werden kann: auf einem Segelboot, zum Festzurren von Gegenständen, als Kletterseil und so weiter und so fort. Eine gängige, rombenartige Knüpfungsart. Das Seil hat ein eindeutiges Muster am Hals des Toten hinterlassen. Zungenbein gebrochen. Urinspuren in der Wäsche des Toten, was normal ist, wenn ein Mensch Todesangst hat, weil er erstickt.«

»Und der genaue Todeszeitpunkt?«

»Ich würde sagen, zwischen 20 Uhr 30 und 23 Uhr am Heiligen Abend.«

»Aha. Sonst irgendetwas Auffälliges? Irgendeine andere Gewalteinwirkung vor dem Erstickungsvorgang?«

»Nein. Er muss vollkommen überrascht worden sein. Allerdings hat er eine Schürfwunde an der Stirn. Die ist jedoch bereits leicht verschorft und stammt nicht aus der Mordnacht.« Florence erinnerte sich.

»Richtig, Doktor. Als ich Bonnafoux am 24. Dezember im Café sah, hatte er ein Pflaster auf der Stirn.«

»Er muss gegen ein Hindernis gerannt sein. Einen Ast, einen Türpfosten oder Ähnliches. Außerdem waren die Haare auf seinen Armen versengt. Vielleicht war er am brennenden Wohnwagen.«

Dr. Brochet schwieg einen Moment und räusperte sich dann. Florence kannte ihn inzwischen gut genug, um zu wissen, dass er noch irgendetwas in der Hinterhand hielt.

»Und? Rücken Sie schon raus damit, Doktor. Sie haben doch noch etwas!«

»Allerdings. Im Fall der Toten im Wohnwagen habe ich

eine zusätzliche Analyse des Scheidenabstriches gemacht. Und wissen Sie was? Die Spermaspuren stammen von *mehreren* Männern. Es waren mindestens zwei oder drei. Das heißt also, dass sie in den Stunden vor ihrem Tod mit mehreren Männern Geschlechtsverkehr gehabt haben muss.«

»Ich denke, sie ist vergewaltigt worden?«

»Sie hat Verletzungen am After und im Vaginalbereich. Und Spermaspuren von mehreren Männern. Aber das heißt nicht, dass mehrere Männer sie *vergewaltigt* haben müssen. Sie kann vor ihrem Tod ganz normal Verkehr gehabt haben – immerhin nehmen wir ja an, dass sie Prostituierte war – und ist dann, kurz vor ihrem gewaltsamen Tod, in diesen Schleimhautbereichen verletzt worden. Vom Standpunkt des Pathologen aus kann ich nur Folgendes zusammenfassen: 1. Geschlechtsverkehr mit mehreren Männern. 2. Verletzungen im Anal- und Vaginalbereich. 3. Gewaltsamer Tod durch Erwürgen mit bloßen Händen. 4. Die Leiche wird durch das Feuer im Wohnwagen stark verbrannt und verstümmelt. Die Schlussfolgerungen daraus müssen Sie ziehen.«

»Gut, Doktor. Das bringt uns auf jeden Fall ein Stück weiter. Es geht jetzt darum herauszufinden, wer mit ihr kurz vor ihrem Tod Geschlechtsverkehr hatte. Einer dieser Männer ist dann möglicherweise der Täter.«

»Noch eines, *Commissaire*. Bei der Analyse signifikanter DNS-Merkmale ist es nicht von Vorteil, dass ich Sperma von mehreren Männern habe.«

»Wo liegt das Problem?«

»Die Spermien haben sich vermischt. Je mehr so genannte Allele nachweisbar sind, desto geringer die Chance, die DNS-Signifikanten von einer Person herauszuanalysieren. Im Fall einer Mehrfachvergewaltigung wäre es also sehr schwer, die DNS-Merkmale für einen oder gar für mehrere Täter exakt nachzuweisen.«

»Mit anderen Worten: Bei einer Massenvergewaltigung sind die Täter im Hinblick auf ihre DNS relativ geschützt.«

»Ja, so könnte man sagen. Aber die Techniken werden laufend verbessert. In ein paar Jahren können wir sicher –«

Florence unterbrach ihn.

»In ein paar Jahren ist es für diesen Fall zu spät. Trotzdem – danke, Doktor.«

Florence legte auf. Sekundenlang stand sie bewegungslos und starrte auf die Wand gegenüber vom Schreibtisch. Dort hing eine Luftaufnahme des Ortes Puech-Soleil. Von Pierre Jalaguier hatte sie sich den Weg zeigen lassen, den die Jäger zurück ins Dorf gegangen waren, sowie die Abkürzung, von der Delors gesprochen hatte. Deutlich waren auf dem Luftbild die Müllkippe zu sehen, die Lichtung, auf der der Wohnwagen gestanden hatte und wo Bonnafoux gefunden worden war, sowie sämtliche Wege und Straßen, die zum Dorf Puech-Soleil führten.

Das Handy schrillte erneut. Ermittlungsrichterin Arlette Colombier rief aus Nîmes an.

»Unmöglich, *Commissaire*. Kein Durchkommen bis zu Ihnen in dieses Dorf. Ich schlage vor, wir treffen uns morgen früh in meinem Büro.«

Florence berichtete ihr kurz von dem Gespräch mit dem Gerichtsmediziner.

»Ich werde morgen mit dem Präfekten reden. Wahrscheinlich brauche ich Speichelproben von fünf oder sechs Männern.«

»Gut, *Commissaire*. Sie haben meine Rückendeckung. Ich meine, was die Ermittlungen heute Nachmittag vor Ort angeht. Es ist schließlich höhere Gewalt, dass ich nicht kommen kann.«

Florence lächelte. Natürlich hätte es Mittel und Wege gegeben, wenn die Ermittlungsrichterin gewollt hätte ... Doch wer lässt sich schon freiwillig sein Weihnachtsfest verderben? Wieder einmal musste sie feststellen, dass die Staatsanwaltschaft es immer verstand, unangenehmen Situationen aus dem Weg zu gehen. Das war in Berlin nicht anders gewesen als hier im Süden.

»Dann bis morgen, *Madame le juge*. Ich kann gegen acht zu Ihnen kommen.«

»Tun Sie das. Aber ob Sie den Präfekten erreichen, bezweifle ich. So weit ich weiß, ist er gestern mit dem Helikopter nach Bordeaux geflogen. Ich glaube, er hat Familie dort. Eine richterliche Anordnung zu Speicheltests können Sie ohnehin nur von mir bekommen. Vorausgesetzt, der Test hält sich personell in Grenzen, und vorausgesetzt, Ihre Verdachtsgründe sind hieb- und stichfest. Auf Wiederhören.«

Wenig später kam Alain mit einer Thermoskanne Kaffee und einem Stapel in Alufolie verpackten warmen *Croques-Monsieur* zurück.

»Schade, dass keiner von uns hier *under cover* gehen kann, *Patron*«, sagte er und stapfte den Schnee von den Füßen. »Da drüben im Café ist nämlich ganz schön was los. Augier, Jalaguier, Fresquet und Dupuis machen anscheinend einen drauf. Der Champagner fließt in Strömen.«

»Nicht mehr lange, Alain.« Florences Stimme klang grimmig. Ihre innere Erregung schlug allmählich in Wut um. »Irgendjemand hält uns zum Narren. Soll ich Ihnen mal erzählen, was mir Dr. Brochet eben am Telefon gesagt hat?«

Florence berichtete ihrem Assistenten von dem Gespräch. Als sie fertig war, schenkte Alain den Kaffee in zwei Plastikbecher, und sie verzehrten die inzwischen lauwarmen *Croques-Monsieur*, die wie Gummi schmeckten. Aber wenigstens füllten sie den Magen. Alain, dessen Stimme immer belegter wurde und der anscheinend doch eine Erkältung bekam, sagte:

»Soll ich jetzt Didier Legrand hereinholen, *Patron*?«

»Ja.« Florence blickte auf die Uhr. Es war 17 Uhr. Auf *Les Oliviers* trank Cathérine wahrscheinlich gerade ihren Fünf-Uhr-Tee, hörte vielleicht ein Klavierkonzert von Mozart oder Bachs Weihnachtsoratorium und fragte sich, wann ihre Freundin endlich nach Hause kam … Voller Schrecken fiel Florence ein, dass sie vollkommen vergessen hatte, Cathérine anzurufen.

29

Weihnachtsfeiertag, 17 Uhr 05

Es kostete ihn eine ungeheure Beherrschung. Didier Legrand war kein Mann, der viel Geduld aufbrachte. Doch diesmal hatte er keine andere Wahl.

Er wusste genau, warum diese Polizistin ihn so lange warten ließ. Von Anfang an hatte er gespürt, dass sie sich ihm gegenüber besonders unfreundlich verhielt. Sie hatten zwar bisher kaum ein Wort miteinander gewechselt, aber Sympathie und Ablehnung liegen in den Blicken der Menschen und in ihrer Körperhaltung.

Immer noch war es eisig im Gemeindesaal. Seit langem saß er fast allein in dem riesigen Raum. Einer der beiden Gendarmen war gegangen. Der andere blätterte lustlos in einer Fachzeitschrift für Angelsport.

Vor einer Dreiviertelstunde hatte er gesehen, wie dieser Polizeiinspektor ins Café *Au chien perdu* gegangen und wenig später mit einer Thermoskanne und einem Alupaket zurückgekehrt war. Didier Legrand hatte Hunger. Sein Magen knurrte in regelmäßigen Abständen. Er erinnerte sich an den Duft des weihnachtlichen Mittagessens, um das er gebracht worden war, weil die Gendarmen ihn abgeholt hatten. Plötzlich dachte er an seine Frau und seinen Sohn. Doch als wären es Fremde, denen er flüchtig auf der Straße begegnete, entschwanden sie sofort wieder seinem inneren Blickfeld.

Heute war Weihnachten. Er machte sich nicht viel aus solchen Festen. Er war kein Familienmensch. In einer Gruppe von Männern fühlte er sich wohler, vor allem, wenn er dort das große Wort führen konnte. In der Clique seiner Jagdgefährten war das der Fall. Hier wurde er von allen respektiert und bewundert.

Mit Victor hatte Didier auf der Schulbank gesessen. Sie hatten zusammen den Jagdschein gemacht und ihren Militärdienst in derselben Panzereinheit in Nîmes absolviert. Victor war ein prima Kumpel, auf den man sich immer verlassen konnte. Ein Jammer, dass er seit seiner Heirat unter dem Pantoffel seiner Frau stand. Didier schätzte Pauline Augier noch frigider ein als seine eigene Frau Anne-Marie. Aber frigide *und* dominant, wie das offenbar bei Pauline der Fall war – so etwas hätte ihm nie passieren können. Victor war andererseits eben auch ein Schwächling und als solcher durchaus ein Unsicherheitsfaktor. Hoffentlich hatte er sich von dieser Kommissarin nicht über den Tisch ziehen lassen.

Pierre von der Tankstelle war zwar fast zehn Jahre jünger, aber ebenfalls seit vielen Jahren ein Freund.

Aimé ging allen in der Gruppe mit seiner einfältigen Art auf die Nerven. Doch gerade auf ihn konnte man schlecht verzichten. Er war ein hervorragender Schütze und stellte nie irgendwelche Ansprüche. Außerdem war er der ideale Sündenbock für alles Mögliche, und jeder in der Gruppe nutzte das aus. Aimé hatte keinen Stolz, dieses Muttersöhnchen. Immer wieder stand er mit seinem idiotischen Grinsen parat, wenn eine Jagd organisiert wurde. Jetzt war er tot.

Die anderen, die vorgestern mit ihm auf der Jagd waren, spielten keine große Rolle. Sie waren austauschbar. Dass Bruno sich auf die Frage der Polizistin gleich gemeldet hatte, war nicht vorhersehbar. Doch wenn alle dichthielten, konnte gar nichts passieren.

Didier atmete tief durch. Wenn sie ihn doch endlich holen würden! Mit steif gefrorenen Fingern zündete er sich eine Zigarette an. Eigentlich müsste er dringend pinkeln gehen. Aber eine Weile würde er es noch aushalten. Nach ein paar Zügen warf er seine Zigarette auf den Steinboden und trat mit dem Fuß darauf.

In dem Moment ging die Tür auf.

»Monsieur Legrand? Kommen Sie bitte mit.« Inspektor Alain Roche wartete, dass Legrand an ihm vorbei in den Vorraum ging. Dann folgte er ihm und begleitete ihn über die Straße zum Büro des Bürgermeisters.

Die Temperatur draußen hatte angezogen. Der Schnee funkelte im Licht der Straßenlaternen und des zunehmenden Mondes. Didier Legrand hörte ihn unter seinen Schritten knirschen.

Er war voll konzentriert.

Florence blickte nicht auf, als Alain ihn hereinführte.

»Nehmen Sie Platz, Monsieur Legrand«, sagte sie und zeigte auf den Stuhl auf der gegenüberliegenden Seite des Schreibtisches. Dann blätterte sie weiter in ihren Unterlagen.

Alain stellte sich mit dem Rücken zum Fenster und verschränkte die Arme über der Brust. Legrand setzte sich und wartete. Er schniefte und streckte die Beine von sich.

»Darf man rauchen?«, fragte er.

Nach einer Weile sah Florence von ihren Papieren auf und blickte Legrand an.

»Wenn es Ihnen hilft, die Wahrheit zu sagen? Wir haben nichts dagegen.« Legrand holte die Packung aus der Brusttasche seiner Jacke und ließ das Feuerzeug schnappen. Florence schob ihm einen Aschenbecher über die Schreibtischplatte.

»Danke.«

»Also.« Florence beugte sich vor und stellte die Ellbogen auf die Schreibtischplatte. Didier Legrand mochte Mitte dreißig sein. Er war groß, schlank, hatte einen Backenbart und sah recht gut aus. Seine dunklen Augen lagen tief in den Höhlen, und sein Blick hatte etwas Undurchsichtiges.

»Dann fangen wir mal an, Monsieur Legrand. Wir haben bereits einige interessante Details erfahren, die wir von Ihnen gern bestätigt wissen wollen.« Mit einem kurzen Kopfnicken wendete sie sich an Alain. Der räusperte sich und sagte:

»Ihre Jagdgefährten haben uns ein ungefähres Bild dessen geschildert, was sich am Ende Ihrer Treibjagd vorgestern Nachmittag abgespielt hat.« Alain wiegte bedeutungsvoll den Kopf hin und her.

– Nicht nervös machen lassen, dachte Legrand. Alles nur Bluff, um dich reinzulegen. Aber das würde ihnen nicht gelingen.

»Was soll sich denn abgespielt haben?«, fragte er ruhig und schnippte die Asche in den Aschenbecher.

»Während Monsieur Delors auf dem Rückweg von der Jagd eine Abkürzung ins Dorf genommen hat, sind Sie und die anderen an der Müllkippe und an dem Wohnwagen vorbeigekommen.«

»Moment mal, das sind wir nicht! Wir sind vorher abgebogen.«

Florence schaltete sich ein.

»Komisch, dass Sie das als Einziger abstreiten. Wie erklären Sie sich das?«

Didier Legrand lachte.

»Weil es nicht stimmt!«

»Wie viel Uhr war es, als sie den Weg von der Müllkippe ins Dorf nahmen?«

»Was weiß ich. Ich hab nicht auf die Uhr gesehen. Irgendwann am Nachmittag.«

Florence blätterte in ihren Unterlagen.

»Es war nach übereinstimmenden Aussagen der anderen Jäger zwischen 15 und 16 Uhr. Stimmt das?«

»Kann sein.«

»Etwa um diese Zeit ist die Frau ermordet worden. Der Wohnwagen hat gebrannt, und Sie wollen nichts gesehen haben?«

Legrand schüttelte bedächtig den Kopf.

»Tut mir Leid, aber wir sind, wie ich schon sagte, nicht an

der Lichtung vorbeigekommen. Wir haben eine Abkürzung durchs Unterholz genommen. Wegen der Hunde, die waren ganz wild darauf, nach Hause zu kommen.«

Florence nickte.

»Ja, aber trotzdem müsste Ihnen etwas aufgefallen sein.«

»Ist es aber nicht.«

Alain setzte sich an die Schmalseite des Schreibtisches.

»Was machen Sie beruflich, Monsieur?«

»Ich habe eine Hühnerfarm. Schlachthühner.«

»Läuft so was gut?«

»Ich kann nicht klagen.«

»Sind Sie verheiratet?«

»Ja. Seit zehn Jahren.«

»Kinder?«

»Einen sechsjährigen Sohn.«

»Wie ist Ihre Ehe? Sind Sie glücklich mit Ihrer Frau?«

»Ich wüsste nicht, dass Sie das etwas angeht.«

»O doch«, sagte Florence. »Das geht uns insofern etwas an, als wir gern wissen würden, ob Sie hin und wieder Prostituierte aufsuchen.«

»Auch das geht Sie nichts an, *Commissaire*. Oder stehe ich hier unter irgendeinem Verdacht? Ich kenne meine Rechte.«

»Haben Sie gewusst, dass an der Müllkippe eine Prostituierte auf dem Wohnwagenstrich gearbeitet hat?«

»Nein.« Legrand drückte seine Zigarette aus. Florence beobachtete ihn aus den Augenwinkeln. Sie musste zugeben, dass ihr Versuch, ihn zu bluffen, komplett fehlgeschlagen war. Die angeblichen Aussagen seiner Jagdgefährten hatten ihn nicht beeindruckt. Hartnäckig leugnete er, die Ermordete gekannt zu haben. Genau wie die anderen. Wenn nicht bald handfeste Beweise und Indizien auftauchten, wurde es schwierig. Wie kam es, dass die Gruppe der Jäger sich so sicher fühlte, obwohl es offensichtlich war, dass alle sich abgesprochen und gelogen hatten? Gab es deshalb keine Beweise, weil die Polizei die falsche Spur verfolgte? Andererseits konnte die Tote nicht einfach vom Himmel gefallen sein. Nein, die Jäger mussten irgendetwas wissen, so viel stand fest. Nur was?

»Die Besitzerin vom *Chien perdu* erzählte uns, dass einer ihrer Gäste mal den Namen ›Joséphine‹ erwähnt hat. Sagt Ihnen der Name etwas?«

»Nein, überhaupt nicht.«

– Natürlich nicht, dachte Florence ärgerlich. Niemand kannte angeblich diese Frau, und doch ist sie in unmittelbarer Nähe dieses Ortes ermordet worden. Sie wurde nicht irgendwo ins Gebüsch gezerrt, sondern starb in einem Wohnwagen, von dem jeder Kenntnis hatte und der in Brand gesteckt worden war. Und einige im Dorf hatten sie auf dem Fahrrad gesehen. Sie hatte sogar in der Epicerie eingekauft.

»Wissen Sie, was ich glaube, Monsieur Legrand?«, sagte Florence und blickte ihr Gegenüber scharf an. »Ich glaube, dass Sie und Ihre Jagdgefährten sehr wohl etwas beobachtet haben. Entweder decken Sie jemanden, oder Sie stecken selbst bis an den Hals in der Geschichte drin. Aber ich versichere Ihnen, dass wir nicht eher Ruhe geben werden, bis wir den oder die Mörder gefunden haben. Ich würde Ihnen raten, sich nicht allzu sehr in Sicherheit zu wiegen.«

Didier Legrand sah sie an. Sein Blick war starr und unergründlich. Ein kaum wahrnehmbares Lächeln huschte über seine Lippen, doch es verschwand sofort wieder. Florence wechselte das Thema.

»Wie gut kannten Sie Aimé Bonnafoux?«

»Ziemlich gut. Wir gingen seit Jahren zusammen auf die Jagd.«

»Haben Sie eine Ahnung, warum er uns gesagt hat ›Ich war's nicht‹, nachdem wir ihn nach der Frau im Wohnwagen gefragt hatten?«

Legrand blickte Florence ungerührt an.

»Nein, das habe ich nicht. Aber Aimé war geistig zurückgeblieben. Man konnte vieles nicht wörtlich nehmen, was er sagte.«

»Können Sie sich vorstellen, wer ihn ermordet haben könnte?«

Legrand war überrascht.

»Ermordet? Ich dachte, er hätte sich erhängt?«

»Wie kommen Sie denn darauf? Wieso sollte er sich erhängt haben?«

Legrand zuckte mit den Schultern.

»Ich kann Ihnen definitiv sagen, Monsieur, dass Bonnafoux sich nicht erhängt hat.« Florences Stimme war schneidender geworden. »Wir suchen seinen Mörder.«

»Wo waren Sie in der letzten Nacht zwischen 20 und 0 Uhr?«, fragte Alain.

Legrand zögerte keine Sekunde.

»Zu Hause. Ich habe mit meiner Frau ferngesehen.«

»Wie lange?«

»Na ja, vielleicht bis kurz vor acht.«

»Und dann?«

»Dann war ich noch in meinem Büro. Ein bisschen Papierkram erledigen. Anschließend bin ich ins Bett gegangen.«

»Wann war das?«

»Vielleicht kurz vor zehn. So genau weiß ich das nicht mehr.«

»So früh? Am Heiligen Abend? Gab es bei Ihnen keine Bescherung? Ich denke, Sie haben einen kleinen Sohn?«

»Bescherung gibt es bei uns immer morgens, am Weihnachtsfeiertag.«

»Und Ihre Frau? Wann ging die schlafen?«

»Die kam etwa eine halbe Stunde später. Ich war schon halb eingeschlafen.«

»Sie waren letzte Nacht nicht noch einmal draußen?«

»Bei dem Schneesturm? Weswegen denn?«

»Um sich vielleicht mit Aimé Bonnafoux zu treffen.«

Legrand starrte Florence ungläubig an.

»Mit Aimé? Am Heiligen Abend? So gut waren wir wirklich nicht befreundet.« Er schnaubte verächtlich.

»Von Freundschaft hat auch niemand geredet, Monsieur Legrand. Wir reden hier ausschließlich von Mord.«

Legrand setzte sich aufrecht auf seinen Stuhl und strich energisch mit der Hand durch seine Haare.

»Ich will Ihnen mal was sagen, *Commissaire*. Ich glaube nicht, dass Sie irgendeine Berechtigung für Ihre Vorgehensweise haben. Alles, was ich weiß, habe ich Ihnen erzählt. Weitere Fragen werde ich nicht mehr beantworten. Kann ich jetzt gehen?«

Florence tauschte einen kurzen Blick mit Alain. Dieser wollte Legrand schon scharf zurechtweisen, doch Florence winkte ab. Sie wusste, dass die Befragung Legrands sie ebenso wenig einen Schritt weiter gebracht hatte wie die Vernehmung der anderen Jäger.

»Lassen Sie ihn gehen, Alain. Und achten Sie darauf, dass Griffard ihm draußen im Vorraum die Fingerabdrücke abnimmt. Oder haben Sie etwas dagegen?«

»Keineswegs, *Commissaire*. Obgleich ich stark bezweifle, dass Sie dazu rein rechtlich gesehen befugt sind.«

Er stand auf und verließ zusammen mit Alain den Raum.

Während er im Vorzimmer nacheinander seine zehn Finger zuerst auf das Stempelkissen und dann auf ein Blatt Papier drückte, dachte Legrand, dass er hochzufrieden mit sich sein konnte. Dies war ein starker Abgang gewesen. Genauso hatte er sich die Sache vorgestellt. Von Weibern hatte er sich noch nie aufs Kreuz legen lassen.

30

Weihnachtsfeiertag, 18 Uhr 15

Das Baby schlief. Der flackernde Schein des Kaminfeuers tanzte auf dem kleinen Gesicht im Kinderwagen hin und her wie ein Irrlicht.

Denise Vaurien saß in Edwige Bonnafoux' Schaukelstuhl und wartete sehnsüchtig auf den Krankenwagen, der die alte Frau ins Pflegeheim bringen sollte.

Seit Stunden hielt sie sich nun schon in diesem Haus auf. Die Tür zum Schlafzimmer der alten Frau war geöffnet. Ein eisiger Luftzug wehte von dort in die Wohnküche, in der Denise tüchtig eingeheizt hatte. Holz war genug da, Aimé hatte es seitlich vom Kamin in der großen Nische gestapelt.

Aus dem Zimmer nebenan waren schwere Atemzüge zu hören. Am Nachmittag war Aimés Mutter aufgewacht, hatte nach ihrem Sohn gerufen und schien ganz verwirrt, als Denise in ihr Schlafzimmer kam. Sie fing an zu weinen, und wenig später war sie wieder weggedämmert.

Denise hatte sich ein paar Zeitschriften mitgebracht, um sich die Wartestunden zu verkürzen. Modemagazine, *Jardin et maison*, eine Fernsehprogrammzeitschrift. Fernsehen gab es ja nicht in diesem Haus. Es war ungemütlich, und der Geruch des Todes hatte sich eingenistet. Denise sah auf die Uhr. Sie schüttelte den Kopf. Es erschien geradezu absurd, dass ausgerechnet sie hier im Haus der Bonnafoux saß und Aimés Mutter bewachte. Die Familien hatten nie ein gutes Nachbarschaftsverhältnis gehabt. Das lag an verschiedenen Dingen; hauptsächlich daran, dass Denise Aimé nie gemocht hatte, er war ihr irgendwie unheimlich. Ihrem Mann Eric ging es genauso. Als das Baby wenige Wochen alt war, hatte Aimé einmal versucht, in den Kinderwagen zu greifen, um es zu streicheln. Eric hatte ihm die Hand weggerissen, darauf schlug Aimé ihn zu Boden.

– Ach, Eric!, dachte Denise. Wenn er bloß hier wäre! Ausgerechnet zu Weihnachten war er auf der Baustelle dieses riesigen Staudammprojektes unabkömmlich. Erst Mitte Januar würde er aus Afrika zurückkehren. Dann hatte er ein paar Monate Urlaub, bis seine Firma ihn anschließend nach Asien schicken würde. Nach Laos oder Kambodscha, nach Vietnam oder weiß der Himmel wohin.

Jetzt war Aimé tot, und seine Mutter lag nebenan und röchelte, als würde sie es auch nicht mehr lange machen. Der Geruch des Todes … Bis kurz vor der Geburt des Babys war Denise Krankenschwester gewesen. Sie hatte schon viele Tote gesehen. Manche waren qualvoll gestorben, andere friedlich eingeschlafen. Die qualvollen Todesfälle hatten überwogen. Doch hier, im Haus der Bonnafoux', war der Tod auf andere Weise vorstellig geworden. Sie musste vorsichtig sein, dass sie nicht auch von seinem kalten Atem berührt wurde.

Denise dachte an die letzte Nacht. Auf der Straße hatte sie ein Geräusch gehört und war ans Fenster gegangen. Doch es musste der Sturm gewesen sein, denn sie konnte nichts Ungewöhnliches entdecken. Die Straßenlaternen waren ausgefallen und wurden vom Wind hin- und hergeschleudert. Dann sah sie plötzlich die Gestalt, die vom Feldweg kam und ins Dorf ging. In gebückter Haltung stemmte sie sich gegen die Sturmböen. Es war, als würde eine riesige Schneekugel geschüttelt und der Mensch draußen in der Dunkelheit in ein künstliches Flockenmeer getaucht.

Es war ein großer Mensch, der da ging. Gestern Abend hatte Denise sich keine Gedanken darüber gemacht, was er bei dem Wetter da draußen gewollt haben könnte. Doch heute, nachdem sie von Aimés Ermordung erfahren hatte, sah das anders aus. Lange hatte sie mit sich gerungen, ob sie der Polizei ihre Beobachtung mitteilen sollte. Sie befand sich in einem Gewissenskonflikt. Einerseits sah sie aufgrund des schlechten Nachbarschaftsverhältnisses keine Veranlassung, bei der Aufklärung des Mordes an Aimé zu helfen. Andererseits empfand sie Schuldgefühle. Ihre Eltern hatten sie christlich erzogen, und Denise war im Grunde ihres Herzens rechtschaffen und ehrlich. Was gut und was böse war, was rechtens und was Unrecht, dafür hatte sie ein feines Gespür. Aimé war gewaltsam zu Tode gekommen, und das widerstrebte ihrem Gerechtigkeitsempfinden. Das hatte er letztendlich nicht verdient. Dies war auch der Grund dafür, warum sie sich einverstanden erklärt hatte, so lange bei Edwige Bonnafoux zu bleiben, bis der Krankenwagen eintraf.

Denise Vaurien, die erst seit ihrer Heirat vor zwei Jahren in Puech-Soleil wohnte, kannte nur zwei Männer im Dorf, die übermäßig groß und kräftig waren. Der eine war ihr Mann Eric, und der befand sich auf Montagearbeit im Tschad. Und der andere … Jeder im Ort kannte ihn. Er war in einer stürmischen Schneenacht zurück ins Dorf gekommen. In der Weihnachtsnacht, in der Aimé Bonnafoux ermordet wurde.

Denise hatte plötzlich Angst. Wer weiß, wohin das alles führen konnte? Vielleicht hätte sie der Polizei doch nicht erzählen dürfen, dass sie jemanden gesehen hatte! Sie hätte sich komplett heraushalten sollen. Auch in dieses Haus hätte sie nicht kommen dürfen. Hatte ihr Eric nicht jeglichen Kontak mit den Bonnafoux verboten? »Weißt du, wozu so ein Irrer fähig ist?«, hatte er seinerzeit gesagt. »Erst spielt er den netten Onkel, streichelt den Kleinen, dann drückt er ihm in einem Anfall von Wahn die Kehle zu. Von wegen harmlose Behinderung! Du hast gesehen, wie er sich auf mich gestürzt hat. Solche Leute sind unberechenbar.« Nun konnte einer wie Aimé dem Baby nichts mehr tun. Aber der, den sie trotz des dichten Schneegestöbers erkannt hatte, konnte zu einer Gefahr werden. Vor allem für sie selbst. Wie gut, dass sie der Polizei keinen Namen genannt hatte. Um nichts in der Welt würde sie sich tiefer in diese Geschichte hineinziehen lassen.

In dem Moment hörte Denise, dass vor dem Haus Autotüren zugeschlagen wurden. Dann klopfte es an der Tür. Zwei Pfleger mit einer Trage betraten die Wohnküche. Wenig später hatten sie Edwige Bonnafoux in den Krankenwagen geschoben.

Mit wenigen Handgriffen brachte Denise das Bett der alten Frau in Ordnung und schloss die Schlafzimmertür. Dann stieß sie mit dem Schürhaken die Holzscheite im Kamin zusammen. Heftiger Qualm stieg auf. In den nächsten beiden Stunden würde das Feuer heruntergebrannt sein.

Sie schloss die Haustür und schob den Kinderwagen durch den verharschten Schnee.

Aus dem Café *Au chien perdu*, am Ende der Hauptstraße, torkelten ein paar angetrunkene Männer hinaus in die Kälte. Ob auch der große Mann von letzter Nacht darunter war, konnte Denise nicht sehen, denn sie kam gerade zu Hause an und schloss die Haustür auf.

Das Baby schlief immer noch.

Die meiste Zeit lag Edwige Bonnafoux an diesem Nachmittag im Bett ihres Schlafzimmers im Halbschlummer. In diesem Zustand verschoben sich die Abläufe der Gedanken. Sie entwickelten sich im Zeitlupentempo oder eilten unfertig und schemenhaft vorüber. Traumvisionen vermischten sich mit Mosaikstücken aus der Wirklichkeit. Menschen und Begebenheiten tauchten vor dem inneren Auge auf wie längst versunkene Städte. Orte und Umstände der bruchstückhaften Handlungen waren fremd und bedrohlich. Wie in einem Fieber lösten sie sich auf. Es blieben weiße Lichtflecken.

Wenn sie zwischendurch wach wurde, erblickte Edwige durch die geöffnete Tür die Nachbarin, die mit ihrem Kinderwagen vor dem Kamin saß. Sie hatte sich ihr und Aimé gegenüber immer feindselig verhalten. Wieso war sie plötzlich hier, in ihrem Haus? Hin und wieder kam sie an diesem Nachmittag an ihr Bett, der Geruch eines intensiven Parfüms durchdrang den Raum. »Madame Bonnafoux? Sind Sie wach?«, fragte sie mehrfach, doch Edwige ließ ihre Augen geschlossen und antwortete nicht. Die junge Frau ging dann wieder in die Wohnküche zurück. Einmal öffnete sie den Kühlschrank, wohl um nach etwas Essbarem zu suchen. Doch der Kühlschrank war leer und gar nicht angeschaltet.

Aimé, wo war Aimé? Panik überfiel Edwige, als sie sich dumpf an die Geschehnisse erinnerte. Ihr Junge war in der Nacht nicht heimgekommen; am Kamin sitzend hatte sie auf ihn gewartet. Noch ehe die Polizei gekommen war, hatte Edwige geahnt, dass mit Aimé etwas Schreckliches geschehen sein musste. Sie wusste es und war unfähig, etwas zu tun. Weder hatte sie die Nachbarn gerufen noch irgendwelche anderen Schritte unternommen. Sie ertrug den Zustand des Wartens wie ein Gottesurteil, gegen das man sich nicht auflehnen konnte.

Ja, Gott hatte entschieden! Ihr Leben hatte eine unwiderrufliche Wende genommen. Sie war allein.

Als die Tür des Krankenwagens zugeschlagen wurde und das Auto sich schlingernd in Bewegung setzte, hatte Edwige mit großer Klarheit erkannt, dass sie nie mehr nach Hause zurückkehren würde. Dies war ein Abschied für immer. Sie war bereit.

Wenig später war sie erneut weggedämmert. Und als hätte der Allmächtige ihre inständigen Gebete erhört, hauchte sie ihr Leben aus. Es schien, als würden alle Geschehnisse, alle Erinnerungen, alle Menschen und Räumlichkeiten und alle Gefühle stetig in eine Ferne rücken. Alles, was einmal war, blieb zurück und wurde immer kleiner, als führe man in einem Auto davon.

Dann war es so weit.

Niemand konnte später erklären, warum Edwige Bonnafoux auf dem Weg ins Heim im Krankenwagen verstorben war. Als die Pfleger sie aus dem Haus trugen, war ihr Puls schwach, aber regelmäßig. Anzeichen eines nahenden Todes waren nicht zu erkennen. Der Arzt in Bagnols-sur-Cèze stellte plötzlichen Herzstillstand fest. Ein schnelles, sanftes Scheiden.

Der dritte Todesfall in Puech-Soleil in zwei Tagen. Doch das wusste zu diesem Zeitpunkt noch niemand.

31

Weihnachtsfeiertag, 19 Uhr

Auch Florence ahnte nicht, dass Edwige Bonnafoux nicht lebend im Pflegeheim ankommen sollte, als sie den Krankenwagen aus dem Dorf fahren sah.

Es wurde eine kalte Nacht. Zeit, nach Hause zu fahren. Alain hatte Bürgermeister Chabot Bescheid gegeben, dass die Ermittlungen morgen weitergeführt würden. Chabot war kurz vorbeigekommen, um den Gemeindesaal und sein Büro abzuschließen. Anschließend hatte auch er sich ins Café *Au chien perdu* begeben, wo selbst die Stehplätze inzwischen rar geworden waren. Als Florence und Alain wenig später mit dem Wagen der Gendarmerie daran vorbeifuhren, sahen sie durch die Fensterscheiben das dichte Gedränge, das hier herrschte.

»Gutes Geschäft für MM«, hatte Alain sarkastisch bemerkt und den Wagen vorsichtig aus dem Dorf gelenkt. »Mein Vater hat immer gesagt: Vom Tod profitieren die Sargmacher, die Steinmetze und die Wirte.«

»Und die Blumengeschäfte«, fügte Florence trocken hinzu.

Eine Weile fuhren sie schweigend über die menschenleere Nationalstraße, die in Teilstücken provisorisch geräumt worden war. Jeder hing seinen Gedanken nach. Wie selten zuvor in ihrem Leben hatte Florence das Gefühl, eine Niederlage erlitten zu haben. Sie war keinen Schritt weiter gekommen. Die Hoffnung, dass die Befragung der Jäger die Ermittlungen vorantreiben könnte, hatte sich in Nichts aufgelöst. Dass an den Erzählungen etwas nicht stimmen konnte, lag zwar auf der Hand, aber Florence sah keinen Ansatzpunkt, die Männer schärfer ins Verhör zu nehmen. Schließlich lagen gegen sie keine konkreten Verdachtsmomente vor. Wer wollte ihnen beweisen, dass sie von der Prostituierten im Wohnwagen gewusst hatten? Und was den Mord an Aimé Bonnafoux betraf – bisher keine konkrete Spur, keine Beweisstücke. Mit Sicherheit war er aus dem Weg geräumt worden. Doch von wem? Eine mit dichtem Neuschnee bedeckte Leiche mitten in der Landschaft – schlechter könnte die Ausgangslage für die polizeilichen Ermittlungen gar nicht sein.

Im Moment waren Florence die Hände gebunden. In den nächsten Tagen würden die Techniker im Labor vielleicht mit Tatsachen aufwarten können: Faserspuren vom Strick, mit dem Bonnafoux erwürgt worden war; Hautpartikel unter seinen Fingernägeln ... Die bei der toten Frau sichergestellten Spermaspuren bedurften einer Gegenprobe. Doch bei wem anfangen? Und wo lag das Motiv für den Mord an der unbekannten Frau? Oftmals waren die Mordmotive in der Vergangenheit des Opfers zu suchen. Doch diese Frau hatte keine greifbare Vergangenheit. Gerüchteweise war ein Name gefallen. Es gab eine vage Personenbeschreibung. Spuren, die möglicherweise ins Nachbarland Spanien führten, ließen vorläufig keine weiteren Schlüsse zu. Florence beschloss, ein Phantombild der Toten anfertigen zu lassen und dieses in den nächsten Tagen der *Gazette du Midi* sowie den Regionalzeitungen der angrenzenden Départements zukommen zu lassen. Per Fax würde die Personenbeschreibung zu Interpol Madrid geleitet. Danach würde man weitersehen.

Alain hustete die ganze Zeit. Seine Stimme klang belegt. Bereits am Nachmittag, im Büro des Bürgermeisters, hatte Florence gesehen, dass seine Nase rot angelaufen war und seine Augen unentwegt tränten. Anscheinend war es doch ernster, als sie vermutet hatte. Hoffentlich fiel er nicht aus! Es war ohnehin fast unmöglich, mit einer derart dünnen Personaldecke in zwei komplizierten Mordfällen zu ermitteln. In den nächsten Tagen wollte Florence das dem Präfekten Desgranges gegenüber zur Sprache bringen, falls sie überhaupt Gelegenheit haben würde, ihn um einen Termin zu bitten. Es war fatal, dass immer noch kein neuer Polizeichef für das Département ernannt worden war. Von der direkten Befehlshierarchie war Florence Ermittlungsrichterin Colombier unterstellt. Bei wichtigen Entscheidungen musste der Präfekt informiert werden. Dieser hatte zwar als ehemaliger Polizeichef des Départements Ahnung von der Materie, war aber meist nicht greifbar. Desgranges hatte sich voll und ganz auf seine Politikerkarriere gestürzt, die ihn früher oder später auf den Sessel des französischen Innenministers bringen sollte.

Der Himmel war sternenklar. Die Reifen des Allradwagens knirschten auf dem harten Schnee. In einer knappen halben Stunde würde sie zu Hause auf *Les Oliviers* sein. Ein heißes Bad, eine gute Musik und ein entspannendes Gespräch mit Cathérine – dann könnten alle Probleme von ihr abfallen. Für einen Augenblick jedenfalls, einen Moment des Glücks, der ihr zeigte, dass es noch etwas anderes gab als gefrorene Leichen im Schnee und die Lügengeschichten irgendwelcher Dorfbewohner.

Alain schniefte und holte ein Taschentuch aus der Jackentasche. Florence sah ihn besorgt an.

»Werden Sie bloß nicht krank, Alain. Das fehlte gerade noch.«

»Tja, die Chancen für eine Grippe stehen ziemlich gut. Das fängt bei mir immer auf die gleiche Weise an, nämlich mit Husten. Danach wandert das Zeug in die Nase, und der Schnupfen setzt sich fest. Wahrscheinlich hab ich mir das in der ersten Nacht draußen auf der Lichtung geholt.«

»Es wäre jedenfalls gut, wenn Sie morgen noch nicht ausfallen. Nehmen Sie ordentlich Vitamin C, ein heißes Bad und Milch mit Honig.«

»Ich hab schon als Kind keine Milch gemocht«, sagte Alain. »Also angenommen, ich halte noch durch, wie soll es morgen früh weitergehen, *Patron*?«

»Um acht Uhr treffe ich die Ermittlungsrichterin. Und Sie, Alain, Sie kümmern sich darum, dass wir so bald wie möglich Rückmeldungen aus dem Labor bekommen. Vielleicht stimmt einer der Fingerabdrücke, die wir heute genommen haben, mit denen überein, die im ausgebrannten Wohnwagen gefunden wurden.«

»Das bezweifle ich. Selbst wenn die Jäger sich an dem Wohnwagen zu schaffen gemacht hätten, haben sie sicher Handschuhe getragen. Im Winter tragen die Jäger Handschuhe.«

Florence seufzte und sah ihren Assistenten an.

»Ach, Alain, warum müssen Sie immer so pessimistisch sein?«

»Ich weiß, *Patron*. Das halb volle und das halb leere Glas Wasser. Erinnern Sie sich? Aber ein Glas, das halb leer ist, ist für mich nun mal nicht halb voll.« Die letzten Worte gingen in einem erneuten Hustenanfall unter.

Alain bog auf die Pinienallee ein, die zu Cathérines Anwesen führte. Von fern war das erleuchtete Herrenhaus zu sehen. Florence war froh, endlich anzukommen. Wenig später stieg sie aus dem Wagen, wünschte Alain noch eine sichere Heimfahrt und gute Besserung. Dann eilte sie die Treppe zum Haupteingang hinauf.

Cathérine öffnete ihr die Tür, nahm sie in ihre Arme und küsste sie lange. Warm und weich war ihr Körper. Er strahlte Vertrautheit aus, Liebe. Es war, als käme Florence nach einem ermüdenden Anstieg auf einen schwer zu erklimmenden Berg endlich am Ziel an. Es war dieser Moment des Ankommens, des Heimkommens, den Florence in einer Beziehung immer am meisten geschätzt hatte. Vielleicht hing das mit ihrem Beruf zusammen, der sie ständig in menschliche Abgründe blicken ließ? Die Privatsphäre wurde etwas Kostbares und Seltenes. Wenn man es auf einen einfachen Nenner bringen würde, waren Gut und Böse sehr leicht zu definieren. Hier, zu Hause mit ihrer Geliebten, fielen nach einem ergebnislosen und frustrierenden Tag alle Gedanken an das Böse, mit dem sie sich beschäftigen musste, mit einem Mal von ihr ab. Und die Unzufriedenheit, bei den Ermittlungen auf der Stelle zu treten, wich einem Gefühl von Glück und Geborgenheit.

32

Weihnachtsfeiertag, 21 Uhr 55

Alain Roche hätte schon längst im Bett liegen müssen. Die Augen brannten ihm wahnsinnig, der Husten war während der Heimfahrt stärker geworden, und seine Stirn fühlte sich fiebrig an.

Doch es war nicht dazu gekommen. Gleich nach seiner Rückkehr hatte er sich ein großes Glas Gin mit Tonic genehmigt und an den Computer gesetzt. Sein neuer iMac war sein ganzer Stolz. Vor einigen Monaten hatte Alain im Rahmen eines polizeiinternen Lehrgangs einen Computerkurs für Fortgeschrittene absolviert. Dort hatte er unter anderem auch gelernt, wie man sich mittels Gastzugriff übers Internet in die landesweiten US-Datenbanken des FBI einloggen konnte. Auf diese Weise war es möglich, anhand von Namen, Tatmerkmalen, Tatumständen und zahlreichen Unterrubriken die Spur eines Menschen zu verfolgen, der in den USA in krimineller Hinsicht auffällig geworden war. Die Datenbanken des FBI enthielten auch Namen von Personen, bei denen die Verdachtsmomente aus irgendwelchen Gründen nicht zu einer Anklage oder einer Verurteilung geführt hatten.

Bereits am Heiligabend brachte er aus lauter Langeweile und Frustration Stunden damit zu, aus den nationalen Datenbanken Frankreichs die Identität der unbekannten Toten an der Müllkippe herauszufinden. Er durchforstete erneut sämtliche Vermisstendateien im ganzen Land, umsonst. Danach kostete ihn das Stichwort »Wohnwagenprostitution« viel Zeit. Der Computer spuckte alle möglichen, zum Teil grotesken Antworten aus, nur keine brauchbaren. Anschließend war Alain in diverse Kontakt- und Sexanzeigen vorgedrungen. Unter dem Stichwort »Joséphine« fand er drei junge Frauen. Eine in Paris, eine in Nantes und die dritte in einem Kaff in der Auvergne. Alle lebten noch und gingen munter ihrem Gewerbe nach.

Alains Chefin hatte von alldem keine Ahnung. Er wollte sie erst informieren, wenn es Resultate gab.

Jetzt, zu fortgeschrittener Stunde an diesem Weihnachtstag, hatte Alain erneut eine Idee. Das Pärchen in La Bastide ließ ihm keine Ruhe.

Über die Einwohnermeldedatei des Départements fand er in kürzester Zeit heraus, dass das Ehepaar Roux ordnungsgemäß mit erstem Wohnsitz in La Bastide, Gemeinde Puech-Soleil, gemeldet war. Ein anschließender Blick in die Eintragungen des Katasteramtes zeigte, dass das Anwesen La Bastide als Eigentum ohne Grundschuld auf den Namen Frances Roux, geborene Levine, eingetragen war. Die Eheschließung mit Gilles Roux, unter Vereinbarung der Gütertrennung, war am 1. Juni 1995 erfolgt. Vor zwei Jahren war eine Umschreibung des Grundbesitzes vorgenommen worden. Der frühere Besitzer von La Bastide hieß Bob Levine, amerikanischer Staatsbürger, verstorben 1996. Der Vater von Frances Levine. Seine Tochter hatte das Anwesen im Zuge der gesetzlichen Erbfolge geerbt.

So weit schien alles ordnungsgemäß und legal zu sein.

Als er den Namen »Gilles Roux« in die landesweite Datenbank der *Police Judiciaire* eingab, tat sich nichts. Dasselbe geschah bei dem Namen »Frances Roux«. Anschließend suchte Alain in den US-Datenbanken des FBI. Nichts, bei beiden Namen Fehlmeldung.

Er ließ sich nicht entmutigen und gab den Namen »F. Levine« ein. In Sekundenschnelle hatte er 78 Personen dieses Namens. 73 davon waren Männer. Unter den fünf Frauennamen gab es nur eine Frances. Dahinter verbarg sich eine New Yorkerin, geboren 1954, verurteilt 1989 zu einer Haftstrafe von fünf Jahren. Fasziniert betrachtete Alain das danebenstehende Farbfoto. Es gab keinen Zweifel: Das war Frances Roux, etwa acht Jahre jünger. Wegen Kuppelei und Betreibung eines Edelbordells auf Long Island war sie mit dem Gesetz in Konflikt geraten. Zu den Kunden ihres Etablissements gehörten seinerzeit hochkarätige Politiker und Leute aus dem Show Business. Die Sache war aufgeflogen, weil eines der jungen Animiermädchen ausgepackt hatte. Von Sexorgien war die Rede, vom Missbrauch Minderjähriger. Die Strafverbüßung lag fünf Jahre zurück. Derzeitiger Aufenthaltsort von Frances Levine: unbekannt.

– Von wegen unbekannt!, dachte Alain und druckte das Foto und die dazugehörigen Angaben aus. Derzeitiger Aufenthaltsort, und zwar unter dem Namen ihres Ehemannes: La Bastide, ein Weiler zwischen Bagnols-sur-Cèze und Avignon im Süden Frankreichs. Frances, »Francie« ...

Alain, der oftmals zu Pessimismus und Mutlosigkeit neigte, sah sich plötzlich in eine ungewohnt euphorische Stimmung versetzt. Hinter einer einschlägig vorbestraften US-Bürgerin namens Frances Levine verbarg sich die Frau, die zusammen mit ihrem Mann durch die großen Fenster auf La Bastide mit einem hochklassigen Fernglas die Gegend absuchte.

Doch welche Verbindung gab es zum Mord an der Unbekannten im Wohnwagen? Gab es überhaupt eine?

Einen Moment lang war Alain versucht, seine Chefin anzurufen. Doch er überlegte es sich anders. Heute Nacht würde die Polizei ohnehin nichts mehr unternehmen können. Morgen früh um acht, im Präsidium in Nîmes, wollte er die Bombe platzen lassen. Er freute sich jetzt schon auf das verdutzte Gesicht der Kommissarin.

Zum ersten Mal seit zwei Tagen war Alain mit der Tatsache versöhnt, dass dieses Weihnachtsfest anders verlaufen war als geplant. Er verspürte ein tiefes Gefühl der Befriedigung. Möglicherweise brachte seine nächtliche Computersuche die Polizei einen entscheidenden Schritt weiter.

Auf keinen Fall wollte Alain sich in den nächsten Tagen krankmelden, wie schlimm seine Erkältung auch werden mochte. Wurde sie nicht schon besser, oder täuschte er sich? Seine Stirn war nicht mehr so heiß. Auch der Husten hatte nachgelassen.

33

26. Dezember, 7 Uhr 30

Pilar Lopez hatte Glück. Trotz der Schneekatastrophe war der 6-Uhr-Regionalzug in Valence fast pünktlich abgefahren. Mit nur zehnminütiger Verspätung kam sie kurz vor halb acht auf dem kleinen Bahnhof in Bagnols an.

Es war noch dunkel draußen. Ein kalter Wintermorgen. Der Schnee glänzte wie Eis im Licht der Straßenlaternen. Auf dem Bahnhofsplatz parkten ein paar Autos, die vollkommen zugeschneit waren. Die frische Luft an diesem Morgen tat gut, verscheuchte die Reste des Schlafs.

Im Zugabteil war Pilar mit einem älteren Mann ins Gespräch gekommen, der nach Cavaillon zu seinem Sohn wollte. Vor Weihnachten hatte er es aufgrund der Wetterverhältnisse nicht mehr rechtzeitig geschafft. Er hatte ihr seine ganze Familiengeschichte erzählt und Pilar auf diese Weise von ihren sorgenvollen Gedanken abgelenkt. Für die Dauer der Zugfahrt konnte sie vergessen, weswegen sie an diesem Morgen nach Bagnols fuhr. Sie hatte sich zu diesem Schritt entschlossen, nachdem ihr keine andere Möglichkeit mehr geblieben war. Pilars Versuche, sich telefonisch zu vergewissern und eine Klärung herbeizuführen, waren fehlgeschlagen. Es hatte niemand abgenommen. Allerdings war es auch möglich, dass wegen der Schneefälle die Funkverbindungen gestört waren.

Ihre beiden Kinder hatte Pilar bereits am Vorabend zu einer Nachbarin gebracht, um am nächsten Morgen in aller Frühe starten zu können. Voller Anspannung und Unruhe konnte sie die ganze Nacht nicht schlafen.

Nun stand sie hier in der Kälte auf dem Bahnhofsvorplatz am Taxistand. Es waren keine Wagen da. Ohnehin wäre es zu kostspielig für sie gewesen, sich ein Taxi zu nehmen. Also machte sie sich zu Fuß auf in die Stadt. Im ersten Café würde sie fragen, wo die Rue Gambetta lag.

Nach zwanzig Minuten hatte Pilar die Straße erreicht und blieb vor dem Eingang Nummer 11 stehen. Ein schmaler, heruntergekommener Betonbau, von dessen schmutzig-grauer Fassade der Verputz abblätterte. Die Fensterläden im Erdgeschoss des zweistöckigen Gebäudes waren mit Querbrettern vernagelt, und auch sonst sah das Haus eher unbewohnt aus. Nirgendwo brannte Licht. So hatte Pilar es sich nicht vorgestellt. So war es ihr nicht beschrieben worden.

Sie warf einen Blick auf die Klingelschilder. Manche Namen waren unleserlich, oder die Schildchen waren abgerissen worden. Doch sie fand, was sie suchte. Entschlossen drückte Pilar Lopez auf einen der Klingelknöpfe.

26. Dezember, 8 Uhr

Cathérine Volet setzte Florence vor dem Polizeipräsidium ab. Die Hauptverkehrsstraßen waren inzwischen notdürftig geräumt worden, sodass die Fahrt von *Les Oliviers* nur wenig länger gedauert hatte als normalerweise.

»Sehen wir uns heute in der Stadt zum Mittagessen?«, fragte Cathérine zum Abschied. »Ich habe den ganzen Vormittag hier in Nîmes zu tun. Friseurtermin, Anprobe bei meiner Schneiderin, diverse Einkäufe. Gegen halb eins bin ich sicher fertig. Am Nachmittag hole ich dann Emmanuelle bei ihrem Bruder in Marguerittes ab. Ihr Wagen ist wieder einmal ausgefallen. Es wäre schön, wenn du Zeit hättest.«

»Das kann ich dir nicht versprechen. Ich tue mein Möglichstes, aber ich fürchte eher, dass es nicht geht. Wir sehen uns dann heute Abend!« Sie schlug die Tür des Landrovers zu und ging mit schnellen Schritten in ihre Dienststelle. Cathérine hupte noch einmal im Wegfahren, und Florence winkte ihr kurz nach.

In ihrem Büro wartete bereits Alain Roche, um das Ergebnis seiner nächtlichen Computerarbeit zu präsentieren. Florence hörte ihm schweigend zu. Sie erinnerte sich, dass Cathérines Auftraggeber für den Marmorfußboden in La Bastide ein Maler namens Levine war. Offensichtlich hatte seine Tochter Frances ihren Mann Gilles Roux erst nach ihrer Strafverbüßung in den USA geheiratet. War sie nach Frankreich gekommen, um ein neues Leben zu beginnen? Gab es ein Geheimnis, das sich hinter diesem neuen Leben verbarg?

Als Alain seinen Bericht beendet hatte, nickte Florence anerkennend. Eingehend betrachtete sie das Computerbild der vorbestraften Frau.

»Ausgezeichnete Arbeit, Alain. Ich wusste gar nicht, dass Sie so beschlagen sind, was das Internet angeht.«

»Danke, *Patron*.«

»Was Sie da herausbekommen haben, ist sehr interessant. Unser erster Eindruck hat uns also nicht getäuscht. Dieses Ehepaar Roux hat Dreck am Stecken.«

»Zumindest die Frau. Was *ihn* betrifft, blicke ich leider noch nicht durch.«

Florence schenkte sich eine Tasse Kaffee ein.

»Sie auch, Alain?«, fragte sie ihren Assistenten.

»Nein danke. Wie ist das weitere Vorgehen?«

Florence trank einen Schluck, der Kaffee war heiß und stark. Mademoiselle Vassal, ihre Sekretärin, kochte den besten Kaffee, den sie je in einem Polizeibüro getrunken hatte. Florence nahm sich vor, sich in den nächsten Tagen wieder einmal mit einer Pralinenschachtel bei der Sekretärin zu revanchieren. Kleine Geschenke und Aufmerksamkeiten erhalten die Freundschaft ... Das hatte Florence frühzeitig gelernt, als sie ins Berufsleben einstieg. In Berlin war das allerdings nicht von großem Nutzen gewesen, zumindest nicht was die Qualität des Kaffees anging, den ihre dortige Sekretärin braute.

Nachdenklich blickte Florence Alain an, der gespannt auf eine Antwort wartete.

»Tja, wissen Sie, Alain, im Moment sehe ich gar keine Möglichkeit, das Ehepaar Roux näher unter die Lupe zu nehmen. Das Vorleben von Frances Roux steht bisher in keinem Zusammenhang mit den beiden Mordfällen, in denen wir hier ermitteln. Sie lebt legal mit ihrem Mann auf einem Anwesen, dessen Eigentümerin sie ist. Wir haben erst eine Handhabe, wenn sich konkrete Verdachtsmomente ergeben. Eine Verbindung zu der Toten im Wohnwagen.«

Enttäuscht stand Alain auf und ging ans Fenster.

»Damit ist wahrscheinlich nicht zu rechnen. Ich glaube kaum, dass Frances Roux überhaupt je in die Nähe des Wohnwagens gekommen ist.«

»Ja eben. Was hätte sie da auch gewollt? Es gibt keinen direkten Bezug.«

»Aber vielleicht einen indirekten.«

»Zum Beispiel?«

»Was weiß ich … vielleicht hat sie die Tote gekannt. Und gewusst, dass sie im Wohnwagen Freier empfangen hat.«

»Und wenn, ist das nicht verboten. Wir können sie nicht zwingen, eine Aussage darüber zu machen.«

»Vergessen Sie nicht, weswegen diese Frances Roux vorbestraft ist. Sie war im selben Gewerbe tätig wie die Tote. Vielleicht war sie sogar ihre Zuhälterin.«

Florence überlegte einen Moment lang.

»Das könnte theoretisch eine Möglichkeit sein, Alain. Obwohl mir mein Gefühl etwas anderes sagt und auch sämtliche Fakten dagegen sprechen. Doch wer weiß? Zumindest hätten wir mit dieser Argumentation die Chance, einen Durchsuchungsbefehl zu erwirken. Wenn Frances Roux Kontakt zu der Toten gehabt hat, finden sich dafür unter Umständen Beweise. Ich spreche gleich mit Madame Colombier darüber.«

Sie sah auf die Uhr. Es war bereits Viertel nach acht. »Du lieber Gott«, sagte sie. »Wenn die Ermittlungsrichterin eines hasst, dann Unpünktlichkeit.«

Sie stand auf und schickte sich an, das Zimmer zu verlassen.

»Gut, *Patron.*« Alain war ebenfalls aufgestanden und hielt ihr die Tür auf. »Ich kümmere mich jetzt um die Laborergebnisse. Anschließend fahre ich nach Puech-Soleil, um die Alibis der Jäger zu überprüfen. – Ach, übrigens, Madame Bonnafoux ist auf dem Weg ins Heim verstorben.«

Florence hielt an der Tür kurz inne und starrte Alain an.

»Wie ist das passiert?«

»Sie ist einfach eingeschlafen. Im Krankenwagen, auf der Fahrt ins Pflegeheim. Ein natürlicher Tod.«

Florence, die inzwischen erfahren hatte, dass es keine direkten Verwandten der Familie Bonnafoux gab, verließ betroffen ihr Büro.

Mit zwanzig Minuten Verspätung und ein wenig außer Atem betrat Florence das Büro der Ermittlungsrichterin. In knappen, präzisen Worten schilderte sie den bisherigen Stand der polizeilichen Arbeit. Arlette Colombier hörte aufmerksam zu, machte sich ab und zu Notizen. Im Unterschied zu anderen Ermittlungsrichtern und zu vielen Staatsanwälten in Deutschland, mit denen Florence zusammengearbeitet hatte, stellte Arlette Colombier nie Zwischenfragen. Sie hörte sich einen Bericht stets in Ruhe an und gab damit ihrem Gegenüber die Möglichkeit einer umfassenden Darstellung der Lage.

»Wenn ich das richtig sehe«, sagte sie, als Florence ihren Bericht beendet hatte, »gibt es keine wirklich heiße Spur, aber ein paar Anhaltspunkte, die möglicherweise in eine Spur münden *könnten.*«

»Ja, genau.«

»Die Verdachtsmomente beim Ehepaar Roux sind mir zwar bei weitem nicht konkret genug, aber ich stelle Ihnen dennoch einen Durchsuchungsbefehl aus. Auch für die Gruppe der Jäger gibt es durchaus Verdachtsmomente. Haben Sie schon das Resultat der Fingerabdrücke aus dem Wohnwagen?«

»Nein. Ich erwarte den Bericht im Lauf des Vormittags. Wir können dann die Abdrücke mit denen der Jäger abgleichen.«

»Ein DNS-Speicheltest für sechs Personen ist kein Problem. Testmaterial befindet sich hier im Präsidium. Kritisch wird es nur, wenn es sich um mehr als 20 Personen handelt. Dazu haben wir weder die finanziellen Mittel noch genügend Laborfachkräfte. Angesichts der wenigen Personen, die getestet werden sollen, können Sie das selbst machen. Sie oder Ihr Assistent, Inspektor Roche.«

Florence nickte. Sie hatte genügend Erfahrung mit DNS-Tests, die in Frankreich etwa nach dem gleichen Verfahren abliefen wie in Deutschland.

»Es bleibt allerdings Ihrem Geschick überlassen, *Commissaire,* die infrage kommenden Personen von der Notwendigkeit des freiwilligen Tests zu überzeugen. Zwingen können wir niemanden, so lange keine konkreten Verdachtsmomente vorliegen.«

»Ich weiß. Am besten wäre natürlich, wir würden im ausgebrannten Wohnwagen Fingerabdrücke finden, die wir eindeutig zuordnen können. Das wäre ein entscheidendes Indiz.«

Das Telefon auf Arlette Colombiers Schreibtisch klingelte.

»Ja? – Ja, sie ist hier. Einen Augenblick bitte.« Sie reichte Florence den Hörer. »Für Sie.«

»Kommissarin Labelle.«

Am anderen Ende der Leitung meldete sich Hauptmann Lejeune, Kommandant des Gendarmeriepostens in Bagnols.

»Ich habe hier etwas Interessantes, *Commissaire*. Vor einer halben Stunde wurde in Bagnols auf dringenden Wunsch einer Frau namens Pilar Lopez eine Wohnung durch eine Schlüsseldienstfirma aufgebrochen. Mieterin der Wohnung ist die Schwester von Madame Lopez. Madame Lopez hatte sich Sorgen gemacht, weil ihre Schwester über Weihnachten nicht wie geplant nach Valence gekommen ist. Nachdem sie die Wohnung leer vorgefunden hat, kam Pilar Lopez soeben auf unsere Dienststelle und gab eine Vermisstenmeldung auf. Der Brigadier, der die Anzeige aufnahm, war vor zwei Tagen mit Ihnen am Tatort des Wohnwagenmordes in Puech-Soleil. Da das Alter der Toten in etwa mit dem der Vermissten übereinstimmt, wurde er stutzig.«

Florence hatte ihm mit zunehmender Spannung zugehört.

»Wie ist der Name der Vermissten?«, fragte sie beinahe ungeduldig.

»Josefina Lopez.«

»Josefina oder Joséphine?«

»Josefina, so weit ich das verstanden habe. Offenbar ein spanischer Vorname.«

»Ist Pilar Lopez denn Spanierin?«

»Das entzieht sich meiner Kenntnis, *Commissaire*. Aber sie spricht ohne jeden Akzent.«

»Wo befindet sich Madame Lopez jetzt?«

»Noch hier auf der Wache.«

»Schaffen Sie sie auf dem schnellsten Weg zu uns nach Nîmes ins Präsidium, *Capitaine*. Ich danke Ihnen, Monsieur. Richten Sie bitte auch dem Brigadier meinen Dank aus.«

»Das mache ich gern, Madame. Ich schicke gleich einen Wagen los. Auf Wiederhören.«

Als Florence der Ermittlungsrichterin den Hörer übergab, durchströmte sie ein Gefühl der Genugtuung. Endlich eine konkrete Spur! Es konnte kein Zufall sein, dass in Bagnols eine Frau mit dem Vornamen Josefina vermisst wurde und der Name der Toten im Wohnwagen möglicherweise Joséphine lautete. Zwar wurde dieser Name nur ein einziges Mal von der Caféhausbesitzerin erwähnt, deren Aussage unsicher und vage geklungen hatte. Ein Gerücht, mehr vielleicht nicht … Doch dass diese Spur erneut ins Leere führen könnte, mochte Florence um keinen Preis denken.

»Irgendetwas Wichtiges, *Commissaire*?«, fragte Arlette Colombier und legte den Hörer zurück auf die Gabel.

»Allerdings. Wir haben möglicherweise die Identität der Toten im Wohnwagen.«

Noch auf dem Flur vor dem Büro der Ermittlungsrichterin rief Florence ihren Assistenten auf seinem Handy an und erzählte ihm von dem Anruf aus Bagnols. Alain befand sich gerade im Labor, Abteilung Fingerabdrücke. Sein Bericht hingegen klang wenig hoffnungsvoll. Die Abgleichung der Fingerabdrücke der Jäger mit den Abdrücken, die im Wohnwagen sichergestellt worden waren, hatte nichts gebracht. Keinem der Jäger war nachzuweisen, dass er am Wohnwagen gewesen war.

Florence beschloss, sich von diesen deprimierenden Tatsachen nicht entmutigen zu lassen. Es gab eine neue Spur, das war das Wichtigste.

Wenig später erreichte sie ein Anruf der Lokalpresse.

34

26. Dezember, 9 Uhr 15

Eliane LeRosier knallte den Hörer auf.

»So eine arrogante Ziege!«, rief sie wütend und schlug mit der Faust auf ihren Schreibtisch.

»Was ist denn los?«, fragte der junge Volontär, der gerade mit zwei Bechern Kaffee ins Büro kam.

»Kannst du dir so was vorstellen, René? Wenn es den Bullen passt, uns einzuspannen, sind wir Journalisten immer gut genug. Sobald die nicht weiterwissen, drucken wir ihre Phantombilder. Aber wenn man mal eine konkrete Auskunft will, blocken die ab. *In den nächsten Tagen gibt es eine Pressekonferenz*, hat mir diese Kommissarin eben gesagt. *Im Interesse der Ermittlungen möchten wir vorerst keine Details herausgeben.*«

»Wenn sie keine Details herausgeben wollen, dann tappen sie im Dunkeln. Ist doch sonnenklar.« René gab Eliane ihren Kaffee. Sie schob den Becher beiseite und stand auf.

»Los, mach dich fertig, René. Und pack die Kamera ein und genügend Filme. Wir fahren raus in dieses Kaff. *Recherche vor Ort*, merk dir das. Das sind Informationen aus erster Hand. Diese dämliche Kommissarin kann mich mal. Wir ermitteln sozusagen auf eigene Faust.«

Eliane sagte ihrem Chefredakteur Bescheid, holte ihren kleinen Kassettenrecorder aus der Schreibtischschublade und steckte ihn in die Handtasche. Anschließend ging sie auf die Toilette. Sie frischte ihr Make-up auf, schminkte die Lippen und tuschte die Wimpern nach. Als sie sich im Spiegel betrachtete, lächelte sie zufrieden.

Sie war sechsundzwanzig Jahre alt. Eine Vollblutjournalistin, wie sie im Buche steht. Engagiert, kompetent und stets mit dem richtigen Riecher. Berührungsängste, gleich welcher Art, kannte sie nicht. Sie näherte sich den Menschen und Ereignissen auf direkte, einfache Art. Die Fragen, die sie bei Interviews und Recherchen stellte, waren schnörkellos, frech und oft indiskret. Immer bekam sie das, was sie brauchte, um eine zündende Story daraus zu basteln. Ihre Artikel zeichneten sich durch flüssigen Stil und spannende Personenbeschreibungen aus, selbst wenn sie nur über die Weihnachtsfeier in einem Kindergarten in der *Zup Nord* berichtete, einem sozial schwachen, von zahlreichen Ausländern und Arbeitslosen bewohnten Viertel. Der Chefredakteur war von ihrer Arbeit begeistert und hatte ihr bereits die stellvertretende Leitung der Lokalredaktion anvertraut. Den Redakteursposten bei der *Gazette du Midi* sah Eliane freilich nur als Sprungbrett für weitergehende Pläne an. Sie wollte mehr erreichen. Warum nicht eine Karriere als Fernsehmoderatorin? In den Regionalprogrammen tummelten sich junge Frauen ihres Alters vor den Kameras, denen sie alle Mal das Wasser reichen konnte. Eliane traute sich einiges zu. Ihr Vorbild war Laurent Cabrol, der vor vielen Jahren beim Zweiten Programm als smarter Moderator fürs Wetter angefangen hatte und seit langem seine eigene wöchentliche Show produzierte.

Eine Frau wie sie hatte alle Chancen, das wusste Eliane. Sie musste nur den richtigen Moment abpassen. Sie sah gut aus. Mit ihren üppigen Formen, den dunklen, halb langen Haaren, den großen, lasziv blickenden Augen und den aufgeworfenen Lippen war sie ein ausgesprochener Männertyp. Und im Journalismus, vor allem beim Fernsehen, hatten die Herren der Schöpfung das Sagen. Eine Frau wie sie brauchte nicht einmal aufs Ganze zu gehen. Es genügte, dass sie die Phantasie der Männer anregte und selbst möglichst unerreichbar blieb. Diese Taktik hatte ihr im bisherigen Verlauf ihres Berufslebens viele Türen geöffnet. Ob das auf Dauer so bleiben würde, bezweifelte Eliane allerdings.

Jetzt galt es, in dieser Doppelmordgeschichte in der Nähe von Bagnols-sur-Cèze am Ball zu bleiben. Genauer gesagt: den Ball überhaupt erst ins Rollen zu bringen. Bisher konnte ja wegen der Feiertage noch nichts über die Morde an die breite Öffentlichkeit dringen. Das könnte ein Knüller werden. Genau die Story, die sie brauchte, um in den nächsten Wochen einmal beim Fernsehsender *France 3* in Montpellier vorstellig zu werden.

Eliane riss sich aus ihren Zukunftsträumen und eilte hinunter auf den Parkplatz des Verlagsgebäudes. Dort wartete bereits René, der Volontär, den sie während seiner Ausbildung unter ihre Fittiche genommen hatte. Er war fleißig, rund um die Uhr einsatzbereit und sah außerdem noch süß aus.

Eliane seufzte. An ein Privatleben war gar nicht zu denken bei dem Stress, dem sie täglich ausgesetzt war. Das machte kein Mann lange mit. In den letzten beiden Jahren waren drei Beziehungen in die Brüche gegangen, weil Eliane zumeist spät nach Hause kam und auch an den Wochenenden oft arbeiten musste. Als Paul, ihr letzter Freund, sich mit der Serviererin des kleinen Restaurants im Haus gegenüber tröstete, warf Eliane ihn raus. Seit einem halben Jahr lebte sie wieder solo in ihrer großen, gemütlichen Maisonette-Wohnung in der Altstadt von Nîmes. Das Appartement hatte ihr Vater als Geldanlage gekauft.

An flüchtigen Sexbekanntschaften war Eliane nicht interessiert. Viele Männer vermuteten aufgrund ihres aufreizenden Äußeren in Eliane eine leichte Beute. Doch da täuschten sie sich. Im tiefsten Innern ihres Herzens war sie konservativ. Sie glaubte nach wie vor an die große Liebe und an Werte wie Zuverlässigkeit und Treue.

Als sie zusammen mit ihrem Volontär nach Puech-Soleil aufbrach, wusste sie nichts weiter, als dass zwei Menschen ermordet worden waren. Ein Mann und eine Frau. Mehr hatte ihr diese Caféhausbesitzerin gestern am Telefon nicht verraten. Als Erstes würden sie zu ihr fahren, das stand fest. Wie war noch der Name dieser Kneipe? *Au chien perdu* … Eliane verzog leicht angewidert den Mund. Der Name klang, als läge das Café am Ende der Welt.

Eine gute Stunde später lenkte sie ihren roten Sportwagen durch die menschenleere Dorfstraße von Puech-Soleil. Sie parkte vor dem Café mit dem deprimierenden Namen und sagte zu René: »Mach gleich mal ein Foto von außen. Und wenn wir reingehen, als Erstes von der Wirtin. Du weißt doch, wie gern die Menschen ihr Bild in der Zeitung sehen. Sie werden im Nu gesprächiger. Und das wollen wir doch, dass die Leute uns was erzählen.«

René grinste, zog die Kamera aus dem Futteral, ließ die Fensterscheibe des Wagens herunter und schoss ein paar Bilder.

Martine Morana hatte die Ankunft der beiden vom Tresen aus beobachtet. Sie warf einen kurzen, prüfenden Blick in den Spiegel, den sie aus einer Schublade hervorholte, und nahm eine erwartungsvolle Haltung an …

An einem der Tische saß ein einsamer Gast und las eine alte Ausgabe der *Gazette du Midi*. Es war der pensionierte Lehrer, der hier jeden Morgen seinen Kaffee trank und sich aus der Epicerie ein frisches Croissant mitbrachte. Zum Lesen benutzte er eine Lupe, außerdem hörte er schwer. Wenn Menschen sich unterhielten, verstand er meist nur Bruchstücke.

»Madame Morana?« Strahlend betrat Eliane das Café und ging mit ausgestreckter Hand auf Martine zu. »Ich bin Eliane LeRosier von der *Gazette du Midi*. Das ist René, unser Volontär. Ich freue mich, Sie kennen zu lernen.« Ihr Händedruck war kräftig und fest.

René drehte routiniert am Schärfenregler der Kamera, nahm die Wirtin ins Visier und drückte ein paarmal auf den Auslöser. Martine lächelte und wandte sich dann Eliane zu.

Mit einem Anflug von Wehmut und auch Neid betrachtete sie die Journalistin. Diese war jung, sah gut aus und hatte das ganze Leben noch vor sich. Während sie, Martine, sich immer mehr mit dem Gedanken abgefunden hatte, durch ihr Älterwerden zunehmend auf der Verliererseite zu stehen, sah sie sich hier mit der geballten Kraft unbekümmerter Jugend konfrontiert. Der Gedanke, dass auch diese junge Frau einmal altern würde, war kein Trost. Junge Leute dachten nicht ans Älterwerden; und wenn sie anfingen, daran zu denken, waren die besten Jahre bereits vorbei.

»Darf ich Ihnen etwas anbieten? Einen Kaffee?« Martine versuchte ihrer Stimme Festigkeit und Souveränität zu geben.

»Ein Espresso wäre gut.« Eliane lächelte. Sie hatte makellose weiße Zähne. Ihre Lippen waren so akkurat geschminkt, als machte sie Reklame für Kosmetikprodukte. »Für dich auch, René?« Der Volontär nickte. Die Kamera hing für weitere Aufnahmen bereit um seinen Hals.

Der pensionierte Lehrer faltete seine Zeitung zusammen, ging zum Tresen und zahlte.

»Dann bis morgen, Martine.«

»Bis morgen, Monsieur Carnet.«

Eliane setzte sich an einen der Tische und forderte Martine mit einer großzügigen Geste auf, ihr Gesellschaft zu leisten.

»Also, Madame Morana, dann schießen Sie mal los!«

Martine nahm die beiden Espressi, stellte sie auf den Tisch und ließ sich zögerlich auf einem der Stühle nieder.

»Kommen denn nicht noch mehr Presseleute?«

Eliane sah sie verblüfft an.

»Wie meinen Sie das, noch mehr Presseleute?«

»Ich dachte, das Fernsehen wäre auch schon unterwegs.«

Blitzschnell kombinierte Eliane. Sie kniff ihre Augen zu sammen und sagte:

»Haben Sie denen etwa auch Bescheid gesagt?«

Martine zuckte mit den Schultern. »Na ja, ich dachte, vielleicht kommt ein Team von *France 3* vorbei und …« Sie ließ das Ende des Satzes offen und blickte aus dem Fenster. Draußen fuhr gerade der Kastenwagen ihres Bruders Yves durch die Straße. Martine wusste, dass er seinen Sohn Christian zum Bahnhof nach Bagnols bringen wollte und anschließend nach Pont St. Esprit fuhr, wo er in einer Anwaltskanzlei die Ölheizung modernisierte.

Elianes Stimme unterbrach ihren Gedankengang.

»Ich hoffe nicht, dass die anderen Kollegen so schnell hier sind. Denn wir haben nur Interesse an einer Exklusivstory, Madame Morana.«

Das war eine faustdicke Lüge, denn die Lokalredaktion der *Gazette du Midi* war verpflichtet, über alle regionalen Ereignisse umfassend und neutral zu berichten. Exklusivstorys gab es nur in Romanen und bei der Regenbogenpresse. Doch das wusste eine Frau wie diese Cafébesitzerin wahrscheinlich nicht. Trotz ihrer jungen Jahre war Eliane bereits erstaunlich abgebrüht und verfügte über eine sehr genaue Menschenkenntnis. Martine Morana wurde von ihr instinktiv als eine Person eingeschätzt, die ihren verpassten Chancen im Leben nachtrauerte, Probleme mit dem Alter hatte und sich durch Kontakte zu den Medien einen neuen Kick versprach. Diese Sorte Informanten kannte Eliane zur Genüge. Doch die Presse kam ohne Informanten und Zuträger nun einmal nicht aus. Es war ein stillschweigender Deal: Informationen und (Sensations)-Hintergründe im Austausch gegen die Namensnennung in der Zeitung und den Abdruck eines Fotos. Auf diese Weise war allen Seiten gedient.

35

26. Dezember, 10 Uhr 10

Florence betrachtete das blasse Gesicht der Frau, die ihr in ihrem Büro gegenübersaß. Ein schmales, klassisches Profil, schwarze Haare, eine zierliche Gestalt. Bestand nicht eine auffällige Ähnlichkeit mit der Toten im Wohnwagen, oder bildete sich Florence das nur ein? Pilar Lopez hatte die Augen gesenkt und hörte schweigend zu, was die Kommissarin ihr mit vorsichtigen Worten mitteilte.

»Sie suchen Ihre Schwester, und wir recherchieren die Identität einer Toten, die durch mysteriöse Umstände ums Leben kam. Wir können erst sicher sein, ob die Tote Ihre Schwester ist, wenn Sie den Leichnam identifiziert haben, Madame. Es ist auch in Ihrem Interesse, sich Gewissheit zu verschaffen.«

Florence hatte ihr verschwiegen, auf welche Weise die Frau ums Leben gekommen war. Dazu blieb noch Zeit genug, falls sich herausstellen sollte, dass die Unbekannte tatsächlich Josefina Lopez war. Sie hatte ihr lediglich gesagt, dass der Anblick einer Leiche keine schöne Sache sei und dass ein Blick ins Gesicht genügen würde.

Den kurzen Weg ins gerichtsmedizinische Institut gingen sie zu Fuß. Alain verspürte ein mulmiges Gefühl im Bauch Bei der Inaugenscheinnahme von Leichen und dem Geruch von Formaldehyd wurde ihm regelmäßig übel. Aber Florence hatte auf seiner Anwesenheit in der Pathologie bestanden.

Pilar Lopez' zierliche Gestalt in dem weiten grauen Mantel wirkte auf dem schneebedeckten Bürgersteig irgendwie verloren. Ihr Gesicht war verschlossen und der Blick ihrer großen, samtenen Augen starr nach vorn auf den Gehweg gerichtet. Der Anblick dieser Frau löste etwas in Florence aus, das sie schwer beschreiben konnte. War es Mitleid? Pilar Lopez erweckte den Eindruck, als habe sie sich ein Leben lang auf der Schattenseite des Daseins befunden. Der fest zusammengepresste Mund spiegelte eine große Hoffnungslosigkeit wider. Aber auch Stärke lag in den Zügen der Frau, in ihren Gesten und in ihrer Haltung. Etwas Unbeugsames, Zähes. Dies war jemand, der sich nicht unterkriegen ließ, ganz gleich, was das Schicksal bereithielt. Es war diese Mischung aus unbeugsamer Haltung und grenzenlosem Verlorensein, die Florence so seltsam an dieser Frau berührte.

Sie waren angekommen. Während Alain bei dem Fußmarsch durch die Kälte rote Wangen bekommen hatte, war das Gesicht der Frau, die sich anschickte, eine Leiche zu identifizieren, weiterhin totenblass. Florence konnte sich vorstellen, wie ihr zumute war.

»Wir wollen es kurz machen, Doktor«, sagte sie zu Brochet, der sie freundlich und jovial in Empfang nahm.

Pilars Stiefeletten, viel zu dünnes und gefährliches Schuhwerk für dieses Schneewetter, klackten auf dem Steinfußboden des Korridors, als sie in den Kühlraum gingen.

Dort zog Dr. Brochet eines der Fächer auf. Pilar Lopez sah mit unbewegter Miene auf die Körperumrisse, die sich unter dem weißen Tuch durchdrückten.

»Sind Sie so weit, Madame?«, fragte der Pathologe.

Pilar nickte. Brochet schlug das Tuch zurück. Das Gesicht der Toten hatte eine Farbe wie vergilbtes Plastik. Hinter den leicht geöffneten Lippen konnte man deutlich die schiefen Zähne und die Lücke sehen. Die Brandspuren an Haut und Haaren waren geringfügiger, als Florence es in Erinnerung hatte. Behutsam fragte sie:

»Ist sie das?«

Ohne ihren Blick von der Toten abzuwenden, sagte Pilar:

»Ja. Das ist meine Schwester Josefina.«

Dann streckte sie unvermittelt und zum Erstaunen aller die

Hand aus und zog mit einem heftigen Ruck das Leichentuch über das Gesicht der Ermordeten.

Eine Viertelstunde später saßen sie erneut in Florences Büro. Mademoiselle Vasall hatte frischen Kaffee aufgebrüht und eine Schale mit Gebäck und Pralinen auf den Tisch gestellt. Doch nach einer Nascherei war niemandem im Raum zumute.

Mit zitternden Händen steckte sich Pilar eine Zigarette an und trank einen ersten Schluck Kaffee.

»Wie ist sie gestorben?« Ihre Stimme klang erstaunlich gefasst.

»Sie wurde ermordet. Genauer gesagt: erwürgt.«

Pilar schluckte.

»In ihrer Wohnung?«

»Nein, in einem Wohnwagen.«

»In einem Wohnwagen?! Was hat sie denn um Gottes willen mitten im Winter in einem Wohnwagen gemacht?« Pilar starrte Florence ungläubig an. Diese schilderte ihr in knappen Worten, was die Polizei bisher wusste und welche Schlüsse daraus gezogen worden waren.

»Was soll sie gewesen sein – Prostituierte?!« Pilar brach in hysterisches Lachen aus.

»Ja. Das müssen wir aufgrund der Umstände vermuten, Madame«, sagte Alain.

»Hören Sie mal, was erlauben Sie sich! Meine Schwester war Kassiererin in einem Supermarkt in Bagnols!«

Alain räusperte sich.

»Wie heißt der Supermarkt?«

»*Intermarché*. Die Supermarktkette *Intermarché*.«

»Wir prüfen das nach, Madame.« Florence schaltete sich wieder ein. »Am besten erzählen Sie uns von Ihrer Schwester, damit wir uns ein genaues Bild machen können. Was war sie für ein Mensch? Wann haben Sie sie das letzte Mal gesehen? Wer waren ihre Freunde? Welche Männer gab es in ihrem Leben? Hatten Sie ein enges Verhältnis zu ihr?«

Pilar atmete tief durch und lehnte sich im Sessel zurück.

»Ein besonders enges Verhältnis hatten wir in der Kindheit, *Commissaire*. Später war der Altersunterschied zu groß. Ich bin sieben Jahre älter als sie, da hat man mit zunehmendem Alter andere Interessen. Seit sie damals fortgegangen war, schickte sie mir und meinen Kindern Geld. Am Anfang wenig, später waren es achthundert Francs im Monat. Sie sagte, dass sie im Supermarkt ein gutes Gehalt bekommt. Sie wusste, dass die Sozialhilfe für mich und meine beiden Jungs kaum reichte. Josefina war ein guter Mensch.«

Plötzlich fing Pilar an zu schluchzen. Es klang wie ein langer Klagelaut, der tief aus ihrer Seele kam. Die dünnen Schultern zuckten. Pilar schlug die Hände vors Gesicht. Zwischen ihren Fingern rannen die Tränen über ihre Handrücken in die Ärmel des Pullovers. Erst nach fünf Minuten hatte sie sich so weit gefangen, dass sie anfangen konnte zu erzählen.

Es war eine Geschichte, wie Florence sie schon viele Male im Lauf ihres Berufslebens gehört hatte. Die banalen Lebensstationen eines Menschen, der frühzeitig gescheitert war, ohne dass das nähere Umfeld sich irgendeiner Schuld bewusst war.

Die Eltern Lopez, einfache, aber rechtschaffene Leute, stammten aus Andalusien. Als Josefina sieben Jahre alt war, hatten sie mit ihren beiden Töchtern Spanien verlassen und sich in Valence niedergelassen. Der Vater suchte sich Arbeit als Pflücker auf einer Aprikosenplantage. Ein saisonal bedingter Job, der ihn die meiste Zeit im Jahr arbeitslos werden ließ. Durch einen Autounfall wurde er zudem frühzeitig berufsunfähig. Die Mutter schuftete als Köchin im örtlichen Krankenhaus. Damit hielt sie die Familie über Wasser. Im Elternhaus wurde weiterhin Spanisch gesprochen, doch die Kinder gingen auf eine französische Schule und wuchsen zweisprachig auf. Nach einem Schlaganfall lebte der Vater nur noch ein halbes Jahr, Anfang 1994 starb er.

Kindheit und Jugend von Josefina verliefen für Pilars Begriffe ganz normal, bis eines Tages ein junger Mann namens Serge auftauchte, in den sich Josefina Hals über Kopf verliebte. Sie war gerade sechzehn und hatte ihn in einer Diskothek kennen gelernt. Er war ein gut aussehender Bursche, fünfundzwanzig Jahre alt, charmant, ein absoluter Mädchenschwarm. Und er kam aus Paris, was seine Attraktivität noch erhöhte. Dass er sich für Josefina interessierte und sie zu seiner Geliebten machte, sollte seinen Preis haben. Serge war Drogendealer und von seinen Auftraggebern in die Diskoszene in Valence eingeschleust worden. Nachdem Josefina heroinabhängig geworden war, wie einige andere Jugendliche in Valence auch, ließ Serge sie fallen und verschwand. Josefinas Eltern versuchten, ihre Tochter zu einer Entziehungskur zu bewegen. Sie wurde immer wieder rückfällig. Ihre Lehre als Industriekauffrau brach sie ab.

Eines Tages verschwand auch Josefina. Nach Wochen kam das erste Lebenszeichen von ihr aus Avignon. Sie sagte, dass es ihr gut ginge. Serge sei wieder in Paris, sie hätte keinen Kontakt mehr zu ihm. Außerdem hätte sie jetzt einen Entzug und eine Therapie begonnen. Arbeit hätte sie auch gefunden, und zwar in einem Supermarkt.

Ein halbes Jahr später war sie das erste Mal wieder nach Hause gekommen. Es war ein trauriger Anlass, denn die Mutter war an Krebs gestorben. Josefina hatte einen guten Eindruck gemacht und schien keine Drogen mehr zu nehmen. Wenige Tage nach der Beerdigung fuhr sie wieder fort. Sie wechselte dann mehrfach den Wohnsitz. Mal lebte sie in Aix, dann wieder ein paar Monate in Gap, in Carpentras und schließlich in Bagnols. Ihre Supermarktkette hätte sie versetzt, sagte sie ihrer Schwester jedes Mal am Telefon. Und sie schickte Geld. Seit zwei Jahren waren es monatlich 800 Francs. Als sie ermordet wurde, lag ihr zweiundzwanzigster Geburtstag gerade einige Monate zurück. Im Herbst hatte Pilar sie zum letzten Mal gesehen. Das war auf dem Bahnhof von Valence. Josefina befand sich angeblich auf der Durchreise nach Orléans, wohin ihre Firma sie auf einen Fortbildungskurs geschickt hatte. Sie machte einen fröhlichen und guten Eindruck, und ihre Kleidung sah teuer aus.

Vor einigen Tagen, kurz vor Weihnachten, hatten sie miteinander telefoniert, und Josefina hatte ihr angekündigt, dass sie Heiligabend nach Valence kommen wollte. Sie gab die genaue Zugverbindung durch und sagte, sie würde für den Weihnachtstag einen Truthahn mitbringen. Die Angestellten der Supermarktkette bekämen ihn als Weihnachtsgratifikation. Alles hatte ehrlich und überzeugend geklungen. Aus diesem Grund war Pilar auch in Sorge, nachdem Josefina nicht gekommen war. Die Schwestern hatten zwar keinen häufigen, aber regelmäßigen Kontakt. Drei- oder viermal im Jahr trafen sie sich, ansonsten telefonierten sie oft miteinander. Josefina erzählte dann von ihrer Arbeit im Supermarkt und erkundigte sich nach den Kindern. Einen Freund hatte sie nicht. Sie hätte erst einmal genug von Männern, hatte sie ihrer Schwester ein paar Mal versichert.

Florence hatte Pilar schweigend zugehört. Der Lebenslauf der Ermordeten war das, was man eine klassische Drogenkarriere nennt. Sie endete für Mädchen und Frauen fast immer auf dem Strich. Hier schloss sich also der Kreis. Die Polizei hatte richtig vermutet. Josefina Lopez war Prostituierte, zuletzt wahrscheinlich auf dem Wohnwagenstrich. Sollte sie es tatsächlich geschafft haben, von der Droge loszukommen? Bei der Autopsie waren keine Spuren von Heroin oder Einstichpunkte in den Venen entdeckt worden.

Während Pilars Schilderungen hatte Alain zwischenzeitlich beim Supermarkt *Intermarché* in Bagnols nach einer Kassiererin namens Josefina Lopez gefragt. Niemand kannte sie. Demnach hatte sie seit Jahren ein Doppelleben geführt und ihrer Familie eine ehrbare Existenz vorgegaukelt. Die kleine Wohnung in Bagnols diente lediglich als Tarnung. Als postalische Adresse. Als letztes sichtbares Zeichen einer normalen, bürgerlichen Existenz, die sie schon lange nicht mehr besaß. Ihr Geld verdiente sie nicht dort, sondern draußen. Lange Zeit wahrscheinlich auf dem Straßen- und Autostrich, dann hatte irgendein Umstand sie nach Puech-Soleil geführt, in den alten, vergessenen Wohnwagen, der ihr zum Verhängnis werden sollte. Die Idee mit dem Wohnwagen konnte auf keinen Fall von ihr stammen. Irgendjemand musste sie darauf gebracht, sie dazu animiert oder gar gezwungen haben. Wer?

Als Florence das verweinte Gesicht der Schwester der Ermordeten betrachtete, wurde ihr schwer ums Herz. Normalerweise erlaubte sie sich in ihrem Beruf wenig Emotionen. Pilar war sichtlich mitgenommen. Josefinas Tod hatte für sie so viel Unerwartetes zutage gebracht, dass die Enttäuschung sicher ebenso schwer wog wie der Schmerz über den Verlust der Schwester. Wie ging man damit um, dass die eigene Schwester den monatlichen Scheck nur deshalb schicken konnte, weil sie als Prostituierte ganz gut verdiente? Was bedeutete es für Pilar, wenn dieser Scheck ab sofort nicht mehr kam?

Für Pilar Lopez gab es keine Antworten auf die Fragen und keinen Trost. In einer halben Stunde ging ihr Zug. Florence konnte ihr nur noch wünschen, dass sie die Kraft besaß, diesen Schicksalsschlag zu verarbeiten.

Wenige Minuten nachdem Pilar Lopez Florences Büro verlassen hatte, erhielt Alain einen Anruf aus dem Labor. Dem knappen Gespräch konnte Florence keine Einzelheiten entnehmen. Doch das, was Alain ihr erzählte, war sensationell.

»Brinçon hat gerade das Handy der Toten untersucht. Durch den Brand war es zum Teil durchgeschmort. Doch es ist ihm gelungen herauszufinden, dass es auf ihren Namen zugelassen war. Und wissen Sie was? Wie durch ein Wunder konnte er sogar den Speicher rekonstruieren. Die letzte Nummer, die sie gewählt hatte, war eine Nummer in Valence.«

»Die Nummer ihrer Schwester.«

»Richtig. Brinçon hat das gleich überprüft. Aber jetzt

kommt es: Sie hatte noch eine Nummer gespeichert, eine einzige. Raten Sie mal, wessen Nummer das war?«

Als Alain es ihr sagte, war Florence perplex.

Gegen halb eins befanden sie sich unterwegs nach Puech-Soleil. Einen Augenblick lang dachte Florence daran, wie schön es jetzt wäre, mit Cathérine irgendwo in einem gemütlichen Lokal in der Altstadt von Nîmes beim Essen zu sitzen … Stattdessen würde sie bei Martine Morana in Puech-Soleil einen *Croque-Monsieur* herunterwürgen. Sie hasste Fast Food. Doch in ihrem Beruf hatte sie meistens keine andere Wahl.

Alain fuhr ein wenig zu schnell auf der glatten Straße. Voller Anspannung saß Florence auf dem Beifahrersitz, wollte aber ihrem Assistenten keine Vorschriften machen. Sie ging mit ihm die nächsten Arbeitsschritte durch.

»Während ich der Sache mit der Telefonnummer nachgehe, führen Sie die Speicheltests durch. Haben die Gendarmen sämtliche Jäger erreicht?«

»Ja. Um 14 Uhr kommen alle ins Büro des Bürgermeisters.«

»Wissen die Männer, dass der Test freiwillig ist?«

»Das haben die Kollegen ausdrücklich betont. Keiner hat sich geweigert.«

»Komisch, finden Sie nicht?«

»Ich weiß nicht, *Patron*. Das bedeutet entweder, dass sie sich nicht über die Tragweite einer DNS-Speichelprobe im Klaren sind oder dass sie nichts mit dem Mord zu tun haben.«

36

26. Dezember, 13 Uhr 50 Uhr

»Eine Speichelprobe, Victor? Ist das nicht dieser Vergewaltigertest, von dem sie immer in den Zeitungen berichten?«

Fassungslos ließ sich Pauline Augier auf einen der Küchenstühle fallen.

»Das ist ungeheuerlich«, sagte sie tonlos. »Du hast also doch etwas mit dieser ganzen Geschichte zu tun.«

»Eben nicht! Sonst würde ich diesen Test doch nicht machen. Kapierst du das nicht?!« Er wischte sich über die schweißbedeckte Stirn. Es ging ihm nicht gut. Er hatte Herzrasen, einen trockenen Mund und starke Kopfschmerzen. Der gestrige Tag war in jeder Hinsicht zu viel gewesen.

»Erzähl mir nichts, Victor. Du hast, was diese Sache angeht, bisher nur gelogen.«

»Rede keinen Unsinn, Pauline. Ich habe mir nichts zuschulden kommen lassen. Alle, die mit Aimé auf der Jagd waren, machen den Test. Und zwar freiwillig. Das beweist doch, dass wir nichts damit zu tun haben.«

»Nichts damit zu tun haben!« Paulines Stimme war laut geworden. »Du steckst doch bereits bis zum Hals in dieser Geschichte drin. Die Polizei hat dich zu dem Test aufgefordert, weil sie dich verdächtigt. Und alle im Dorf wissen das!«

»Und ich und die anderen wissen, dass die Polizei eine falsche Spur verfolgt.«

»Aber der Verdacht ist da. Glaubst du eigentlich, ich hätte einen Mann heiraten wollen, der ein paar Jahre später beschuldigt wird, eine Prostituierte ermordet zu haben?! Nein, mein Lieber. Das stehst du ganz allein durch. Ich packe meine Sachen und fahre ein paar Tage zu meiner Mutter.«

»Pauline, das kannst du nicht machen! Wie sieht das denn für die Nachbarn aus?«

»Das ist mir völlig egal. Dir ist ja auch egal gewesen, was die Nachbarn denken könnten, wenn du den Vergewaltigertest machst.«

Mit entschlossenen Schritten verließ Pauline die Küche. Victor fühlte sich, als hätte ihm jemand einen nassen Lappen ins Gesicht geschlagen. In was für eine grauenvolle Situation war er da nur geraten! Hätte er bloß vor Weihnachten diese Treibjagd abgesagt und sich nicht wieder von Didier beschwatzen lassen. Das kam davon, wenn man so gutmütig und loyal war wie er. Im Grunde war er noch nie ein passionierter Jäger gewesen. Aber Didiers Begeisterung riss ihn letzten Endes immer wieder mit.

Victor sah auf die Uhr. Kurz vor zwei. Er musste sich auf den Weg ins Bürgermeisteramt machen. Einen Moment lang überlegte er, ob dieser Test wohl wehtun mochte. Würden sie ihn in die Zunge oder in die Mundhöhle pieksen?

Als er das Haus verließ, wusste er, dass Pauline ihre Drohung wahr machen und nach seiner Rückkehr verschwunden sein würde. Nicht zum ersten Mal ließ sie ihn in Schwierigkeiten sitzen. Und wahrscheinlich würde es auch nicht das letzte Mal sein. Doch Victor Augier hatte im Moment wahrlich andere Sorgen.

Bürgermeister Chabot saß gewichtig hinter seinem Schreibtisch und beobachtete aufmerksam, wie Inspektor Alain Roche den Wattetupfer aus dem verschraubbaren Reagenzglas nahm.

»Schön den Mund aufmachen, Monsieur Delors«, sagte Alain. »Es tut nicht weh.« Er bog den Kopf von Bruno Delors, der auf einem Stuhl vor ihm saß, ein wenig zurück und schabte mit dem Wattestäbchen an der Wangeninnenseite den Speichel ab. Dann steckte er den Tupfer vorsichtig in das Gefäß zurück, schraubte zu und etikettierte es mit Delors' Namen. Der Speichel würde nun über Nacht trocknen, und morgen konnten die biologischen Fachkräfte im Labor mit der Analyse beginnen.

»So, das war's schon. Der Nächste bitte. Monsieur Legrand? Setzen Sie sich hier auf den Stuhl.«

Jetzt betrat Victor Augier das Büro des Bürgermeisters. Er warf seinem Freund Didier einen komplizenhaften Blick zu, gab dem Bürgermeister die Hand und stellte sich wartend ans Fenster.

Dann war er an der Reihe.

Zur gleichen Zeit hatte Florence den *Croque-Monsieur* im Café *Au chien perdu* verspeist, den Martine Morana ihr serviert hatte. Er verklebte bereits ihre Magenwände und würde in weniger als einer Stunde heftiges Sodbrennen hervorrufen. Doch wenigstens fühlte sie sich gestärkt.

Unvermittelt und ganz direkt begann sie das Gespräch.

»Warum haben Sie uns belogen, Madame Morana? Wir wissen, dass Sie die Tote aus dem Wohnwagen gekannt haben.«

Martine, die gerade Florences Teller abräumen wollte, hielt abrupt in der Bewegung inne.

»Ich?! Wie kommen Sie darauf?«

»Hören Sie auf, uns irgendwelche Märchen zu erzählen! Wir fanden Ihre Telefonnummer im Display des Handys der Ermordeten.«

Martine nahm den Teller und brachte ihn zum Tresen. Die Distanz von Florences Tisch bis dorthin betrug knapp drei Meter. Zu wenig für Martine, um in Ruhe darüber nachdenken zu können, wie sie reagieren sollte. Jede Entscheidung konnte falsch sein. Sie entschloss sich zur Flucht nach vorn. Der Reporterin von der *Gazette du Midi* hatte sie vorhin natürlich nicht die Wahrheit gesagt. Aber jetzt sah Martine keine andere Möglichkeit.

»Ja, ich habe sie gekannt, *Commissaire*«, sagte sie, ohne sich umzudrehen. »Sie war ein paar Mal hier im Café. Ich gab ihr meine Telefonnummer, falls mal irgendetwas sein sollte. Aber sie hat mich nie angerufen.«

Martine stellte den Teller in die Spüle und blieb hinter dem Tresen stehen, als suchte sie Schutz. Florence stand auf und setzte sich ihr gegenüber auf einen der Barhocker.

»Warum, Madame Morana?«, fragte sie. »Warum haben Sie uns das nicht erzählt?«

Martine zuckte vage mit den Schultern. Florences Stimme wurde schärfer.

»Sie wissen, dass Sie damit unsere Ermittlungen erheblich behindert haben!«

»Das war mir so nicht klar.«

»Das hätte Ihnen aber klar sein *müssen*. Wir haben fieberhaft nach der Identität der Toten gesucht, Sie hätten uns da weiterhelfen können. Ich frage Sie noch einmal: Warum? Decken Sie jemanden? Wenn Sie mehr wissen, rate ich Ihnen dringend, mich davon in Kenntnis zu setzen. Ich kann Sie nämlich auch stehenden Fußes nach Nîmes aufs Präsidium mitnehmen.«

»Nein, ich weiß nichts weiter. Beim ersten Mal, als sie ins Café kam, hat sie mich gebeten –«

Florence unterbrach sie.

»Wann kam sie das erste Mal?«

»Im Sommer. Ende August, Anfang September, glaube ich.«

»Und seit dieser Zeit arbeitete sie in dem Wohnwagen?«

»Ja, mit Unterbrechungen. Hin und wieder fuhr sie weg. Sie nahm den Bus nach Bagnols. Wann genau sie draußen im Wohnwagen war und wann nicht, weiß ich nicht. Wir haben uns ja nur selten gesehen. Also, damals bat sie mich – wie soll ich sagen – ein bisschen Werbung für sie zu machen. Sie verstehen, was ich meine.«

»Ich glaube schon. Sie sollten Ihren männlichen Gästen sagen, dass sie hinten an der Müllkippe arbeitete. Hat sie Ihnen eine Beteiligung angeboten für den Fall, dass Ihre Werbeaktion erfolgreich war?«

»Um Gottes willen! Um Geld ging es nicht.«

»Um was dann?«

»Na ja, sie tat mir irgendwie Leid.«

Florence wurde sarkastisch.

»Ich hatte Sie nicht als jemanden eingeschätzt, der sich aus lauter Nächstenliebe als Kupplerin betätigt, Madame. Dass das strafbar ist, wissen Sie hoffentlich.«

Martines Finger zitterten leicht, als sie sich jetzt ein Glas Mineralwasser einschenkte. Sie hätte lieber etwas Stärkeres getrunken, aber das war wohl im Augenblick nicht angebracht.

»Kannten Sie den Familiennamen der Ermordeten?«

»Nein. Nur ihren Vornamen. Joséphine. Das sagte ich Ihnen ja bereits.«

»Die Ermordete hieß Josefina. Ihre Familie stammt aus Spanien. Sie selbst hat dort einen Teil ihrer Kindheit verbracht.«

»Das wusste ich nicht. Ich kannte sie ja nur flüchtig.«

»Hatten Sie ihre Handy-Nummer?«

»Ja.«

»Wer waren die Freier? Wie haben Sie ihr die Leute denn ›vermittelt‹?«

»Joséphine hatte mir einen Zettel gegeben. So einen gelben, vorgedruckten Werbezettel. Da stand ihr Name drauf, ihre Handy-Nummer und ein paar weitere Angaben.«

»Welcher Art?«

»Einschlägiger Art. ›Verwöhnmassage in bizarrer Umgebung‹ oder so ähnlich. Etwas, das die Männer anmachen sollte. Den Zettel habe ich aufs Männerklo gehängt.«

»Wo ist er jetzt?«

»Nachdem ich von dem Mord erfahren habe, hab ich ihn gleich zerrissen und weggeworfen.«

»Warum?«

»Sie fragen warum?« Martine lachte kurz auf. »Ich bin Geschäftsfrau. Mit so etwas wollte ich doch nicht in Verbindung gebracht werden.«

»Das werden Sie jetzt aber zwangsläufig! Sie und auch noch einige andere hier im Dorf. Merken Sie sich eines, Madame Morana: Der Mantel des Schweigens ist meist aus dünnem Stoff. – Hat Josefina Lopez Ihnen nicht erzählt, wie sie von dem leer stehenden Wohnwagen erfahren hat? Oder haben Sie ihr den Tipp gegeben?«

»Nein, darauf wäre ich nie gekommen. Sie sagte mir, sie hätte durch Zufall entdeckt, dass er leer steht.«

»Was heißt ›durch Zufall‹?«

»Ein Freier, den sie aus Bagnols kannte, hatte ihr den Tipp gegeben.«

»Nannte sie seinen Namen?«

»Nein.«

»Das muss doch jemand gewesen sein, der von dem leeren Wohnwagen gewusst hat. Jemand aus dem Dorf.«

Martine zuckte mit den Schultern.

»Hat sie sich auch hier bei Ihnen mit Männern getroffen?«

»Nein. Sie war immer allein hier. Um einen Kaffee zu trinken, auch mal was Stärkeres.«

»Hatte sie keinen Wagen?«

»Ich glaube nicht.«

»Aber ein Fahrrad.« Florence sah Martine bedeutungsvoll an. »Ich nehme an, das Fahrrad, dass wir auf der Lichtung gefunden haben, gehörte Ihnen, Madame Morana.«

Martine zögerte. Dann sagte sie:

»Es stand seit Jahren bei mir im Schuppen. Ich hatte es nie benutzt.«

»Um nochmals auf meine Frage von vorhin zurückzukommen: Sie machten Werbung für Josefina Lopez, trafen sich öfter mit ihr, stellten ihr Ihr Fahrrad zur Verfügung – das alles nur aus Uneigennützigkeit? Oder waren Sie doch am Umsatz beteiligt?«

Martine schwieg. Florence deutete dieses Schweigen auf ihre Weise.

»Hat sie Ihnen gegenüber je irgendwelche Männernamen erwähnt? Sprach sie über ihre Kunden?«

»Nein.«

Florence sah sie scharf an. Martine hielt ihrem Blick stand, doch Florence glaubte ihr trotzdem nicht.

Das, was sie in der letzten halben Stunde erfahren hatte, war ungeheuerlich. Während die Polizei bemüht war, die Identität der Toten herauszufinden, hatte Martine Morana in aller Seelenruhe hinter ihrem Tresen gestanden und abgewartet. Am Weihnachtsfeiertag bewirtete sie Massen von Menschen, die aufgrund der Ereignisse in Puech-Soleil in ihr Café geströmt waren. Wahrscheinlich hatten sie und die anderen Mitwisser im Dorf sich über die Dummheit der Polizei ins Fäustchen gelacht. Florence spürte eine unbändige Wut in sich hochsteigen. Am liebsten hätte sie die Wirtin angebrüllt und gehörig zusammengestaucht. Doch sie beherrschte sich.

»Eines würde mich interessieren, Madame Morana. Als Sie hörten, dass Josefina Lopez auf so grauenhafte Weise ums Leben gekommen war, hatten Sie da nicht das Bedürfnis, bei der Suche nach dem Täter zu helfen? Oder sind Sie ein derart gefühlskalter Mensch, dass Sie der Tod einer Frau, die Sie immerhin gekannt haben und die Ihnen zu einem kleinen, illegalen Nebenverdienst verholfen hat, nicht im Geringsten berührt hat?«

– Vielleicht bin ich so gefühlskalt, ja!, dachte Martine. Vielleicht hat es mich nicht berührt, weil ich nur ans Geschäft gedacht habe … Weil mir sonst nichts vom Leben geblieben ist. Weil ich von Kindesbeinen an gelernt habe, die Dinge zu vertuschen. Weil ich noch nie den Mut zu einer wirklich klaren Entscheidung gefunden habe, weder beruflich noch privat. Weil das ganze Leben ohnehin sinnlos ist. Weil … Plötzlich fing sie an zu schluchzen.

In dem Moment ging die Tür auf, und Alain Roche betrat das Café. Beim Anblick der weinenden Caféhausbesitzerin wurde er verlegen und räusperte sich.

»Ich bin so weit fertig, *Patron* …«

»Ich auch, Alain. Wir können gehen.«

Als sie auf die N 86 einbogen, die nach Bagnols führte, gab Alain einen kurzen Bericht ab. Die Speicheltests waren problemlos verlaufen; danach hatte er die Alibis der Jäger überprüft. Der Pfarrer bezeugte, dass Bruno Delors am 23. Dezember in der Messe war. Auch Lionel Dupuis' Alibi für Heiligabend wurde von seiner Frau und seinem Sohn bestätigt. Bei Philippe Fresquet sah die Sache schon schwieriger aus. Er war allein mit seiner Frau zu Hause gewesen, die jedoch gelähmt und ans Bett gefesselt war. Vor ein paar Jahren hatte sie einen schweren Schlaganfall erlitten. Als Alain sie fragte, ob sie bezeugen könnte, dass ihr Mann in der Weihnachtsnacht nicht das Haus verlassen hatte, lallte sie nur.

»Ob das nun bestätigend gemeint war oder nicht, kann ich beim besten Willen nicht sagen, *Patron* …«

»In meinen Augen ist das ein sehr wackeliges Alibi.«

»Das denke ich auch, *Patron*. Bei den anderen habe ich nichts erreicht. Die Ehefrauen von Victor Augier und Didier Legrand waren nicht zu Hause. Ich versuch's morgen noch einmal.«

Als Florence ihrem Assistenten von der Vernehmung der Wirtin erzählte, runzelte Alain erstaunt die Stirn.

»Das klingt ja alles so, als wäre sie Josefina Lopez' beste Freundin gewesen!«

»Das vielleicht nicht. Aber in gewisser Weise ihre Kupplerin. Nicht Frances Roux war die Kupplerin, wie Sie vermutet haben, sondern Martine Morana.«

»Sieht so aus. Jedenfalls hat sie die ganze Zeit Bescheid gewusst.«

»Nicht nur *sie* hat Bescheid gewusst. Jeder Mann, der im

Café auf die Herrentoilette ging, hat Josefina Lopez' Werbezettel gesehen. Also alle Dorfbewohner, die die Kneipe besuchten, und alle Fremden, die auf der Durchreise dort einkehrten. Höchstwahrscheinlich hat die Wirtin Josefinas Dienste auch mündlich weiterempfohlen.«

»Demnach kann ich die Speichelproben gleich in den Straßengraben werfen«, sagte Alain.

»Nein, Alain, denn wir sollten über all den Ereignissen, die heute auf uns eingestürzt sind, nicht den Mord an Aimé Bonnafoux vergessen. Damit wären wir wieder bei seiner spontanen Äußerung ›Ich war's nicht‹ und bei der Gruppe der Jäger.«

»Eigentlich sind wir genauso schlau wie vorher.«

37

26. Dezember, 15 Uhr 30

»Beeilen wir uns, René. Ich will noch die Kinder befragen, die die Leiche dieses Aimé Bonnefois, oder wie der heißt, gefunden haben.«

»Bonnafoux.«

»Genau. Mach ein paar Fotos, die Landschaft sieht hier richtig pittoresk aus. Kriegst du die Müllkippe als Hintergrund drauf?«

»Ich hoffe.«

Eliane LeRosier klopfte sich den Schnee von den Beinen ihrer hellgrauen Flanellhose.

»Ganz schön zertrampelt, der so genannte Tatort. Dass der nicht bewacht wird, wundert mich. Die Bullen müssen natürlich warten, bis Tauwetter kommt. Bei dem Schnee konnten die doch gar nichts finden. Im Hinblick auf irgendwelche Spuren also Fehlanzeige. Jetzt ist erst mal alles zugefroren.«

Inzwischen hatte René die Lichtung aus mehreren Blickrichtungen fotografiert. Die Mülldeponie im Hintergrund bildete einen ungewöhnlichen Kontrast zu der weißen, sanfthügeligen Landschaft. René blickte sich um. In der Ferne standen Häuser auf einem Berg, wahrscheinlich ein kleiner Weiler. Vom Dorf Puech-Soleil waren ein paar Dächer und die Kirchturmspitze zu sehen. Erneut zückte er die Kamera, richtete sie aufs Dorf und auf den Weiler. Zu dumm, dass er das Teleobjektiv vergessen hatte! Viel war nicht zu erkennen. Egal, es waren stimmungsvolle Bilder, und das war die Hauptsache. Schnee im Süden, das gab es nicht oft.

In umgekehrter Richtung, nämlich von der Häuseransammlung auf dem Hügel nach Norden mit Blick auf die Müllkippe, das Eichenwäldchen und die Lichtung, war wesentlich mehr zu erkennen. Vom Weiler La Bastide aus konnte jedes Detail aufs Schärfste herangeholt werden. Doch das ahnten weder Eliane LeRosier noch ihr Volontär.

Gilles Roux setzte das Fernglas ab und reichte es seiner Frau.

»Was können das für Leute sein?«, fragte er. »Vielleicht auch von der Polizei?«

»Das glaube ich nicht«, antwortete Frances und blickte durch das Glas. »Die Frau ist ziemlich aufgetakelt. Völlig unpassend für dieses Wetter. Und nach Polizei sieht sie mir wirklich nicht aus. Der Junge ist wahrscheinlich schwul. Was meinst du?«

Gilles lächelte und legte seinen Arm um ihre Taille …

»Francie, nicht jeder Mann, der einen Ohrring trägt, ist automatisch schwul.«

»Jetzt gehen sie den Weg zurück zum Auto. Hier.« Frances gab ihrem Mann das Fernglas. Er drehte am Schärfeneinstellknopf.

»Ja, und eben sind sie losgefahren. Sie biegen nach Puech-Soleil ab«, sagte er nach einer Weile und stellte das Glas zurück an seinen angestammten Platz. »Mich wundert nur, dass der Gendarm schon seit Stunden weg ist.«

Frances lachte kokett.

»Vielleicht hat er eine Freundin, die in der Nähe wohnt? Wer weiß, was die gerade miteinander treiben …«

Gilles küsste erst zärtlich, dann leidenschaftlich ihren Nacken. Frances spürte seinen heißen Atem, als er ihr zuraunte:

»Dasselbe, was wir auch so gern treiben …«

26. Dezember, 17 Uhr

Wenn Eliane LeRosier eines hasste, waren es spießig eingerichtete Häuser und Wohnungen. Die Leute im Süden hatten ohnehin nicht viel Geschmack, was ihre Wohnungseinrichtungen betraf. Dabei war das keine Frage des Geldes. Die *Gazette du Midi* zahlte weiß Gott keine fürstlichen Gehälter, dennoch waren die Möbel in Elianes Appartement zwar einfach, aber geschmackvoll. Es war eben alles eine Frage des Stils.

Im Haus der Familie Sabran war Braun der vorherrschende Farbton. Außerdem liebten die Leute offenbar große Muster. Bei Tapeten und Vorhängen, den Lampenschirmen. Die Journalisten wurden in einen muffigen Salon geführt, wo ihnen die Frau des Hauses Tee und Kekse anbot.

Sandrine, die zwölfjährige Tochter, war sich ihrer wichtigen Rolle als Zeugin bewusst. Sie brannte darauf, den Reportern die Ereignisse vom Weihnachtsmorgen zu schildern. Schließlich hatten sie und ihre Freundin Nicole Aimé Bonnafoux' Leiche entdeckt! Sonst läge er wahrscheinlich jetzt noch unter der dicken Schneedecke. Leider hatte Nicole zu Hause bleiben müssen, weil ihre Eltern keinen Kontakt mit der Presse wollten.

Während des Gesprächs machte René ein paar Aufnahmen von der Kleinen. Die Eltern Sabran hingegen wollten nicht fotografiert werden.

Als Eliane eine gute Stunde später mit René zurück nach Nîmes fuhr, hatte sie den ganzen Artikel praktisch schon im Kopf. Er brauchte nur noch in den Computer getippt zu werden, und das wurde höchste Zeit. Gegen 19 Uhr war der Umbruch, dann musste alles fertig sein. Inklusive der Schlagzeile, auf die es natürlich am meisten ankam. Und dafür hatte Eliane sich etwas Zündendes ausgedacht.

26. Dezember, 17 Uhr 45

Martine Morana hatte das Lokal bereits vor einer guten halben Stunde geschlossen, obwohl heute Dienstag war, der Stammtischabend der Jäger.

Nach dem Gespräch mit der Kommissarin war sie in ein tiefes Loch gefallen. Für heute wollte sie niemanden mehr sehen. Keine freundliche Miene aufsetzen müssen, keine lockeren Sprüche klopfen. Und Jäger wollte sie schon gar nicht im Lokal haben. Die Hoffnung, dass zahlreiche Journalisten sowie ein Fernsehteam im Dorf herumschwirrten – und früher oder später im Café landeten –, hatte sich in Nichts aufgelöst. Es war ein Tag wie jeder andere Wochentag im Winter, wenn nur wenige Einheimische das Café aufsuchten und der Besuch durchreisender Vertreter sich in Grenzen hielt. Der Umsatz lag bei etwa 350 Francs.

Die Ereignisse waren Martine über den Kopf gewachsen. Sie hatte nur einen Wunsch – auf dem schnellsten Weg ihre Sachen zu packen und wegzufahren. Doch das dachte sich leichter, als es getan war. Um ehrlich zu sein, war es praktisch unmöglich. Wo sollte sie hin? Mit ihren Ersparnissen konnte sie sich einige Monate über Wasser halten. Auf Teneriffa oder Gran Canaria. Und dann?

Sie heftete einen handgeschriebenen Zettel von innen an die Scheibe der Eingangstür. Darauf stand: »Heute geschlossen«. Dann nahm sie eine Flasche ihres besten Cognacs, löschte das Licht und ging in ihre Privaträume.

Es war viele Jahre her, dass Martine sich das letzte Mal richtig betrunken hatte. Genauer gesagt, als ihr dritter Mann, dessen Namen sie noch heute trug (hauptsächlich wegen der Initialen MM), sie wegen der reichen Witwe sitzen ließ. Danach hatte sie hier und da mal eine Affäre gehabt. Kurze Intermezzi mit durchreisenden Vertretern, die allesamt jünger waren als sie. Die Chance, einen Mann in ihrem Alter an sich zu binden, der ihr gefiel, war gleich null. Solche Männer schafften sich jüngere Freundinnen oder Frauen an. Männer Ende vierzig gelten als attraktiv, Frauen in diesem Alter sind mitten in den Wechseljahren. So war das nun einmal, und Martine Morana musste sich damit abfinden, dass sie auf der Strecke geblieben war.

Nach den ersten drei Gläsern wurde ihr schon beschwingter ums Herz. Das Gespräch mit der Kommissarin rückte ein Stück in die Ferne, ebenso wie die bedrückenden Gedanken an Joséphine, verbunden mit einem Anflug von Schuldgefühlen, sich allmählich verflüchtigten. Auch die Erinnerung an Aimé Bonnafoux wurde schemenhaft. Genau das hatte Martine bezweckt. Die schrecklichen Ereignisse hinter sich lassen und Abstand gewinnen, damit morgen die Welt wieder anders aussah.

Sie legte eine CD von Dalida auf, ihrer Lieblingsschlagersängerin. Wehmütig dachte sie daran, dass das die Lieder ihrer Jugend waren. Auch Dalida war auf tragische Weise ums Leben gekommen. Selbstmord ... Dabei hatte sie alles erreicht, was man sich im Leben wünschen konnte. Geld, Ruhm und die Bewunderung der Massen. Martine hatte schon damals nicht verstanden, warum diese Frau so einsam und ohne Liebe gewesen war. Wenn sie das Geld hätte, das Dalida gehabt hatte ... Doch wahrscheinlich war Geld eben doch nicht alles im Leben.

Als die CD zur Hälfte gespielt war, hatte Martine ein knappes Drittel der Flasche geleert. Sie spürte bereits die Wirkung.

In dem Moment klingelte das Telefon. Es war ihr Bruder Yves.

»Martine, was ist denn los? Ich hab vorhin unten an die Scheibe geklopft, aber alles war dunkel. Bist du krank?«

»So was Ähnliches.« Martine spürte ihre schwere Zunge. Mühsam formte sie die Worte in ihrem Mund.

»Brauchst du irgendwas? Ich kann sofort rüberkommen, wenn du willst. Oder soll ich Simone schicken?«

»Nein, nein …« Martine hörte ihre eigene Stimme wie von weit her. »Alles in Ordnung. Ich bin nur ein bisschen müde. Das war alles zu viel gestern.«

»Wirklich? Bist du sicher, dass du keine Hilfe brauchst?«

»Nein, ganz bestimmt nicht. Ich liege schon im Bett. Macht euch keine Sorgen. Also, ich lege jetzt auf. Ich hab irrsinnige Kopfschmerzen.«

Das stimmte tatsächlich. Außerdem war ihr übel. Sie wusste, dass sie bald aufhören musste zu trinken. Ein, zwei Gläschen wollte sie sich allerdings noch genehmigen, damit sich der Kater morgen richtig lohnte.

Jetzt stimmte Dalida das letzte Lied an: »Avec le temps va tout s'en va«. Ihre Stimme war voller Sehnsucht und Trauer zugleich. Ohne dass Martine es verhindern konnte, fing sie plötzlich hemmungslos an zu schluchzen. Die Tränen flossen ihr übers Gesicht, tropften auf ihre Hände. Einige landeten im Cognacglas. Sie weinte über Dalidas Schicksal, ihr eigenes, desolates Leben und vor allem über die Erkenntnis, dass man nie irgendetwas von dem nachholen konnte, was man im Lauf der Zeit versäumt hatte.

Als sie eine halbe Stunde später in ihr Schlafzimmer wankte, hatte sie die Flasche zur Hälfte geleert. Ohne sich abzuschminken, in Pullover und Jeans, fiel sie aufs Bett. Sofort erfasste sie ein rasender Schwindel, dann war sie in Sekundenschnelle eingeschlafen.

38

26. Dezember, 20 Uhr

Seit einer Viertelstunde saß Florence in der Badewanne. Von Zeit zu Zeit ließ sie heißes Wasser nachlaufen. Ihre Haare waren nass, und der Badezusatz duftete intensiv nach Vanille.

Die Türen zu den anderen Räumen standen weit offen. Aus dem grünen Salon ertönte Musik. Cecilia Bartoli sang Mozartarien. Florence hatte die Augen geschlossen, gab sich ganz dem Genuss der Musik hin und fühlte, wie sich ihr Körper allmählich entspannte.

Die Durchsuchung von Josefina Lopez' Wohnung in Bagnols hatte keinen neuen Erkenntnisse gebracht. In dem Einzimmerappartement standen lediglich ein paar fleckige alte Sessel, eine löchrige Schaumstoffmatratze und ein defekter Fernsehapparat. Die Wasserhähne in Bad und Kochnische funktionierten nicht. Die Wohnung war kalt und ungemütlich und offenbar nur sporadisch bewohnt. Es gab keinerlei Unterlagen; weder Adressen- und Telefonverzeichnis noch persönliche Papiere; auch keine Rechnungen, nichts. Nur ein schmuddelig-blauer Damenpullover hatte auf der Matratze gelegen, das einzige Kleidungsstück. Es war, als hätte hier ein Phantom gelebt. Aber hatte Josefina Lopez überhaupt je hier gelebt?

Florence tauchte mit dem Kopf unter Wasser. Dann wusch sie sich die Haare. In zwanzig Minuten würde sie fertig sein.

Aus der großen Küche im Erdgeschoss drang der köstliche Geruch von gebratener Ente bis in Florences Räume im Westflügel. Emmanuelle war am Nachmittag mit Cathérine zurückgekommen und hatte sich gleich in diverse Küchenaktivitäten gestürzt. Die Ente war von einem Bauernhof in Marguerittes und erst am Morgen geschlachtet worden. Es würde ein Festessen werden, eine echte Entschädigung für das improvisierte Weihnachtsessen vor zwei Tagen. Bei dem Gedanken daran lief Florence das Wasser im Mund zusammen. Schnell spülte sie sich die Haare aus und stieg aus der Wanne.

Emmanuelle hatte das Essen in der Bibliothek serviert.

Florence nahm sich bereits zum zweiten Mal von der Ente nach. Emmanuelles wunderbares Granatapfelkompott, mit gemahlenen Mandeln, Zimt und Nelkenpulver gewürzt sowie weiteren Zutaten, die sie nicht verriet, passte hervorragend zu dem zartrosa Fleisch und der kross gebratenen Haut. Eines der berühmten »Geheimrezepte« ihrer Tante Maria aus Andalusien, hatte sie stolz behauptet. Schon lange bezweifelten Cathérine und Florence, dass es diese Tante je gegeben hatte.

Cathérine hatte zur Ente einen 79er Bordeaux Château Rose Côtes Rol Grand Cru geöffnet. Seit den späten Nachmittagsstunden war der Wein dekantiert, und jeder Schluck schmeckte nach Beeren, nach der späten Sonne eines Jahrhundertherbstes.

Beim Mokka, den sie im Venezianischen Salon tranken, nahm Cathérine die Fernsehzeitung und studierte das Programm.

»Von Jahr zu Jahr wird zwischen den Jahren immer mehr Schund und Banales gesendet. Talkshows, alberne amerikanische Komödien oder Horrorschocker à la Stephen King. Oder Tierfilme.«

Emmanuelle war hereingekommen, um die Tassen abzuräumen.

»Das dürfte etwas für Sie sein, Emmanuelle.«

»Was denn, Madame?«

»Im Dritten Programm läuft gleich ein Tierfilm über Andalusien. *Das Fest der Taube. Volksbrauchtum oder Tierquälerei?*«

Emmanuelle hielt in ihrer Arbeit inne, blickte ihre Arbeitgeberin mit großen Augen an und sagte:

»Das werde ich mir bestimmt nicht ansehen. Ich hab von diesem Brauch gehört. Als ich Kind war und wir noch in Andalusien lebten, erzählten die Leute das. Ich selbst hab das zum Glück nie miterlebt.«

Florence wurde neugierig.

»Um was geht es denn da?«

»Um einen Volksbrauch, der für die Menschen in einigen Dörfern im Süden Spaniens eine Art Sport und Wettkampf ist. Es geht um Tauben, die von den Männern des Dorfes gezüchtet werden. Einmal im Jahr werden sie aus ihren Käfigen und Verschlägen gelassen. Zuerst wird eine einzige weibliche Taube freigelassen, bekommt einen kleinen Vorsprung und fliegt nichts ahnend los. Dann folgen ihr Dutzende von Täuberichen und machen Jagd auf sie. Nach kurzer Zeit wird die weibliche Taube von der Überzahl der männlichen gestellt. Sie fallen über sie her und vergewaltigen sie. Der, der sie als Letzter vergewaltigt und ihr sozusagen den Tod beschert hat, ist der Gewinner und sein Besitzer der Held des Tages. Das Wichtigste für die Taubenbesitzer ist: Wer war der letzte Täuberich? Die Leute streiten darüber. Jeder sagt, seiner sei der Letzte gewesen. Wetten werden vorher abgeschlossen. Alle Dorfbewohner rennen hinaus auf die Felder, oder wo immer die Taube von den Täuberichen gestellt wird, um zuzuschauen. Anschließend gibt es ein großes Fest im Dorf. Das Fest der Taube.«

Cathérine drückte angeekelt ihre Zigarette aus.

»Das ist doch nicht zu fassen! Und so etwas gilt als Volksbrauchtum? Die grausame Hatz und Vergewaltigung einer Taube?! Im Beisein von Kindern, dem ganzen Dorf? Diese Art von Tierquälerei ist ja noch schlimmer als der Stierkampf. Entschuldigen Sie, Emmanuelle, ich will Ihnen nicht zu nahe treten, aber diese Sitte Ihrer Landsleute finde ich abscheulich.«

»Sie treten mir nicht zu nahe, Madame. Ich finde sie selbst abscheulich. Deswegen sehe ich mir auch bestimmt keinen Film darüber an.«

Das Tablett mit den Kaffeetassen in der Hand verließ die Haushälterin die Bibliothek.

Florence dachte über Emmanuelles Erzählung nach. Eine weibliche Taube wird von vielen Täuberichen vergewaltigt, der Letzte versetzt ihr den Todesstoß … Bereits während Emmanuelles Schilderungen musste sie an den Mordfall Lopez denken. Die aus Spanien gebürtige Frau war allem Anschein nach, wie die Taube, einer Mehrfachvergewaltigung zum Opfer gefallen, bevor sie erwürgt wurde. War es möglich, dass es zwischen diesem Mord und dem Fest der Taube irgendeinen Bezug gab? Hatten der oder die Mörder Kenntnis von diesem Brauch? Kam eine Art Ritualmord infrage? Die Parallele zwischen dem Fall in Puech-Soleil und dem Fest der Taube stach deutlich ins Auge. Allerdings wusste Florence, dass sie sich nicht durch irgendwelche volkstümlichen Bräuche oder seltsamen Tiergeschichten in ihren Ermittlungen beeinflussen lassen durfte. An Beweisen hatte sie nichts in der Hand, alles konnte Zufall sein.

Cathérine schien den Gedankengang ihrer Freundin zu erahnen.

»Es gibt eine gewisse Ähnlichkeit zu deinem Mordfall, oder nicht?«

Florence nickte vage.

»Schon möglich. Vielleicht so etwas wie ein Ritualmord. Aber diese Überlegung ist rein spekulativ. Weißt du was? Ich brauche ein bisschen Abstand und eine Pause, wenigstens für ein paar Stunden. Also Schluss für heute!« Mit einem Zug trank sie ihr Weinglas aus.

Cathérine lachte. Sie stand auf, ging auf Florence zu und umfasste ihre Schultern. Dann streichelte sie ihr übers Haar, küsste ihren Hals, die Stirn, dann den Mund.

Florence spürte, wie sie ganz schwach wurde. Sich fallen

lassen, an nichts mehr denken, sich hinwegtragen lassen von einer großen Woge ... Wann war sie endlich einmal wieder in der Lage, mit Cathérine unbeschwerte Stunden voller Vertrautheit, Zärtlichkeit und Leidenschaft zu verbringen? Heute Nacht? Ja, vielleicht heute Nacht.

Alles andere musste Zeit haben.

39

27. Dezember, 8 Uhr 10

In den frühen Morgenstunden war Tauwetter eingetreten. Die Temperatur schlug um, es war wenige Tage nach Neumond. Das Außenthermometer auf *Les Oliviers* zeigte fünf Grad über null an. Von Süden her, vom Meer, wehte ein warmer Wind. Er kuschelte sich an die Hügel und strich sanft durch die Olivenhaine. In den nächsten Tagen würde er Regen bringen. Und erneut Arbeit für die Techniker aus dem Labor, die nach der Schneeschmelze noch einmal gründlich den Fundort von Bonnafoux' Leiche auf Spuren untersuchen mussten.

Kaum hatte Florence im Büro ihren Mantel ausgezogen, stürmte Alain mit der Zeitung in der Hand herein.

»Hier, *Patron*, haben Sie schon gelesen?« Er schlug die zweite Seite der *Gazette du Midi* auf, den Lokalteil. »Hören Sie gut zu. Die Überschrift, fett gedruckt, lautet: ***»Ein Dorf wehrt sich.«*** Unterzeile: *»Empörung über die schleppende Arbeit der Polizei in zwei grauenvollen Mordfällen.«*

Florence verdrehte die Augen und ließ sich in einen der Sessel fallen.

»Ach du liebe Güte. Ich kann mir schon denken, wer das geschrieben hat.«

»Das steht ja hier: Eliane LeRosier. Klingt übrigens ebenfalls wie ein blumiger Künstlername.«

»Lesen Sie mal vor, Alain.«

»Für die Bewohner des kleinen, idyllischen Ortes Puech-Soleil in der Nähe von Bagnols-sur-Cèze, bekannt durch sein jährliches mittelalterliches Gauklerfest, werden die diesjährigen

Weihnachtstage in ebenso schmerzlicher wie bitterer Erinnerung bleiben. Ein Mann und eine Frau sind auf grausame Weise ermordet worden. Bei der Frau handelt es sich um eine geheimnisvolle Unbekannte. Die Polizei vermutet, dass sie als Prostituierte gearbeitet hat. Der Mann gehörte einer Familie an, die schon seit Jahrhunderten in Puech-Soleil ansässig ist. Ob eine Verbindung zwischen diesen beiden Morden besteht, kann zur Stunde noch nicht gesagt werden. Die Polizei verweigert der Presse gegenüber jegliche Auskunft.

Gazette du Midi *sprach vor Ort mit einigen wichtigen Zeugen. Die 12-jährige Sandrine Sabran, begeisterte Reiterin, Klassenbeste und Tochter der Besitzer der örtlichen Epicerie …«*

Alain unterbrach sich und hielt Florence die Zeitung entgegen »Daneben gleich ein Foto, hier bitte.« Sandrine Sabran lachte kokett in die Kamera. Alain fuhr fort:

»… der örtlichen Epicerie, hat die Leiche des geistig behinderten 51-jährigen Aimé Bonnafoux zufällig am Weihnachtsmorgen außerhalb des Dorfes im tiefen Schnee entdeckt. Am Hals waren Strangulierungsmale zu sehen. Für die Police Judiciaire in Nîmes und Kommissarin Florence Labelle hat dieser Mordfall offensichtlich nicht den Stellenwert, den ein Mord für die Polizei haben sollte. Als wir gestern Nachmittag zum Fundort der Leiche außerhalb des Dorfes fuhren, war er weder abgesperrt noch durch die Polizei bewacht. Da es am Heiligabend, in der Mordnacht, bekanntermaßen heftig geschneit hatte, war eine normale Spurensuche der Polizei unmöglich. Jetzt ist die Chance wahrscheinlich vertan, da der Tatort für jedermann zugänglich ist.«

Florence glaubte ihren Ohren nicht zu trauen.

»Was?! Hat diese Person völlig den Verstand verloren? Die Gendarmerie bewacht doch das Terrain Tag und Nacht!«

»Anscheinend nicht. Denn hier auf dem Foto ist nichts zu sehen.«

Florence riss ihrem Assistenten die Zeitung aus der Hand. Tatsächlich. Auf einem zweiten Foto war der Fundort von Bonnafoux' Leiche abgebildet: ein Stück Schneelandschaft mit der Müllkippe im Hintergrund sowie die Reste der orangefarbenen, polizeilichen Absperrbanderole. Florence knallte die Zeitung auf den Tisch.

»Das gibt es doch nicht! So eine Panne seitens der Gendarmerie fehlt uns gerade noch.«

»Soll ich weiterlesen, *Patron*?« Alain nahm die Zeitung.

»Was den Mord an der unbekannten Frau angeht, tappt die Polizei noch völlig im Dunkeln. Als einzige Maßnahme wurde bisher ein DNS-Speicheltest angeordnet, da die ermordete Frau offenbar vergewaltigt worden ist. Die Empörung in Puech-Soleil, dass ehrbare Familienväter und engagierte Bürger des Ortes sich diesem Test unterziehen mussten, ist groß. Durch das Vorgehen der Polizei wurde eine Atmosphäre des Misstrauens in den Ort getragen, die für viele Einwohner fast nicht mehr erträglich ist. Bürgermeister Chabot, durch dessen unermüdliches Engagement sich Puech-Soleil in den letzten Jahren zu einem prosperierenden Touristenort entwickeln konnte, sieht den Nachbarschaftsfrieden im Dorf aufs Empfindlichste gestört.

Gazette du Midi *sprach auch mit der Besitzerin des Cafés* Au chien perdu, *einer gemütlichen Kneipe, wo in heimeliger Atmosphäre gute Landweine und einfache, aber schmackhafte Hausmannskost angeboten werden. Martine Morana, die von ihren Freunden MM genannt wird, weil schon in jüngeren Jahren bei ihr eine gewisse Ähnlichkeit mit Marilyn Monroe nicht zu übersehen war …«*

Alain bekam einen heftigen Lachanfall und hielt Florence erneut die Zeitung unter die Nase. In der linken, unteren Ecke prangte ein Bild der Caféhausbesitzerin. »Sehen Sie sich bloß das Foto von ihr an, *Patron*. Die Ähnlichkeit mit der Monroe ist wirklich frappierend!«

Auch Florence konnte jetzt nicht anders, sie fing ebenfalls aus vollem Hals an zu lachen, wovon sich Alain seinerseits erneut anstecken ließ. Die beiden Polizeibeamten lachten so laut, dass Florences Sekretärin besorgt den Kopf durch die Tür steckte, sich aber dann beruhigt wieder zurückzog.

Auf dem Foto, das viel zu dunkel und dazu noch unscharf war, sah Martine Morana nicht nur älter aus, als sie in Wirklichkeit war, mit mehr Falten im Gesicht und völlig verquollenen Augen. Das Bild vermittelte auch eine unfreiwillige Komik. Durch die Augenpartie und das krampfhafte Lächeln, das ihre Zähne unnatürlich entblößte, haftete Martine Morana etwas Zombiehaftes an.

»Sie sieht aus wie aus einem Horrorfilm«, sagte Alain und fing erneut an zu lachen.

Auch Florence konnte sich nur mit Mühe beruhigen. »So habe ich lange nicht mehr gelacht.« Sie wischte sich die Tränen ab. »Lesen Sie weiter, Alain.«

> *»Also … Martine Morana … Ähnlichkeit mit Marilyn Monroe und so weiter … beklagte sich bitter über die schleppenden Ermittlungen der Polizei. Der ermordete Aimé Bonnafoux war ein Jugendfreund von ihr. ›Wir hatten ein enges Verhältnis‹, sagte sie der* Gazette. *›Seit dem Tod meiner Mutter vor zehn Jahren habe ich nicht mehr so geweint. Es wird erst wieder Ruhe im Dorf einkehren, wenn dieser Mord gesühnt ist. Ich kann nur hoffen, dass die Polizei endlich ihre Pflicht tut, denn Puech-Soleil ist schließlich nicht das Ende der Welt. Wir sind keine Bürger zweiter Klasse, um deren Sorgen und Nöte die Polizei sich nicht kümmern muss.‹«*

Alain legte die Zeitung auf den Tisch. »Es geht noch weiter, *Patron*, aber das erspare ich uns. Abgesehen davon, dass Madame Moranas Selbstdarstellung immer wieder eine Lachnummer ist, finde ich diesen ganzen Artikel eine einzige Sauerei. Was bildet sich diese Reporterin ein, so einen Unsinn zu schreiben? Und unser Marilyn-Monroe-Double muss nicht alle Tassen im Schrank haben, dass sie solche Dinge von sich gibt.«

»Ach, Alain, das hat sie wahrscheinlich alles gar nicht so gesagt. Als ich gestern mit dieser Journalistin telefoniert habe, wusste ich gleich, was das für ein Kaliber ist. Gegen die Presse und schlechte Kritiken kann man gar nichts machen. Uns Polizisten geht es nicht anders als den Politikern, den Theaterleuten, den Lehrern und den Fußballtrainern. Jeder kann über unsere Arbeit meckern, meint, sie beurteilen zu können, und nimmt sich das Recht heraus, die öffentliche Meinung zu manipulieren. Ich habe gelernt, so etwas möglichst gelassen zu sehen. Obwohl mir das zugegebenermaßen nicht immer gelingt.«

»Hoffentlich sehen Madame Colombier und der Präfekt die Sache auch so gelassen.«

Mademoiselle Vassall betrat erneut das Büro, in der einen Hand ein Tablett mit einer Kaffeekanne und zwei Tassen, in der anderen die Postmappe, die sie auf den Schreibtisch legte.

»Nicht schockiert sein, *Commissaire*. Aber am besten werfen Sie gleich mal einen Blick hinein. Auf der ersten Seite.« Sie stellte das Tablett auf den Tisch und verließ das Büro.

Florence schlug die Postmappe auf. Das, was sie sah, war Ekel erregend und schockierend. Ein Foto von Josefina Lopez.

Aus der Schreibtischschublade holte Florence eine Lupe und einen dünnen Gummihandschuh, den sie überzog. Sie nahm das Foto aus der Mappe und studierte es eingehend. Josefina Lopez lag in aufreizender Pose auf einem Bett, mit nacktem Unterkörper, gespreizten Beinen und einem provozierenden Lächeln. Im Hintergrund sah man durch die Scheibe deutlich ein Stück Landschaft. Teile der Wohnwageninneneinrichtung waren im Anschnitt zu erkennen. Es gab keinen

Zweifel. Derselbe Wohnwagen wie der, der an der Müllkippe ausgebrannt war. Wortlos reichte Florence Foto und Lupe ihrem Assistenten, der erst einen Gummihandschuh aus seiner Hosentasche fingerte, bevor er sich näher mit dem Bild beschäftigte. Er schüttelte den Kopf.

»Widerwärtig, *Patron*. Wer hat uns das geschickt?«

»Keine Ahnung.« Florence nahm den Umschlag in Augenschein, der ebenfalls in der Mappe lag. »Ein einfacher Briefumschlag. Abgestempelt in Bagnols. Die Adresse ist mit Computer geschrieben. Kein Begleitschreiben, kein Absender. Eine anonyme Sendung.«

»Das Foto war zerrissen und wurde wieder zusammengeklebt.«

»Mit Sicherheit nicht von dem Besitzer des Fotos oder demjenigen, der es aufgenommen hat.«

»Das denke ich auch. Der, der das Foto zerrissen hat, wollte sich seiner entledigen.«

»Und der, der es zusammengesetzt und an uns geschickt hat, wollte uns einen Wink geben. Was meinen Sie, wer hat Interesse, so etwas an die Polizei zu schicken, Alain?«

»Jemand, der weiß, wer der Mörder von Josefina Lopez ist.«

»Warum nennt er dann nicht dessen Namen?«

»Weil er selbst vielleicht Grund hat, die Polizei zu fürchten. Oder die Ehefrau hat das Bild geschickt. Vielleicht auch ein anderes Familienmitglied.«

»Oder der Mörder selbst, der den Verdacht von sich auf einen anderen lenken will. – Bringen Sie das Foto sofort ins Labor, Alain. In zehn Minuten will ich die Fingerabdrücke haben, falls welche drauf sind. Die gleichen wir mit allen Abdrücken ab, die wir bisher gefunden haben. Wenn das nichts bringt, fahren wir nach Puech-Soleil. Und zwar mit zehn Mann von der Gendarmerie und zigfachen Kopien dieses scheußlichen Fotos. Allen erwachsenen Einwohnern des Ortes wird das Bild unter die Nase gehalten. Wahrscheinlich hilft in diesem Dorf nur eine Art Schocktherapie, um die Leute aus ihrer feigen Lethargie zu wecken. Es ist doch sonnenklar, dass jemand aus Puech-Soleil das Foto geschickt hat. Niemand sonst hat von den Morden gewusst. Die Zeitung ist erst heute erschienen. Von uns ist nichts an die Presse herausgegeben worden. Es kann nur einer der Bewohner des Ortes gewesen sein.«

Eine halbe Stunde später waren die Fingerabdrücke ausgewertet. Der Vergleich mit den bisherigen Abdrücken brachte endlich einen konkreten Hinweis.

Eine heiße Spur. Die erste, an der es nichts zu rütteln gab.

Im Eiltempo stellte Ermittlungsrichterin Colombier einen Haftbefehl aus, und Florence und Alain machten sich auf den Weg nach Puech-Soleil.

Die Ereignisse hatten sich derart überstürzt, dass Florence nicht mehr dazu kam, bezüglich der Schlamperei bei der Tatortbewachung den Gendarmeriehauptmann Lejeune in Bagnols anzurufen. Das wollte sie unterwegs von ihrem Handy aus nachholen.

40

27. Dezember, 9 Uhr 30

»Glaub mir, Yves, das habe ich alles nicht gesagt. Das hat diese Journalistin sich aus den Fingern gesogen!«

»Mag ja sein, Martine. Aber du hättest dir denken können, dass die Zeitung diese ganze Geschichte nur ausschlachten will. Jeder, der den Artikel liest, denkt, du hättest ein Verhältnis mit Aimé gehabt.«

Ärgerlich schüttelte Yves Latour den Kopf. Vor einer halben Stunde hatte er seine Schwester aus dem Bett geklingelt. Jetzt saß er oben bei ihr im Salon. Martine warf die Zeitung auf den Tisch.

»Und dieses Foto! Ich glaub es einfach nicht.«

»Solche Abbildungen in der Zeitung sind nie sehr schmeichelhaft.«

Das war kein Trost für Martine Morana. In Puech-Soleil hatte etwa die Häfte der Haushalte die *Gazette du Midi* abonniert. Niemand würde sich über die technische Qualität des Fotos das Maul zerreißen, sondern nur darüber, wie alt und verquollen, ja geradezu versoffen die Besitzerin des *Chien perdu* aussah. Martine trank einen großen Schluck Kaffee. Sie fühlte sich vollkommen ausgelaugt, krank und erschöpft. Nachdem sie sich in der Nacht bereits einige Male übergeben hatte, kamen am Morgen die unerträglichen Kopfschmerzen hinzu.

Yves stand auf.

»Ich muss jetzt los. Simone hat gemeint, dass du wegen einiger Passagen dieses Artikels vielleicht sogar Schwierigkeiten mit der Polizei bekommst.«

»Dann kann ich es auch nicht ändern. Die sollen sich lieber darum kümmern, dass sie den Kerl endlich schnappen, der uns das alles eingebrockt hat.«

»Du hättest nicht den Zettel auf dem Pissoir anbringen dürfen, Martine. Ich hab dich damals gewarnt.«

»Wieso? Und was heißt gewarnt? Es haben doch eine Menge Leute davon profitiert, oder nicht? Alle Seiten hatten etwas davon.«

»Du vermutlich zuallererst.«

»Zuerst einmal sämtliche Kerle hier im Dorf. Vergiss das nicht, Yves. Wenn ich der Polizei Namen nennen würde –«

Ihr Bruder unterbrach sie.

»Das hast du schon vor ein paar Tagen gesagt. Einige Leute wissen doch, wer es war.«

»Ich nicht. Tut mir Leid.«

»Ich bin nicht der Einzige, der Didier verdächtigt. Chabot hat diesbezüglich eine eindeutige Anspielung gemacht. Ein paar andere auch. Ich verstehe nicht, wieso die Polizei nicht auf ihn kommt.«

»Weil die nichts gegen ihn in der Hand haben. So einfach ist das.«

Yves warf einen Blick auf die Uhr. »Großer Gott, ich bin viel zu spät dran. Also, mach's gut. Wenn du Lust hast, komm doch heute Abend zu uns zum Essen. Simone macht Fischauflauf mit Crevetten.«

»Um Gottes willen, bloß kein Fisch!« Martine verzog angeekelt das Gesicht. »Sag Simone schönen Dank, aber ich komme lieber ein anderes Mal.«

Als ihr Bruder gegangen war, erhob sich Martine mühsam aus dem Sessel, um sich ins Badezimmer zu begeben. Durch die Fensterscheibe des Salons sah sie den Wagen der Polizei mit der Kommissarin und ihrem Assistenten. Er fuhr in hohem Tempo durchs Dorf und hielt am Ende der Straße vor dem Bürgermeisteramt, direkt hinter dem nagelneuen, türkisfarbenen Volvo Kombi von Bürgermeister Chabot.

Fünf Minuten später hatte die Sekretärin des Bürgermeisters den beiden Polizisten die Adresse gegeben, nach der sie gefragt hatten. Das Haus lag schräg gegenüber auf der anderen Straßenseite. Alain Roche drückte den Klingelknopf. Es dauerte nicht lange, und die Haustür wurde geöffnet.

»Ja bitte?«, fragte eine erstaunte Stimme. »Sie haben Glück. In einer Viertelstunde muss ich nämlich zu einem Kundengespräch nach Avignon.«

»Dürfen wir hereinkommen?«

»Ja, natürlich. Wenn es nicht lange dauert. Bitte.«

Florence und Alain betraten einen kleinen Flur, der in eine geräumige Wohndiele mündete, die offenbar als Esszimmer genutzt wurde. Auf dem Tisch standen die Reste eines Frühstücks. Neben der Kaffeetasse lag die aufgeschlagene *Gazette du Midi* mit Martine Moranas Foto als Blickfang.

»Worum geht es denn?«

Florence zog eine Farbkopie der pornographischen Aufnahme von Josefina Lopez aus der Tasche.

»Um dieses Foto. Die Frau heißt Josefina Lopez. Auf dem Original haben wir Ihre Fingerabdrücke gefunden, Monsieur Augier.«

Victor Augier wurde kreidebleich. Er ließ sich auf einem der Stühle nieder, die um den Esstisch standen.«

»Wie bitte? Das ist doch gar nicht möglich. Das muss ein Irrtum sein!«

»Dann erklären Sie uns bitte diesen Irrtum.«

»Das, das Foto gehört mir nicht! Sie müssen mir glauben.«

»Wie kommen dann Ihre Fingerabdrücke darauf?«

»Keine Ahnung! Vielleicht weil, weil …« Victors Mund schnappte zu. Fieberhaft suchte er nach einer Erklärung. Auf seiner Stirn bildeten sich Schweißperlen.

»Weil Sie es angefasst haben, Monsieur«, sagte Alain und lächelte ironisch. »Eine andere Möglichkeit gibt es nicht.«

Victors Blick wanderte wie der eines gehetzten Tieres von der Kommissarin zum Inspektor und zurück.

»Gut, ich gebe zu, es angefasst zu haben. Solche Fotos zu betrachten ist ja nicht verboten.«

»Normalerweise nicht, Monsieur Augier.« Florence fasste ihr Gegenüber scharf ins Auge. Der Versicherungsvertreter war klein und korpulent. Seine Augen hatten etwas Fischiges, das mochte an der Lesebrille liegen, die er trug. Das Schönste an ihm waren seine dichten, naturgewellten schwarzen Haare. »Wie Sie wissen, wurde die Frau auf dem Foto ermordet. Und da bekommt es schon eine andere Bedeutung, wer wann und unter welchen Umständen eine solche Aufnahme betrachtet hat.«

»Ich habe nichts mit dem Mord zu tun. Ich hab auch das Foto nicht aufgenommen, sondern nur kurz in der Hand gehabt!«

»Wer hat es denn aufgenommen?«

Victor schwieg. Er öffnete den obersten Knopf seines Hemdes und hätte sich gern ein Glas Wasser geholt. Er dachte an Pauline, die gestern Abend abgereist war. Gott sei Dank war sie nicht da! Bis sie wieder zurückkehrte, würde er alles aufgeklärt haben …

»War es einer Ihrer Jagdfreunde, der Josefina Lopez im Wohnwagen fotografiert hat?«

Alain beugte sich über die Tischplatte. »Reden Sie, Mann! Wir haben einen Haftbefehl in der Tasche, der uns berechtigt, Sie sofort nach Nîmes zu schaffen und dem Ermittlungsrichter vorzuführen!«

»Ja, es war einer von ihnen.«

»Wer?«

Victor zögerte kurz. Dann sagte er entschlossen:

»Es war Aimé Bonnafoux.«

Perplex sah Florence ihren Assistenten an, setzte sich dann zu Augier an den Tisch und atmete tief durch.

»Aimé Bonnafoux?«

»Ja. Er hat das Foto irgendwann aufgenommen und mir dann gezeigt.«

»Besaß denn Bonnafoux eine Kamera?«

»Anscheinend. Sonst hätte er ja die Aufnahme nicht machen können.«

»Ausgeschlossen.« Alain schüttelte energisch den Kopf. Er war sich ganz sicher. »Direkt nachdem Bonnafoux' Leiche entdeckt wurde, haben wir gründlich sein Haus durchsucht. Da gab es keine Kamera. Auch keine Fotos, abgesehen von alten Familienfotos in einem Album.«

»Vielleicht hatte er sie nicht mehr. Oder er hatte sie sich irgendwo geliehen«, sagte Victor, doch es klang nicht sehr überzeugend.

Florences glaubte kein Wort von dem, was der Mann ihnen hier auftischte.

»Wann hat er Ihnen denn dieses Foto gezeigt?«

»Das ist schon ein paar Wochen her.«

»Wir wollen zwei Dinge festhalten, Monsieur Augier. Erstens: Sie haben uns belogen, als sie behaupteten, die Tote an der Müllkippe nicht zu kennen. Wir gehen davon aus, dass Sie nicht nur ihr Foto gesehen haben, sondern wahrscheinlich auch einer ihrer Kunden waren.«

»Und wenn schon! Auch das ist nicht verboten, so weit ich weiß. Aber mit dem Mord habe ich nichts zu tun.«

»Sie wussten also, dass Josefina Lopez in dem alten Wohnwagen gearbeitet hat. Sie waren einer ihrer Freier. Sie haben uns bei der Vernehmung im Gemeindesaal bewusst die Wahrheit verschwiegen. Wieso sollten wir Ihnen nun plötzlich glauben, dass Sie mit dem Mord nichts zu tun haben?«

»Weil ich es nicht war!!!«

»Zweitens, Monsieur: Dem toten Aimé Bonnafoux die Sache mit dem Foto in die Schuhe zu schieben, ist ein billiger und mieser Trick, auf den wir bestimmt nicht hereinfallen. Denn wenn das Foto Bonnafoux gehört hätte, dann wären seine Fingerabdrücke darauf gewesen. Das waren sie aber nicht.«

Victor, der schon geglaubt hatte, sich einigermaßen aus

der Affäre gezogen zu haben, sackte resigniert in sich zusammen.

Florence stand auf.

»Ziehen Sie sich etwas über, Monsieur. Und rufen Sie einen Anwalt an, wenn Sie wollen. Ich führe Sie jetzt dem Ermittlungsrichter vor. Wo ist Ihre Frau? Sie sind doch verheiratet, oder nicht?«

»Doch, aber meine Frau ist für ein paar Tage verreist«, murmelte Victor. Zitternd vor Nervosität überlegte er seine weitere Vorgehensweise. Die Ausrede mit Aimé war ihm in letzter Minute eingefallen, aber es hatte nicht funktioniert. Was sollte er tun? Er konnte doch schlecht … Wieso eigentlich nicht? Er saß bis über den Hals in Schwierigkeiten. Seine Frau war auf und davon. Die Polizei würde ihn so lange in die Mangel nehmen, bis er alles erzählt hatte. Also warum nicht gleich? Victor wusste, dass er kein Held war und kein Stehvermögen besaß. Einem stundenlangen Verhör durch Polizei und Ermittlungsrichter war er mit Sicherheit nicht gewachsen. Womöglich drohte ihm Untersuchungshaft. Und das alles wofür? Er war in eine Geschichte hineingeschlittert, die er jetzt allein ausbaden sollte. Doch das konnte wahrlich niemand von ihm verlangen.

»Was ist, Monsieur? Wenn Sie nicht freiwillig mitkommen, haben wir Mittel und Wege, Sie zu zwingen.«

Müde und resigniert schüttelte Victor den Kopf. »Nicht nötig, *Commissaire*. Ich erzähle Ihnen, wie es gewesen ist. Aber Sie müssen mir versprechen –«

Florence unterbrach ihn.

»Wir können Ihnen nichts versprechen, Monsieur Augier. Wenn Sie hier eine Aussage machen wollen, ist das offiziell. Wir lassen ein Tonband mitlaufen, protokollieren den Text später, und Sie unterschreiben Ihre Aussage. Dadurch sind Sie automatisch Zeuge in einem juristischen Verfahren. Wenn Sie nicht aussagen wollen, wozu Sie das Recht haben, gelten Sie für uns als Beschuldigter in einem Mordfall. Sie können sich einen Anwalt nehmen, der bei der richterlichen Befragung anwesend ist. Also – Sie haben die Wahl.«

Victor hatte sich endgültig entschieden. Er würde reinen Tisch machen.

Er würde auspacken.

41

27. Dezember, 11 Uhr 30

Anne-Marie Legrand hatte ihre Einkäufe erledigt und verließ mit ihrem Sohn Cédric, der ihr beim Tragen der schweren Tüten half, die Epicerie. Auf dem Bürgersteig war der Schnee stellenweise bereits geschmolzen; in kleinen Rinnsalen sickerte das Wasser in die Gullis. Cédric lutschte geräuschvoll einen Fruchtbonbon und fragte seine Mutter, ob er am Nachmittag zu seinem Freund Pierre-Henri durfte, um mit der neuen Eisenbahn zu spielen.

»Nicht mit vollem Mund sprechen, *Chéri*«, sagte Anne-Marie mit leichtem Nachdruck in der Stimme. »Ich verstehe dich ja kaum.«

»Also, darf ich?«

»Meinetwegen.«

»Hoffentlich hat Papa nichts dagegen. Er sagt immer, Pierre-Henri wäre kein Umgang für mich. Wieso eigentlich nicht?«

»Das weiß ich auch nicht, Cédric. Aber er muss ja nicht wissen, dass du hingehst. Er fährt sowieso nach dem Mittagessen geschäftlich nach Marseille. Wenn er zurückkommt, liegst du längst im Bett.«

»Super!« Cédric lachte und lief mit platschenden Schritten voraus.

In der Epicerie war der einzige Gesprächsstoff der heutige Artikel in der *Gazette du Midi* gewesen. Die Eltern Sabran hatten stolz das Bild ihrer Tochter in der Zeitung herumgezeigt. Doch die meisten Kunden kannten es bereits, da sie das Blatt abonniert hatten.

Ansonsten hatte der Bericht keine neuen Erkenntnisse vermittelt. Die Tatumstände der beiden Morde lagen weiterhin im Dunkeln. Der oder die Mörder liefen immer noch frei herum, und so war den Spekulationen Tür und Tor geöffnet. Das Dorf hatte sich in zwei Lager gespalten. Ein Teil der Einwohner glaubte, der Täter sei jemand von außerhalb. Die anderen waren der festen Überzeugung, dass Aimé Bonnafoux die Prostituierte erwürgt und sich dann selbst auf raffinierte Weise gerichtet hatte. Anne-Marie wusste, dass beide Meinungen abenteuerlich klangen und wahrscheinlich jeder Grundlage entbehrten. Ihre Gedanken gingen in eine andere Richtung. Nach dem, was sie in Erfahrung gebracht hatte, gab es allen Grund dazu.

Als die Polizei nach der Adresse von Victor Augier gefragt hatte, war das wie ein Lauffeuer durchs Dorf gegangen. Jennifer, die junge Sekretärin des Bürgermeisters, hatte nach dem Besuch der Polizei schnell ihr Büro geschlossen und ihrem Chef gesagt, sie wollte sich nur rasch etwas zum Frühstück holen. So erfuhren alle, die sich zu diesem Zeitpunkt in der Epicerie aufhielten, brühwarm die Neuigkeit.

– Warum Victor?, dachte Anne-Marie erstaunt. Was wollten sie von ihm, ausgerechnet jetzt, wo Pauline für ein paar Tage weggefahren war, weil ihre Mutter plötzlich schwer erkrankt war? Hatte er etwas mit der Sache zu tun? Hatte Pauline am Ende vielleicht deshalb die Koffer gepackt?!

Anne-Marie war vor ihrem Haus angekommen und schloss die Eingangstür auf. Cédric nahm den Weg über den Hof. Dort kam sein Vater gerade aus den Hühnerställen und ging in einen der Schuppen. Seine Stimme klang so laut, dass Anne-Marie sie durch die geschlossenen Küchenfenster hören konnte.

»Was machst du denn hier draußen? Deine ganze Hose ist ja verdreckt. Bei dem Schneematsch musst du wirklich nicht im Freien herumspringen. Mach, dass du ins Haus kommst!«

Wortlos ging Cédric in die Küche. Dort nahm ihn seine Mutter in den Arm und streichelte ihm zärtlich übers Haar.

Wenn es doch nur einen Weg gäbe, dies alles hier zu beenden! Anne-Marie Legrand hasste ihren Mann. Nie hatte sie sich das so klar eingestanden wie in diesem Moment, als sie den schmächtigen Körper ihres Sohnes im Arm spürte. Sie hasste ihren Mann, und sie wünschte ihm … Sie wünschte ihm, dass er für alles bezahlen musste. Für seine Launen, seine kalte, hochfahrende und zynische Art. Für seine perversen Forderungen, mit denen er sie jahrelang belästigt hatte. Sie, die an die Liebe geglaubt hatte als etwas Reines und Einzigartiges. Stattdessen hatte er alles in den Schmutz gezogen. Alles im Leben hatte seinen Preis. Sie selbst musste einen hohen Preis zahlen für ihre Illusion von Liebe und Glück. Warum sollte er davonkommen? Er durfte nicht davonkommen.

»Ich hasse ihn.« Unwiderruflich und laut stand dieser Satz plötzlich im Raum. Was einmal gesagt war, konnte man nicht wieder rückgängig machen.

Cédric hatte gehört, was seine Mutter da laut vor sich hingeredet hatte. Er war alt genug, um die Bedeutung dieser Worte zu verstehen. Mit großen Augen sah er Anne-Marie an, lächelte verschmitzt und drückte sich noch enger an sie.

Draußen auf dem Hof ging Didier Legrand wieder zurück zu den Hühnerställen. In den schweren Gummistiefeln hatte sein Gang etwas Bedrohliches, das Anne-Marie Angst machte. Am Hundezwinger blieb er einen Moment stehen und redete mit seinen Jagdhunden. Anne-Marie sah, wie er lachte.

In dem Moment fuhren zwei Polizeiwagen auf den Hof. In dem einen saßen vier Gendarmen in Uniform, im anderen ein Mann in Zivil und eine Frau. Instinktiv wusste Anne-Marie, dass das die Kommissarin sein musste, von der alle im Dorf erzählt hatten. Während die Gendarmen sich auf dem Gelände verteilten, klopften die beiden Zivilbeamten an der Hintertür. Die Jagdhunde im Zwinger fingen wie wahnsinnig an zu bellen.

Anne-Marie Legrand spürte ihren schnellen Pulsschlag bis in die Schläfen pochen. Sanft stieß sie Cédric von sich.

»Du kannst ruhig jetzt schon zu Pierre-Henri gehen. Seine Mutter hat bestimmt nichts dagegen. Lauf schon, *Chéri*!«

Cédric, der spürte, dass etwas Ungewöhnliches im Gange war, verließ nur zögernd die Küche.

Anne-Marie sank auf einen der Stühle und legte ihre zitternden Hände in den Schoß. Sollte das die Lösung sein, nach der sie sich so sehr sehnte? Sie hoffte es mit aller Macht.

42

27. Dezember, 13 Uhr

Aus dem Büro von Ermittlungsrichterin Colombier hatte man einen herrlichen Blick in den Park, der sich hinter dem Gebäude der Staatsanwaltschaft erstreckte. Auf den Zweigen der immergrünen Pinien und Koniferen lag noch kräftig Schnee. Eine Schar Krähen hatte sich in der kahlen Baumkrone einer Platane niedergelassen.

Didier Legrand saß am Kopfende des eckigen Mahagonitisches, der Ermittlungsrichterin gegenüber. Zu seiner Linken hatte Maître Duvall Platz genommen, ein bekannter Strafverteidiger.

Rechts am Tisch saß Kommissarin Florence Labelle.

»Bevor ich mit Ihrer Vernehmung beginne, Monsieur Legrand«, sagte Arlette Colombier, »möchten wir Ihnen gern etwas vorspielen. Sie sind doch einverstanden, *Maître*? Dadurch vereinfachen wir das Verfahren erheblich, meine ich. Und Ihr Mandant kann sich ein unverfälschtes Bild von der Aussage seines Jagdfreundes machen.«

Der Anwalt nickte.

»Meinetwegen.«

»Gut. Fangen Sie bitte an, *Commissaire*.«

»Danke, *Madame le juge*.« Florence betätigte den Startknopf des Tonbandes, auf dem die Aussage von Victor Augier aufgezeichnet war. Die Tonqualität war etwas dumpf, aber man konnte jedes Wort deutlich verstehen.

»Heute ist Mittwoch, der 27. Dezember. Aussage von Victor Augier, wohnhaft in Puech-Soleil, Rue Bonaparte. Die Vernehmung findet mit Einverständnis von Monsieur Augier in seinem priva-

ten Wohnhaus statt. Vernehmende Beamte: Kommissarin Labelle und Inspektor Roche. Monsieur Augier hat sich freiwillig zu dieser Aussage entschlossen. Von Seiten der Polizei wurde keinerlei Druck ausgeübt, gleich welcher Art. – Ist das korrekt, Monsieur Augier?«

Victors Augiers Stimme war zu hören.

»*Das ist korrekt,* Commissaire.«

»*Danke. Dann beginnen wir mit den Fragen. Auf dem Foto von Josefina Lopez, das der Polizei heute Morgen anonym zugespielt wurde, haben wir Ihre Fingerabdrücke gefunden. Sie behaupten, dass Sie das Foto zwar in der Hand gehalten und betrachtet, es aber nicht selbst aufgenommen haben.«*

»*Ja, das stimmt.«*

Florence schaltete das Tonbandgerät ab. Sie legte die Kopie des Fotos auf den Tisch

»Hier, meine Herren, es handelt sich um dieses Foto der ermordeten Prostituierten im Wohnwagen bei Puech-Soleil.«

Der Anwalt warf einen kurzen Blick auf das Bild und zuckte mit den Schultern.

»Und, was soll mit diesem Foto sein?«, sagte er und reichte es seinem Mandanten weiter.

Florence beobachtete Didier Legrand, als er das Foto in die Hand nahm. Doch sein Gesicht zeigte keine Regung. Sie schaltete das Bandgerät wieder an.

»*Wer hat das Bild aufgenommen?«*

»*Didier Legrand.«*

Abrupt stieß Legrand seinen Stuhl zurück und sprang auf. Seine Augen traten hervor und in Sekundenschnelle bildeten sich hektische Flecken an seinem Hals.

»Dieser Dreckskerl!!!«

Der Anwalt packte ihn unsanft am Arm und zwang ihn, sich wieder hinzusetzen.

»Ganz ruhig, Monsieur Legrand. – Haben Sie Beweise dafür, *Commissaire*?«

Die Ermittlungsrichterin schaltete sich ein.

»Hören Sie doch erst einmal in Ruhe zu. Danach bekommen Sie genug Gelegenheit zu intervenieren, *Maître*.«

Florence setzte das Band wieder in Gang. Die Geschichte, die Victor Augier im Lauf der Vernehmung erzählte, war in sich schlüssig und bestätigte in vielen Punkten das, was Florence immer geahnt hatte.

Nahezu alle Männer in Puech-Soleil wussten seit dem Sommer, dass Josefina Lopez als Prostituierte im Wohnwagen gearbeitet hatte. Die meisten waren Kunden bei ihr: Victor, Didier Legrand, die anderen Jäger, die am 23. Dezember auf Wildschweinjagd waren, mit Ausnahme von Aimé Bonnafoux. Auch Bürgermeister Chabot, der Postbote, der pensionierte Lehrer Carnet, der Besitzer der Epicerie und viele andere besuchten Josefina regelmäßig. Alle hatten seinerzeit den Werbezettel in Martine Moranas Café gesehen. Wer ihr den Tipp mit dem Wohnwagen gegeben hatte, wusste Victor Augier nicht.

Am Nachmittag des 23. Dezember, nach der erfolglosen Treibjagd auf Wildschweine, machte Didier Legrand den Vorschlag, auf dem Rückweg am Wohnwagen vorbeizuschauen. Was da geschah, schilderte Victor Augier in allen Einzelheiten. Es war eine Geschichte der Gewalt und der Männerkumpanei, bei der Didier Legrand die treibende Rolle spielte. Er wollte Josefina an diesem Tag einen »Mengenrabatt« abringen, doch die Frau war nicht einverstanden. Sie verlangte den vollen Tarif für jeden Einzelnen. Didier weigerte sich strikt und diskutierte noch eine Weile herum. Als das nichts nützte, warf er Josefina Lopez brutal aufs Bett. Die Frau wehrte sich heftig. Aimé Bonnafoux wollte ihr helfen, doch Legrand schrie ihn an, und Bonnafoux lief in Panik nach draußen. Anschließend hatte Victor Augier zusammen mit Dupuis und Fresquet angeblich ebenfalls den Wohnwagen verlassen. Jalaguier und Legrand hingegen blieben. Für Victor sah es so aus, als ob Legrand die Prostituierte vergewaltigen wollte.

»Hat er sie vergewaltigt?«

»Das kann ich nicht genau sagen. Ich war ja nicht mehr im Wagen. Aber ich nehme es an.«

»Es spricht doch alles dafür.«

»Schon möglich.«

»Wo war Aimé Bonnafoux, als Sie aus dem Wohnwagen kamen, Monsieur Augier?«

»Der war nicht mehr zu sehen. Ich nehme an, dass er ins Dorf zurückgegangen ist.«

»Was geschah dann?«

»Wir haben gewartet, bis Legrand und Jalaguier rauskamen.«

»Wann verließen die beiden denn den Wohnwagen?«

»Vielleicht zehn Minuten nach uns.«

»Gingen Sie gemeinsam zurück ins Dorf?«

»Ja. Das heißt –«

Victor schwieg. Dann setzte er neu an.

»Na ja, ich meine …«

»Ja, Monsieur Augier?«

»Einer von Didiers Hunden hatte sich losgerissen. Didier lief zurück, um ihn zu suchen.«

»Kam er dann mit dem Hund wieder zurück?«

»Nein. Ich traf ihn erst später im Dorf wieder.«

»Didier Legrand ist also noch einmal allein zurück zum Wohnwagen gegangen?«

»Ja. Jedenfalls schlug er die Richtung ein, in der der Wohnwagen stand.«

»Was geschah dann?«

»Kurz vor dem Dorf drehte ich mich zufällig um, und da sah ich die Flammen. Ich machte die anderen darauf aufmerksam. Aber wir wussten zu dem Zeitpunkt nicht, dass es der Wohnwagen war. Es hätte auch weiter hinten an der Müllkippe sein können. So genau konnte man das nicht sehen.«

»Wie weit waren Sie da vom Wohnwagen entfernt?«

»Bestimmt einen Kilometer. Vielleicht auch mehr.«

»Wann haben Sie erfahren, dass es der Wohnwagen war, der gebrannt hatte?«

»Am Heiligabend. Nachdem man in der Nacht zuvor die Leiche entdeckt hatte.«

»Theoretisch gesehen haben also zwei Menschen aus Ihrer Gruppe die Möglichkeit gehabt, zurück zum Wohnwagen zu gehen. Legrand und Bonnafoux. Sehe ich das richtig, Monsieur Augier?«

»Ja, durchaus.«

Florence schaltete das Tonbandgerät ab. Victor Augiers Aussage schien plausibel zu sein, wenn auch Florence nicht glaubte, dass er und die anderen Jäger bei dem Geschehen tatenlos zugesehen hatten. Da würde man bei den Vernehmungen von Dupuis, Jalaguier und Fresquet noch einmal nachhaken müssen. Vielleicht brachte auch die DNS-Analyse Klarheit. Jetzt galt es, Didier Legrand den Mord an der Prostituierten nachzuweisen. Dass das nicht leicht sein würde, darüber war sich Florence im Klaren.

Die Ermittlungsrichterin lehnte sich auf ihrem Stuhl zurück. »So, Monsieur Legrand, jetzt wissen Sie, warum Sie hier sind. Durch diese Aussage des Zeugen werden Sie in erheblicher Weise belastet. Monsieur Augier hat ausgesagt, dass Sie die Prostituierte wahrscheinlich vergewaltigt haben. Was sagen Sie zu dieser Anschuldigung?«

»Ich sage, dass sie nicht stimmt. Ich habe das Mädchen nicht vergewaltigt. Es geschah alles in gegenseitigem Einvernehmen.«

»Haben Sie ihr im letzten Sommer den Tipp gegeben, sich in dem alten Wohnwagen an der Müllkippe einzurichten?«

»Nein.«

»Aber Sie wussten, dass der Wohnwagen leer stand.«

»Das wussten alle im Dorf.«

»Geben Sie zu, am 23. Dezember, nachmittags zwischen 15 Uhr 30 und 16 Uhr mit der Ermordeten Geschlechtsverkehr gehabt zu haben?«

»Ja. Aber ich habe keine Gewalt angewendet.«

»Lebte Josefina Lopez noch, als Sie und Jalaguier den Wohnwagen verließen?«

»Natürlich lebte sie noch! Jalaguier wird das bestätigen.«

»Das werden wir sehen, Monsieur. Als Sie Ihren Hund holen wollten, waren Sie da noch einmal am Wohnwagen?«

»Nein. Ich entdeckte den Hund im Gebüsch, etwa hundert Meter vom Wohnwagen entfernt.«

»Ist Ihnen irgendetwas aufgefallen, als Sie auf der Suche nach Ihrem Hund waren?«

»Nein. Nichts.«

»Und das Foto. Haben Sie das geschossen?«

Legrand überlegte nur kurz.

»Ja, na und? Ich war öfter mal bei dem Mädchen da draußen. Für mein Geld bekam ich das, was ich wollte. So weit ich weiß, sind Besuche bei Prostituierten für erwachsene Männer nicht strafbar. Oder irre ich mich, *Maître*?«

»Nein, Monsieur, Sie irren sich nicht.«

Florence war erstaunt, wie selbstsicher Didier Legrand plötzlich auftrat. Nur eine kurze, emotionale Regung hatte er bisher gezeigt. Ansonsten schien er kaltschnäuzig und abgebrüht zu sein. Zum Glück hatte er zugegeben, das Foto aufgenommen zu haben. Merkwürdig, dass seine Fingerabdrücke darauf nicht nachzuweisen waren. Das konnte Zufall sein. Vielleicht hatte er Handschuhe getragen, als er es aufnahm? Blieb nur noch die Frage, wer der Polizei das Bild geschickt hatte. Florence vermutete bereits, wer dahinterstecken könnte.

Legrands Anwalt kreuzte seine Arme über der Brust und schenkte der jungen Untersuchungsrichterin ein gönnerhaftes Lächeln. Mit seiner leisen, etwas näselnden Stimme sagte er:

»Nun wollen wir doch mal die Fakten auf den Tisch legen, *Madame le juge*. Sie haben nichts gegen meinen Mandanten in der Hand. Er hat zugegeben, mit der Prostituierten Verkehr gehabt zu haben. Mit dem Mord, der danach geschehen ist, hat er nichts zu tun. Sie haben keinerlei Beweise, die es rechtfertigen würden, Monsieur Legrand länger hier festzuhalten.«

»Beweise noch nicht, *Maître*, aber dringende Verdachtsmomente.« Arlette Colombier, die dem Anwalt an Ausgefuchstheit durchaus das Wasser reichen konnte, lächelte maliziös. »Sie kennen doch unsere Faustregel: Er hatte die Möglichkeit, die Mittel und das Motiv. Außerdem hat er kein Alibi für die Tatzeit. Er ist zur fraglichen Zeit allein zum Tatort zurückgegangen.«

»Welches Motiv soll er denn gehabt haben? Da er die Prostituierte öfter aufsuchte und sich bei ihr, wie er selbst sagte, wohl gefühlt hat, wäre er doch dumm gewesen, sie aus dem Weg zu schaffen. Nein, nein. Sie verrennen sich da in etwas, Madame.«

»Im Moment vernimmt Inspektor Roche in Puech-Soleil die anderen Männer, die am 23. Dezember mit auf der Jagd waren. Unter anderem auch Jalaguier. Sollten diese Zeugen die Aussage von Monsieur Augier in den wichtigsten Punkten bestätigen, steht ihr Mandant unter Mordverdacht.«

Florence ergriff das Wort.

»Die diversen Kletterseile, die wir im Haus von Monsieur Legrand sichergestellt haben, werden im Moment im Labor untersucht. Der Mord an Aimé Bonnafoux wurde mit einem Tatwerkzeug dieser Art begangen.«

Der Anwalt lachte laut auf.

»Was denn, *Commissaire*, jetzt fangen Sie auch noch mit dem zweiten Mord an? Sie haben ja nicht einmal Beweise für den ersten!«

»Vielleicht müssen wir das Pferd von hinten aufzäumen, *Maître*. Wer weiß?«

Arlette Colombier wandte sich wieder an Legrand.

»Monsieur, sind Sie bereit, eine Epithelzellenprobe abzugeben?«

»Nein, das ist er nicht!« Maître Duvall wurde massiv. »Wenn Sie Hautpartikel meines Mandanten untersuchen wollen, brauchen Sie handfeste Verdachtsmomente. Keine Vermutungen und Hypothesen. Auch keine vagen Zeugenaussagen, bei denen die Kommissarin dem Zeugen die Aussage quasi in den Mund gelegt hat. Monsieur Legrand muss auf freien Fuß gesetzt werden.«

43

27. Dezember, 15 Uhr 45

Zwischen Weihnachten und Neujahr nahmen sich viele Menschen ein paar Tage frei. Die letzte Woche eines Jahres ist eine Zeit der Besinnung und der unerledigten Dinge.

Alain hatte Glück gehabt und die Jäger ausnahmslos zu Hause angetroffen. Philippe Fresquet und Lionel Dupuis bestätigten Victor Augiers Angaben im Großen und Ganzen. Was sich dann zwischen Josefina Lopez, Legrand und Jalaguier abgespielt hatte, wussten sie angeblich nicht. Schreie hatten sie keine gehört. Alain vermutete, dass die beiden Männer im Wohnwagen der Frau den Mund zugehalten hatten. Pierre Jalaguier hatte sich dumm gestellt. Zwar sei er mit Legrand im Wohnwagen geblieben, aber er habe lediglich zugeschaut. Natürlich sei Didier Legrand nicht gerade zimperlich mit Josefina Lopez umgegangen, aber die war als Prostituierte ja einiges gewöhnt. Von einer Vergewaltigung konnte keine Rede sein. Und selbstverständlich hatte das Mädchen noch gelebt, als er und Legrand den Wohnwagen verließen.

Die Aussagen der Zeugen waren auf Tonband aufgenommen, und Alain befand sich auf dem Weg nach Nîmes.

Eine halbe Stunde später erreichte er das Polizeipräsidium. Auf seinem Schreibtisch fand er eine kurze Notiz vom *Chef de poste*. Ein Mann aus Montpellier hatte sich aufgrund des heutigen Artikels in der *Gazette du Midi* gemeldet und um den Rückruf eines zuständigen Beamten gebeten, weil er möglicherweise eine wichtige Beobachtung gemacht hatte.

Alain wählte die Telefonnummer des Zeugen, die auf dem Zettel stand. Am anderen Ende der Leitung meldete sich ein

Computerfachmann. Was er Alain mitteilte, war höchst interessant und alarmierend. Nachdem das Gespräch beendet war, ging Alain mit schnellen Schritten ins Büro seiner vorgesetzten Kommissarin, um ihr Bericht zu erstatten.

»Dieser Mann arbeitet für das Apple-Vertragscenter in Montpellier und war vom Ehepaar Roux für heute bestellt worden, weil die Festplatte des Computers von Gilles Roux ständig irgendwelche Daten verliert. Der Mann machte sich also an die Arbeit. Zufällig geriet er in eine Datei, und wissen Sie, was er da sah?«

Alain machte eine kurze Pause, dann ließ er die Bombe platzen. Als Florence hörte, was in der fraglichen Datei im Computer von Gilles Roux gespeichert war, sprang sie auf und zog hastig ihren Mantel über. Sie wusste, dass dies der entscheidende Schritt in ihren Ermittlungen war, und sie ahnte, auf welche Weise das Ehepaar Roux in die Mordfälle verwickelt war. Emmanuelles Geschichte vom Fest der Taube schoss ihr durch den Kopf. Alles war schlüssig, die Mosaiksteine des Puzzles fügten sich zusammen.

»Kommen Sie, Alain.« Sie war bereits an der Tür. »Wie gut, dass wir vorsorglich einen Durchsuchungsbefehl für La Bastide beantragt haben. Es wird höchste Zeit, dieses Ehepaar näher unter die Lupe zu nehmen.«

27. Dezember, 16 Uhr 30

Didier Legrand bat den Fahrer des Wagens der Gendarmerie, ihn am Ortseingang abzusetzen. Die Straßen und Bürgersteige waren durch die Schneeschmelze nass und glitschig. Im Dorf brannten bereits die Straßenlaternen. Hin und wieder fuhr ein Wagen vorbei, und Didier drehte sich rasch weg, um nicht erkannt zu werden.

Als er am Café *Au chien perdu* vorbeikam, sah er, dass es

brechend voll war. Wahrscheinlich hatte sich die Kunde von seiner Festnahme in Windeseile herumgesprochen. Ob einer seiner Jagdgefährten sich im Café aufhielt, konnte er nicht erkennen. Er ließ die Kneipe hinter sich und folgte der Hauptstraße.

Der einzige Mensch, der ihm begegnete, war die junge Denise Vaurien. Sie sah ihn an, als hätte sie eine Geistererscheinung. Hektisch schob sie den Kinderwagen durch den Matsch, beschleunigte ihre Schritte und bog um die Ecke. Didier Legrand beachtete sie nicht. An einem der nächsten Häuser klingelte er.

Nichts ahnend öffnete Victor Augier die Haustür. Als er Legrand draußen stehen sah, wollte er sie rasch wieder schließen. Doch Legrand war schneller. Im Nu stand er im Flur, knallte die Tür zu und verriegelte sie von innen. Ehe Victor sich von seinem Schrecken erholen konnte, hatte Legrand ihn bereits an der Brust gepackt und schob ihn in die Essdiele. Seine Augen funkelten kalt.

»Damit hast du wohl nicht gerechnet, du Drecksack.«

Victor versuchte, sich aus der Umklammerung zu befreien. Doch er hatte keine Chance. Didier war wesentlich stärker als er. Victors Atem kam stoßweise, seine Lippen zitterten, und er geriet in Panik.

»Didier, ich schwöre dir, ich hatte gar keine Wahl! Auf dem Foto waren meine Fingerabdrücke, deine komischerweise nicht. Sonst wäre ich doch selbst dran gewesen!«

Legrand hatte ihn an die Wand gedrückt, direkt neben das bunte Ölbild mit Lavendelfeldern, Zypressen und pittoreskem Bauernhof, das von irgendeinem schlechten Landschaftsmaler stammte. Er holte aus und schlug Victor mit voller Wucht ins Gesicht. Der versuchte, seinen Kopf mit den Händen zu schützen. Aber weitere Faustschläge prasselten auf ihn nieder. Blut floß aus seiner Nase und aus seinem Mund. Victor wimmerte.

»Hör auf, Didier, ich sagte dir doch ... Du musst verstehen ...« Noch einmal holte Legrand aus und traf Victor am Kinn. Er taumelte und ging in die Knie.

Legrand wischte sich die Hand an der Hose ab, als hätte er etwas Schmutziges berührt, das er abstreifen wollte.

»So, Victor. Jetzt weißt du hoffentlich, dass man einen Freund nicht verpfeift. Wir kennen uns jetzt schon so lange, und ich habe dir immer vertraut. Aber ich hab mich in dir getäuscht. Du bist ein Schwein.«

Er drehte sich um und ging zur Haustür. Erst als sie ins Schloss gefallen war, rappelte sich Victor mühsam auf. Dabei stieß er gegen das Landschaftsbild, es fiel zu Boden, und der Rahmen brach auseinander.

Victors rechtes Auge war so geschwollen, dass er nicht mehr richtig sehen konnte. Er fühlte das Blut auf seinen Wangen, an Nase und Mund. Der Kiefer tat ihm weh, hoffentlich war nichts gebrochen.

Wie war es möglich, dass Didier wieder nach Puech-Soleil zurückkommen konnte? Wieso hatte die Polizei ihn freigelassen?

Er fand keine Antwort auf diese Frage und ging ins Badezimmer, um sich das Blut abzuwaschen und sich zu verarzten. Hoffentlich kollabierte er nicht, wenn er sich in dem Spiegel sah.

Nachdem er Augiers Haus verlassen hatte, ging Didier geradewegs nach Hause. Er hatte sich gut überlegt, wie er seiner Frau begegnen wollte. In dem Moment, als ihm die Kommissarin das zusammengeklebte Foto unter die Nase gehalten hatte, wusste er Bescheid. Anne-Marie hatte hinter ihm herspioniert und die Schnipsel aus dem Container herausgefischt. Wie war sie überhaupt darauf gekommen, nach diesem Bild zu suchen? Oder hatte sie es zufällig im Container entdeckt? Unwahrscheinlich, denn dort wurden nur die Papier- und Plastikabfälle aus den Hühnerställen entsorgt. Hatte sie ihm schon öfter nachgeschnüffelt?

Im Erdgeschoss seines Hauses waren bereits die Fensterläden geschlossen. Durch die Ritzen sah er, dass in der Küche Licht brannte. Er ging über den Hof, um durch den Hintereingang ins Haus zu gelangen. Die Tür war verriegelt.

Legrand nahm seinen Hausschlüssel aus der Tasche und schlenderte zurück zur Straßenseite. Er schloss den Vordereingang auf und begab sich in die Küche.

Mit schreckgeweiteten Augen blickte Anne-Marie ihn an. Sie stand am Spülbecken und spülte ein paar Gläser. Sein Sohn Cédric, der mit einem Comic-Heft am Tisch saß, sprang auf und lief zu seiner Mutter.

Didier schloss langsam die Küchentür.

»Geh rauf in dein Zimmer, Cédric«, sagte er ruhig. »Ich habe mit deiner Mutter zu reden.«

Anne-Marie zog ihren Sohn an sich, als ob sie gleichzeitig ihn wie auch sich selbst schützen wollte.

»Cédric bleibt hier, Didier. Er kann ruhig hören, was du mir zu sagen hast.«

Didier musterte seine Frau von oben bis unten. Er sah die Angst in ihrem Gesicht, aber auch eine Entschlossenheit, die neu für ihn war. Sie hatte die Lippen zusammengepresst, ihre schlanke Gestalt stand aufrecht da. Wie lange waren sie verheiratet? Eine Ewigkeit. Er konnte sich gar nicht mehr genau daran erinnern, wie die Anfänge gewesen waren. Nur daran, dass Anne-Marie von Beginn an verklemmt und prüde war. Er hatte ihr versucht klarzumachen, dass die Ehe nicht nur aus Kuschelsex besteht. Doch es änderte sich nichts. Sie hatte Angst vor der Sexualität und duldete nur widerstrebend seine Annäherungen. Nach der Geburt von Cédric schlief das eheliche Liebesleben gänzlich ein, und Didier suchte sich anderweitig ein entsprechendes Terrain. Eine Scheidung kam nicht infrage, denn Anne-Maries Vater, ein wohlhabender Geschäftsmann aus Marseille, hatte ihm das Kapital für die Hühnerfarm zur Verfügung gestellt. Der Ehevertrag enthielt diesbezüglich eine entsprechende Klausel: Im Falle einer

Scheidung wäre der Betrag sofort fällig. Erst seit zwei Jahren schrieb die Hühnerfarm schwarze Zahlen.

»Gut, wenn Cédric unbedingt hören soll, dass du versucht hast, deinen eigenen Mann ans Messer zu liefern, bitte.«

Anne-Marie stand unbeweglich an den Spülstein gelehnt.

»Also, warum hast du mich an die Bullen verraten und denen das Foto geschickt?«

Anne-Marie schwieg und sah ihn trotzig an. Er bemerkte die tiefe Verachtung in ihrem Blick. Didier spürte, wie die Wut in ihm hochstieg. Doch er nahm sich zusammen. Er war nicht gekommen, um in irgendeiner Weise die Contenance zu verlieren. Abreagiert hatte er sich bereits bei Victor.

»Du warst wohl zu feige, mir das ins Gesicht zu sagen? Du dachtest, durch dieses Foto wäre alles gelöst. Wenn ich erst einmal unter Mordverdacht stünde, wäre alles leichter für dich. Nun, da hast du dich leider getäuscht. Wie du siehst, haben die Bullen mich freigelassen.«

Dass diese Freilassung mit strengen Auflagen verbunden war, verschwieg er seiner Frau.

Anne-Marie atmete tief durch. Sie nahm ein Geschirrtuch vom Haken und begann, die Gläser abzutrocknen. Ihre Stimme klang leise und bestimmt.

»Mach es dir und uns nicht noch schwerer, Didier. Lass uns in Frieden auseinander gehen.«

Ja, das hatte er ebenfalls vor. In Frieden auseinander gehen. Einen Schnitt machen. Endlich nicht mehr ihr frustriertes, vorwurfsvolles Gesicht mit ansehen müssen. Schon lange liebte er seine Frau nicht mehr. Hatte er sie je geliebt? Wusste er überhaupt, was Liebe war? Am Anfang hatte er Anne-Marie begehrt. Als sie sich zunehmend verweigerte, steigerte das sein Begehren zuerst noch, dann ließ sein Interesse an ihr nach. Er hatte sie in Ruhe gelassen.

»Ich fahre heute Abend noch mit Cédric zu meiner Familie nach Marseille.« Die Stimme seiner Frau klang entschlossen.

»Ja, tu das.«

Anne-Marie und Cédric verließen die Küche. Didier holte sich ein Bier aus dem Kühlschrank, setzte sich an den Küchentisch und dachte nach. Vielleicht wäre es das Beste, wenn er ebenfalls wegfahren würde. Zu seinem Bruder nach Nantes. Oder einfach mit dem nächsten Flieger irgendwo in die Südsee … Doch es ging nicht. Erstens würde er damit die Auflage der Ermittlungsrichterin verletzen, und zweitens konnte er seine Hühnerfarm nicht Hals über Kopf verlassen.

Er griff zum Telefon, denn er hatte noch etwas zu erledigen.

27. Dezember, 16 Uhr 45

Pierre Jalaguier schraubte den Tankdeckel zu, las den Betrag an der Zapfsäule ab und nahm das Geld in Empfang. Der Kunde hatte es passend, startete seinen Wagen und verließ die Tankstelle.

Als Jalaguier zurück in den Kassenraum ging, klingelte das Telefon. Es war Legrand.

Ohne Umschweife fragte er Jalaguier, was er der Polizei erzählt hatte. Statt gleich darauf zu antworten, versuchte Jalaguier, mit einer Gegenfrage Zeit zu gewinnen.

»Haben sie dich freigelassen? Gratuliere, Didier! Das war mir klar, dass sie nichts gegen dich in der Hand haben.«

Jalaguier fingerte eine Zigarette aus der Packung und zündete sie an. Die Stimme am anderen Ende der Leitung wurde ungehalten.

»Rede nicht um den heißen Brei herum, Pierre. Was hast du denen erzählt?«

»Was soll ich denen erzählt haben? Dass ich mit dir im Wohnwagen geblieben bin.«

»Und?«

»Wie – und? Dass das Mädchen noch gelebt hat, als wir rausgingen.«

»Hast du ihnen gesagt, dass du auch deinen Spaß hattest? Oder hast du alles auf mich geschoben?«

Jalaguier zog hastig an seiner Zigarette und stotterte herum.

»Na ja, was heißt auf dich geschoben? Ich meine …«

Didier unterbrach ihn.

»Der Anwalt, der mich heute Nachmittag vertreten hat, sagte mir, dass die Polizei mit diesem Speicheltest nachweisen kann, wer mit dem Mädchen gevögelt hat. Falls du die Bullen also belogen hast, war es völlig umsonst. Ich werde diese ganze Scheiße nicht allein auslöffeln, verlass dich drauf.« Am anderen Ende wurde aufgelegt.

Jalaguier hielt den Hörer noch einen Moment in der Hand und überlegte. Es gab nur einen Weg. Seine Strategie stand fest. Er würde so lange leugnen und die Schuld auf Legrand schieben, bis ihm die Polizei das Gegenteil bewies. Auch er hatte von diesen Tests gehört. Aber nichts wurde so heiß gegessen, wie es gekocht wurde. Er hatte keine andere Wahl. Es kam gar nicht infrage, irgendetwas von dem, was im Wohnwagen geschehen war, zuzugeben. Seit einem Jahr war er verlobt, im Frühjahr sollte Hochzeit sein. Wenn Carole die Wahrheit erfuhr und herausfand, wie tief er in der Sache drinsteckte, konnte er seine Zukunftspläne an den Nagel hängen. Mit der Übernahme der Mercedes-Benz-Vertragswerkstatt in Bagnols würde es dann sicher auch nichts. Mitte Januar sollte er nach Stuttgart zu einer Schulung fahren. Carole wollte sich ein paar Tage Urlaub nehmen und ihn begleiten. Der Schwarzwald, ein kurzer Abstecher nach München – alles war bereits geplant.

Nein, Pierre Jalaguier würde sich keinen Strich durch die Rechnung machen lassen. Sein Wort stand gegen das von Legrand, der bereits durch das Foto entsprechend belastet war, das dieser Inspektor erwähnt hatte. Außerdem war dieser Abstecher an jenem Nachmittag ohnehin Didiers Idee gewesen.

Ja, er würde alles auf Legrand schieben. Er, Pierre Jalaguier, hatte das ganze Leben noch vor sich. Er war siebenundzwanzig Jahre alt. Zu jung, um die nächsten Jahre im Knast zu verbringen.

Didier Legrand dachte, dass das Gespräch mit Jalaguier genau das zutage gebracht hatte, was zu erwarten war. Die Menschen waren feige. Solange es für seine Jagdfreunde von Vorteil war, hatten sie Didier nach dem Mund geredet. Er war immer der Anführer gewesen, solange er zurückdenken konnte. Bereits auf der Schule, dann später in seiner Freundesclique. Unter seinen Jagdfreunden war er der Boss, der die Treibjagden organisierte und die Schusslinie festlegte. Seine Hunde galten als die besten in der Gegend, und es war selten, dass die Jäger mit leeren Händen nach Hause kamen wie an jenem 23. Dezember. Alle hatten von ihm profitiert, alle hatten sich an ihn drangehängt.

Mit einem Mal war sich Legrand darüber im Klaren, dass er auf dem besten Wege war, alles zu verlieren. Seine Reputation im Dorf, seine Existenz, seine Familie. Alle hatten sich von ihm abgewandt, keiner hielt zu ihm. Er saß allein auf einem ungeheuren Berg von Problemen. Die Polizei würde sich so schnell nicht abschütteln lassen. Früher oder später würden sie ihn wahrscheinlich wieder holen. Jetzt hätte er jemanden gebraucht, der an seiner Seite stand! Der ihn nicht verriet und der ein Risiko einging. Er wusste, dass er kein Verlierertyp war. Das Wort Niederlage hatte es bis jetzt in seinem Wortschatz nie gegeben. Seit dem Nachmittag war das Gefühl, sich geradewegs im freien Fall in eine bodenlose Tiefe zu befinden, nicht gewichen. Jetzt löste es allmählich Panik aus. Die Selbstsicherheit, die er noch am Nachmittag ausgestrahlt hatte, war dahin.

Wie ein Häufchen Elend saß er in der Küche seines Hauses. Er war allein, vollkommen allein. Es gab keine Gruppe, in der er wie gewohnt das große Wort führen konnte. Seine so genannten Freunde hatten sich als feige Verräter entpuppt.

In dem Moment hörte er seine Frau und seinen Sohn die Treppe aus dem ersten Stock herunterkommen. Gleich würden sie über den Hof gehen. Anne-Marie würde die Reisetasche im Kofferraum verstauen, und Cédric würde auf den Rücksitz des Alfa Romeo hüpfen.

Es würde endgültig sein.

Draußen im Flur schlug die Standuhr die volle Stunde. Es war 17 Uhr.

44

27. Dezember, 17 Uhr 00

Vorsichtig lenkte Alain Roche den Wagen die steile Auffahrt hoch. Es hatte zwar den ganzen Tag über getaut, doch wohlweislich waren die beiden Beamten der *Police Judiciaire* erneut mit dem Geländewagen der Gendarmerie nach Puech-Soleil gekommen. Sonst wäre es schwierig geworden.

Der Vorplatz auf La Bastide war leer. Weder stand der Jeep des Ehepaares da, noch waren die beiden Schäferhunde zu sehen.

»Das wäre natürlich Pech, wenn die Leute nicht zu Hause sind«, sagte Alain. »Was machen wir dann, warten wir auf sie?«

Florence stieg aus dem Auto, ging zur Eingangstür und klopfte energisch an.

»Hallo? Ist jemand da? Monsieur Roux? Madame?«

Nach einer Weile waren von innen Schritte zu hören. Frances Roux öffnete die Tür.

»Ja bitte?«

»Guten Tag, Madame. Dürfen wir einen Moment hereinkommen?«

Frances schüttelte abweisend den Kopf.

»Nicht, solange mein Mann nicht da ist. Er ist zum Einkaufen nach Avignon gefahren. Kommen Sie später wieder.«

Alain, der sich zu seiner Chefin gesellt hatte, kramte in der Tasche seines Daunenblousons nach dem Durchsuchungsbefehl. Genüsslich faltete er ihn auseinander, hielt ihn der Frau hin und sagte mit einem leichten Grinsen:

»So lange können wir leider nicht warten. Wir haben hier

eine richterliche Anordnung für eine Hausdurchsuchung. Bitte machen Sie uns keine Schwierigkeiten, Madame.«

Aus Frances Roux' Gesicht wich alle Farbe. Sie war viel zu perplex, um etwas zu erwidern.

»Wir werden Ihnen nicht das ganze Haus auf den Kopf stellen, das verspreche ich. Wir interessieren uns nur für den Computer Ihres Mannes.«

Alain hatte die Tür aufgedrückt und die Beamten betraten die Halle. Erst jetzt protestierte Frances.

»Dazu haben Sie kein Recht! Ich rufe sofort unseren Anwalt an!«

»Tun Sie das, Madame Roux.«

»Ich werde nicht zulassen, dass Sie ...« Sie verstellte den beiden den Weg.

Doch Alain schob sie zur Seite und machte sich auf die Suche nach Gilles Roux' Arbeitszimmer. Es war nicht schwer zu finden, da es genau neben dem Salon lag, von dem aus man diesen herrlichen Blick in die Landschaft hatte.

Erneut protestierte Frances Roux, doch es nützte nichts.

Anerkennend pfiff Alain durch die Zähne.

»Eine tolle Anlage hat Ihr Mann! Alles nur vom Feinsten. Ich habe auch einen iMac. Aber das hier ist ja das neueste Modell! Da steckt ganz schön Power dahinter. Und dass es so große Flachscanner gibt, wusste ich gar nicht. Da passt sogar Papierformat A 3 spielend durch.«

Als sie unterwegs hierher waren, hatte Alain seiner Chefin in kurzen Worten erklärt, wie man versuchen konnte, sich in fremde Computerdateien einzuloggen und ein Passwort zu knacken, über das Gilles Roux mit Sicherheit verfügte. Jetzt sah er, dass der Computer angeschaltet und lediglich auf Ruhezustand gestellt war.

Während Frances Roux immer noch heftig protestierte, setzte sich Alain an den Computer. Empört wollte die Hausherrin den Raum verlassen, doch Florence hinderte sie daran.

»Bleiben Sie schön hier, Madame. Wenn Sie telefonieren

wollen, das können Sie auch von hier. Dort steht ja ein Apparat. Eine Durchsuchung muss nämlich im Beisein der Hausherren durchgeführt werden.«

Frances ließ sich resigniert in einen Sessel fallen.

Alain klickte sich in verschiedene Dateien ein. Er konnte sein Glück gar nicht fassen, dass Gilles Roux zum Einkaufen weggefahren war und seine Dokumente nicht entsprechend gesichert oder verschlüsselt hatte. War der Mann so leichtsinnig, weil er sich sicher fühlte? Oder war die Vermutung, die Alain seiner Chefin gegenüber geäußert hatte, doch falsch?

Schließlich wurde er fündig. In der Dateien-Vorschau entdeckte er eine E-Mail-Datei mit dem Namen »Easy Rider«.

»Hier, *Patron,* ich habs! Eine Jpeg-Datei, die mit dem ZIP-Programm komprimiert wurde.«

Florence blickte ihn verständnislos an.

»Jpeg heißt, dass Bilder gescannt wurden. Und komprimiert ist die Datei, damit der Datentransport schneller geht, *Patron.* Ich muss jetzt nur die Datei dekomprimieren, dann haben wir alles schwarz auf weiß. Mit Sicherheit gibt es noch eine gesonderte Datei mit Adressen. Danach suche ich anschließend.«

In der Jpeg-Datei waren circa fünfzig Zeichnungen gespeichert.

Sämtliche Details waren gut zu erkennen. Jedes Bild war nummeriert worden, bevor es in den Scanner gegeben worden war.

Florence wandte sich an Frances Roux.

»Wo sind die Originale, Madame?«

Alain wartete die Antwort gar nicht erst ab, sondern begann, das Zimmer zu durchsuchen. Es war nicht schwer, die Originalblätter zu finden. Sie waren säuberlich abgelegt in einem Grafikschrank. Durchnummeriert, farbig und im Format A3.

Was die beiden Beamten da zu sehen bekamen, verschlug ihnen den Atem.

Bei den etwa fünfzig Zeichnungen handelte es sich um die phasenweise Momentaufnahme der Geschehnisse an der Müllkippe am 23. Dezember. Mittels ihres Fernglases hatte das Ehepaar Roux alles genau beobachten können und im Nachhinein festgehalten. Dank der immensen pornographischen Phantasie des Zeichners war daraus ein Hardcore-Porno geworden, der offenbar über das Internet nach Amerika verkauft wurde. Dem Ganzen war eine kurze Schrifttafel vorangestellt: *A true story.*

Die einzelnen Zeichnungen waren mit der Angabe der Uhrzeit versehen und zum Teil untertitelt. Gilles Roux hatte die Gesichter der Menschen comicmäßig stilisiert, sodass keine Ähnlichkeit mit den tatsächlich am Geschehen beteiligt gewesenen Personen festzustellen war. Die ersten beiden Zeichnungen hatten keinen pornographischen Inhalt.

Nummer 1, Zeitangabe 15 Uhr, zeigte den Wohnwagen auf der Lichtung, dahinter die Müllkippe und rechts am Bildrand die Kirchturmspitze von Puech-Soleil. Vorn im Bild war die Nationalstraße zu sehen. Darunter stand: *She's waiting.*

Auf Bild Nummer 2, 15 Uhr 10, sah man eine Gruppe von sechs Männern mit Gewehren und Hunden, die von der Müllkippe her zum Wohnwagen kamen.

Bild Nummer 3 zeigte eine junge Frau mit Zahnlücke in Naheinstellung. Sie war nackt. Mit der einen Hand umfasste sie ihre pralle Brust, die andere lag obszön zwischen den gespreizten Beinen. Überdeutlich waren ihre Schamlippen herausgearbeitet. Sie lachte aufreizend. Darunter stand: *She's horny. She needs some hardware.*

Auf der vierten Zeichnung waren wiederum die Jäger zu sehen. Zwei von ihnen hatten ihre Hosenställe geöffnet, und Gilles Roux hatte ihnen erigierte, übergroße Geschlechtsteile verpasst. Darunter die Unterzeile: *They know her. But this time it will be different.*

So ging es weiter. Die nächsten beiden Zeichnungen zeigten die junge Frau mit einem enormen Vibrator, den sie in ihre

Vagina einführte. Dann waren die Jäger allesamt im Wohnwagen, nur einer von ihnen blieb draußen. Auch bei den übrigen waren jetzt erigierte Penisse zu sehen. Die junge Frau lag schmachtend auf dem Bett, die Beine weit auseinander gespreizt. Die nächsten Zeichnungen zeigten in aller Ausführlichkeit die Vergewaltigung der Frau durch zwei der Männer. Gilles Roux hatte nicht an drastischen Details gespart.

Zwischenzeitlich, während die Vergewaltiger ihr Werk vollendeten, war der Mann, der draußen geblieben war, verschwunden. Diese Zeichnung hatte die Uhrzeitangabe 15 Uhr 30. Die anderen Männer, die sich ebenfalls zuerst im Wohnwagen aufgehalten hatten, standen inzwischen draußen auf der Lichtung und onanierten.

Das Geschehen sprang erneut zurück in den Wohnwagen. Zeitangabe: 15 Uhr 35, Bild Nummer 20. Auf dieser Darstellung sah man die beiden Vergewaltiger, die sich anal an dem Mädchen zu schaffen machten. Das ging drei, vier Zeichnungen lang so weiter, bis ab Bild Nummer 25 die Vergewaltiger aus dem Wohnwagen kamen und mit den draußen wartenden Jägern Richtung Dorf gingen. Darunter die Unterzeile: *Who's next?*

Bild Nummer 27 zeigte einen Mann, der im Unterholz hockte und an seinem übergroßen Glied onanierte. Es war keiner aus der Gruppe der Jäger. Uhrzeitangabe: 15 Uhr 45. Der Wohnwagen war im Anschnitt zu sehen.

Im übernächsten Bild bereits stand er groß und breitbeinig und in eindeutiger Pose im Wohnwagen. Die junge Frau auf dem Bett schien ihn begierig zu erwarten. Darunter stand: *He's next.*

Auf der nächsten Zeichnung nahm der Mann den Vibrator und stieß ihn dem Mädchen mit aller Macht ins Geschlecht.

Dann spielte sich der Rest des Geschehens relativ zügig ab.

15 Uhr 55: Der Mann verkehrt anal mit der Frau. Unterzeile: *He'll be the last one. Mr Death.*

16 Uhr 10: Er verlässt den Wohnwagen.

16 Uhr 15: Er nimmt einen trockenen Zweig, der auf der Lichtung liegt, und zündet ihn mit einem Feuerzeug an. Nächste Zeichnung: Er öffnet die Tür des Wohnwagens. Nächste Zeichnung: Er wirft den brennenden Zweig in den Wohnwagen.

Nächste Zeichnung: Stehend vor dem brennenden Wohnwagen onaniert er noch einmal kräftig.

16 Uhr 20: Der Mann läuft von der Lichtung weg. Der Wohnwagen brennt lichterloh.

16 Uhr 25: Einer der Jäger kommt zurück zum brennenden Wohnwagen. Es ist derjenige, der nicht mit hineingegangen und der als Erster auf den Zeichnungen verschwunden war.

Großaufnahme des zurückgekommenen Jägers: Er blickt demjenigen nach, der vom Wohnwagen wegläuft. Er erkennt ihn.

Auf der nächsten Zeichnung dreht der Mann, der den Wohnwagen in Brand gesteckt hat, sich um und sieht, dass er erkannt worden ist.

Nächste Zeichnung: Der Jäger versucht, auf die Flammen einzuschlagen, um den Brand zu löschen.

16 Uhr 30: Der Mann kommt an seinem Wagen an, der gut getarnt in einem kleinen Waldweg parkt.

Die letzte Zeichnung, 16 Uhr 32: Der Mann sitzt hinter dem Steuer seines Wagens und befummelt erneut sein Geschlechtsteil. Unterzeile: *It's done.*

Florence legte die letzte Zeichnung beiseite, atmete tief durch und blickte zu Frances Roux, die zusammengesunken in einem der Sessel saß.

»Ich schwöre Ihnen, dass wir von dem Mord nichts gewusst haben, *Commissaire*«, sagte sie leise. »Wir haben erst durch Ihren Besuch am Heiligabend davon erfahren.«

Florence antwortete nicht. Jetzt galt es schnell zu handeln.

»Kommen Sie, Alain«, sagte sie zu ihrem Assistenten. »Laden Sie die Datei runter und nehmen Sie die Originalzeichnungen mit. Rufen Sie die Gendarmerie an. Die sollen mit ein paar Mann herkommen, falls Monsieur Roux auftaucht. Gleichzeitig brauchen wir drei, vier Leute in Puech-Soleil.«

Alain deutete auf Frances Roux.

»Was machen wir mit der Dame des Hauses?«

»Die nehmen wir mit.«

Der Count-down hatte begonnen. Jetzt war alles nur eine Frage der Zeit. Derjenige, der den Wohnwagen angezündet hatte, konnte nicht ahnen, dass es einen eindeutigen, unumstößlichen Beweis für seine Tat gab. Einen Beweis, der per E-Mail sogar bis ins ferne Amerika gelangt war.

Sein Wagen.

Nur eine Person in Puech-Soleil besaß ein solches Fahrzeug. Gilles Roux hatte es in allen Einzelheiten gezeichnet, es gab keinen Zweifel.

45

27 Dezember, 19 Uhr 10

Der Ort Puech-Soleil lag wie ausgestorben da, als der schwere Gendarmeriewagen durch die Straßen fuhr. Wie üblich war das Café *Au chien perdu* erleuchtet. Florence hatte das eigenartige Gefühl einer Vertrautheit. Obwohl sie dieses Dorf erst seit ein paar Tagen kannte, war ihr, als wäre sie bereits seit Wochen und Monaten hier. Die Zeit hat ihre eigenen Gesetze. Erst vier Tage war es her, dass Josefina Lopez ermordet wurde. Vor zwei Tagen war Aimé Bonnafoux' Leiche gefunden worden. Was war in diesen wenigen Tagen nicht alles geschehen!

Puech-Soleil hatte sein Fest der Taube gehabt. Auf eine ebenso einfache wie brutale Weise glichen sich die Ereignisse. Der Volksbrauch in Andalusien und die Ermordung der Prostituierten in Puech-Soleil – zwei Seiten einer gleichen Medaille. Die Taube, die gejagt worden war, hieß Josefina Lopez. Die Meute der Täuberiche waren die Jäger, die sie in ihrem Wohnwagen überfallen und vergewaltigt hatten. Als Zuschauer, als gaffende, gierige Menge hatte sich das Ehepaar Roux hervorgetan. Und der letzte Täuberich, der, der ihr den Todesstoß versetzt hatte – er war der Mörder, den die Polizei jetzt verhaften würde.

Sie parkten den Wagen vor dem Bürgermeisteramt und schlossen ihn ab. Frances Roux, die resigniert und in sich zusammengesunken mit gefesselten Händen auf der Rückbank saß, blickte ihnen kurz nach.

– In diesem Ort sieht ein Haus wie das andere aus, dachte Florence, als sie die Straße entlanggingen. Die Häuser waren wie die Menschen, die sich auch ähnelten. Nahezu alle Bewohner dieses Ortes hatten das gleiche Spiel gespielt. Nur Aimé Bonnafoux war gegen den Strom geschwommen und hatte wie ein fühlender Mensch reagiert. Er, der Außenseiter, der Sonderling und Einzelgänger, war weggerannt. Wollte er Hilfe holen? Musste er unverrichteter Dinge zurückkehren, weil niemand in der Nähe war? Als er den brennenden Wohnwagen sah, hatte er offenbar versucht, den Brand zu löschen. Teilweise musste ihm das auch gelungen sein, denn der Wagen war trotz des heftigen Windes nicht vollkommen ausgebrannt. Die ganze Wahrheit würde man wohl nie erfahren. Weil alle geschwiegen hatten, musste auch Bonnafoux sterben. Vor allem musste er sterben, weil er möglicherweise geredet hätte.

Florence und Alain gingen über den Hof des Grundstückes und sahen sich um. Eine Terrasse führte in einen kleinen Garten. Das Wohnhaus lag im Dunkeln. Links davon erstreckte sich ein großer Schuppen. Die Hofbeleuchtung war eingeschaltet, doch niemand war zu sehen. Die Tür stand offen, und die beiden Beamten ahnten, dass sie den Täter hier finden würden. Florence rief in die Dunkelheit:

»Kommen Sie raus, Monsieur. Sie haben keine Chance!«

Er hatte sie bereits kommen sehen. Vom Schuppen aus konnte man einen Teil der Straße überblicken. Sie schlenderten heran, die Hände in den Manteltaschen, den Blick wach nach allen Seiten gerichtet. Zum ersten Mal geriet er in Panik.

Weswegen waren sie hier? In den vergangenen Tagen hatte er sich immer wieder den Ablauf des Geschehens ins Gedächtnis gerufen. Hatte er einen Fehler gemacht? Etwas am Tatort vergessen? Gab es inzwischen so ausgeklügelte Untersuchungsmethoden, dass ihm Dinge zum Verhängnis geworden waren, an die er im Traum nicht gedacht hätte? Er wusste es nicht. Er wusste nur, dass er handeln musste.

Als die Polizisten das Grundstück betraten und auf den

Hof gingen, hatte er sich nach hinten in den Schuppen zurückgezogen und gewartet. Dann trat er mit voller Absicht gegen den alten Blecheimer, der in einer Ecke stand. Er wusste, dass sie jetzt kommen und nach ihm suchen würden.

Florence stieß die Tür ein Stück weiter auf und gab Alain ein Zeichen. Beide zogen ihre Dienstwaffen, entsicherten sie und betraten den lang gestreckten, mit allerlei Gerümpel voll gestopften Raum. Es war finster. Nur ganz am Ende, zur Gasse hin, fiel der dünne Strahl der Straßenbeleuchtung durch ein kleines Glasfenster.

Vorsichtig bewegte sich Florence in diese Richtung, während Alain nach links ging.

Als sie das plötzliche Geräusch hinter sich wahrnahm, war es bereits zu spät. Sie hörte Alain aufstöhnen, dann fiel er dumpf zu Boden. Seine Waffe schlitterte über den Steinfußboden und blieb dicht vor Florences Füßen liegen. Sie drehte sich um, doch in der Dunkelheit des Schuppens konnte sie nichts erkennen. Florence hielt den Atem an und lauschte angestrengt. Was war mit Alain geschehen? Florence war sich klar, dass sie jetzt diesem gefährlichen Killer allein gegenüberstand. Wo war er? Mit beiden Händen umklammerte sie ihren Revolver. Sollte sie den Mann nochmals ansprechen, ihn darauf aufmerksam machen, dass sie bewaffnet war? Dadurch würde sie ihm verraten, wo sie sich befand. Das konnte sie nicht riskieren. Andererseits …

Bevor sie einen Entschluss fassen konnte, bekam sie plötzlich einen heftigen Schlag gegen Kopf und Schulter. Sie ging zu Boden. Doch schon wurde sie gepackt und hochgezerrt. Florence versuchte, einen Karateschlag anzusetzen, doch der traf ins Leere. Von hinten schlang sich jetzt ein Strick um ihren Hals. Zwei starke Hände zogen ihn zu. Florence versuchte sofort zu reagieren und mit dem Ellbogen auf den Genitalbereich des Angreifers zu zielen. Doch abermals verfehlte sie ihn. Der Mann war groß und kräftig. Immer fester zog er den

Strick zu. Mit aller Kraft versuchte Florence mit beiden Händen, das Seil um ihren Hals zu lockern. Im Nacken spürte sie den keuchenden Atem des Angreifers. Sie bekam kaum noch Luft. Sie wusste, dass es nicht mehr lange dauern würde, bis sie das Bewusstsein verlor. Verzweifelt wehrte sie sich, doch ihre Kräfte ließen bereits nach. Sie ging in die Knie. Wie von fern hörte sie, wie der Angreifer mit einem Mal laut aufschrie und der unerträgliche Druck an ihrem Hals plötzlich nachließ. Gleichzeitig blitzten am Eingang des Schuppens die Lichtkegel von Taschenlampen auf. Die Deckenbeleuchtung wurde eingeschaltet. Florence sah die schemenhafte Gestalt ihres Assistenten, der, zusammen mit zwei Gendarmen, auf den Angreifer zugestürzt war, ihn zu Boden gerissen und überwältigt hatte.

In seiner unnachahmlichen Art, die an die typischen Kleinganoven aus Filmen mit Jean Gabin erinnerte, grinste Alain Florence an.

»Alles in Ordnung, *Patron*?«, fragte er und half ihr auf die Beine.

46

27. Dezember, 23 Uhr 15

Es würde eine lange Nacht werden.

Auf dem Tisch im Verhörzimmer des Polizeipräsidiums standen eine Thermoskanne mit Kaffee und ein Teller mit Sandwichs. Die Mappe mit den Fotokopien der Zeichnungen lag griffbereit auf einem Aktenschrank. Alain schloss das Tonband an, ein Brigadier der Gendarmerie hatte Posten bezogen.

Florence wollte es sich nicht nehmen lassen, dieses Verhör selbst zu führen. Von der Ermittlungsrichterin hatte sie grünes Licht bekommen. Arlette Colombier würde in Aktion treten, wenn das Verhör beendet war. Zwar schmerzte Florences Kehle noch, und die Schluckbeschwerden waren schlimmer geworden, aber im Grunde hatte sie die Attacke des Angreifers gut überstanden. Sie hoffte nur, dass ihre Stimmbänder der bevorstehenden Vernehmung gewachsen waren.

Da saß er nun. Breitschultrig, ein Hüne von Mann. Die Haare hingen ihm ins Gesicht, die verdreckten Handwerkerhände lagen schwer auf der Tischplatte. Handschellen waren ihm angelegt.

Yves Latour, der Heizungsmonteur.

Der Mörder von Josefina Lopez.

Das Beweismaterial, das die Polizei gegen ihn in der Hand hatte, war erdrückend. Protokoll eines Mordes konnte man das nennen. Die Zeichnungen zeigten nicht, dass Josefina Lopez von dem Mann, der den Wohnwagen in Brand gesteckt hatte, erwürgt wurde. Doch eine akribische Untersuchung auf Faserspuren, Hautreste, Haare und dergleichen seitens des Labors würde schnell Klarheit bringen.

Der Strick, mit dem er versucht hatte, Florence zu erdrosseln, würde morgen früh ebenfalls von den Technikern untersucht werden. Das Ergebnis dieser Analyse würde mit Beschaffenheit und Struktur der Faserreste des Strickes verglichen, mit dem Aimé Bonnafoux erdrosselt worden war.

Jetzt brauchten sie nur noch sein Geständnis.

Und Klarheit über den Mord an Aimé Bonnafoux.

Alain stellte das Tonband an.

»Monsieur Latour«, begann Florence mit leiser, ungewöhnlich rauer Stimme. »Sie haben heute am frühen Abend einen Mordversuch auf mich unternommen. Warum?«

Yves Latour schwieg. Er starrte zum Fenster hinaus in die Dunkelheit der nächtlichen Stadt.

»Ich will Ihnen sagen, warum. Weil Sie der Mörder von Josefina Lopez sind und weil Sie Angst hatten, verhaftet zu werden. Es hätte Ihnen allerdings nicht viel genützt, mich zu erdrosseln und auch meinen Mitarbeiter auszuschalten. Die Kollegen der Gendarmerie waren von uns darüber informiert worden, dass Sie der Täter sind. Sie wären also so oder so gefasst worden. Ich frage Sie, Monsieur Latour, möchten Sie ein Geständnis ablegen?«

Latour schüttelte den Kopf.

»Bitte sagen Sie uns laut und deutlich Ihre Antwort, Monsieur.«

»Nein.«

Florence gab dem Gendarmen einen Wink, die Mappe mit den Fotokopien der Zeichnungen an den Tisch zu bringen.

»Wir haben hier Beweismaterial, aus dem hervorgeht, dass Sie am Tag des Mordes in der fraglichen Zeit draußen am Wohnwagen gewesen sind.«

»Nein, das war ich nicht!« Yves Latours Stimme klang müde und kraftlos. Florence ahnte, dass dieser Mann einem Verhör nicht lange standhalten würde. Er hatte zwar zwei Menschen auf dem Gewissen und hätte nicht vor einem dritten Mord zurückgeschreckt. Doch jetzt wusste er, dass es zu Ende war. Vielleicht spürte er sogar eine gewisse Erleichterung darüber.

Sie blätterte die Zeichnungen durch.

»Auf diesen Darstellungen wird der gesamte Ablauf der Geschehnisse des 23. Dezembers von 15 Uhr an bis 16 Uhr 32 bildhaft protokolliert. Die Prostituierte im Wohnwagen ist zuerst von einigen Männern aus dem Dorf, die zu einer Gruppe von Jägern gehörten, vergewaltigt worden. Nachdem die Männer nach Puech-Soleil zurückgegangen waren, kamen Sie auf den Plan, Monsieur Latour.«

Yves Latour schüttelte heftig den Kopf.

»Ich kannte die Frau gar nicht.«

»Natürlich kannten Sie sie. Wie die meisten Männer im Dorf. An diesem Nachmittag gingen Sie zu ihr, hatten möglicherweise Verkehr mit ihr, und dann haben Sie sie erwürgt. Anschließend steckten Sie den Wohnwagen in Brand. Hier.« Florence hielt ihm die Zeichnung hin, auf der der Wagen brannte und die Männergestalt onanierte.

Als Latour das Bild sah, lachte er laut auf.

»Das soll ich sein? Das glauben Sie doch selbst nicht. Wer denkt sich denn solche Schweinereien aus?« Einen Augenblick lang schöpfte er wieder Hoffnung.

Blatt für Blatt breitete Florence vor ihm die Zeichnungen aus, die den restlichen Ablauf der Geschehnisse darstellten.

»Sie stecken den Wohnwagen in Brand. Sie rennen zu Ihrem Wagen. Sie sehen, dass jemand Sie beobachtet und erkannt hat. Sie kommen an Ihrem Wagen an. Hier bitte. Oder ist das nicht ihr Wagen?«

Latour riss ihr das Blatt aus der Hand und starrte darauf. Da war sein großer weißer Ford-Kastenwagen mit der roten Aufschrift *»Le Chauffage – ça chauffe quand ça chauffe«* abgebildet. Entsetzt blickte er Florence an.

»Oder wollen Sie behaupten, dass jemand anderes den Wagen gefahren hat? – Es ist zwecklos zu leugnen, Monsieur. Der

Mann, der diese Zeichnungen angefertigt hat, wird Sie genau beschreiben können. Er konnte Sie und den gesamten Tathergang durchs Fernglas beobachten.«

Yves Latour saß mit gesenktem Kopf auf seinem Stuhl. Florence ahnte, dass er bald zusammenbrechen würde. Sie hakte nach.

»Der Jäger auf dem Bild, der Sie erkannt hat, war Aimé Bonnafoux. Er hat gesehen, wie Sie den Wohnwagen in Brand gesteckt haben. Weil er Ihnen als Zeuge hätte gefährlich werden können, haben Sie ihn in der Weihnachtsnacht erdrosselt. Vermutlich mit demselben Strick, den Sie bei mir verwendet haben. Wir werden ihn im Labor untersuchen lassen. Unsere Kollegen verfügen über sehr ausgeklügelte Methoden, das versichere ich Ihnen. Die finden alles heraus. Also, wollen Sie uns nicht endlich erzählen, was passiert ist? Was geschah am 23. Dezember und in der Weihnachtsnacht?«

Noch zögerte Yves Latour. Schwer ging sein Atem, und er knetete unruhig seine gefesselten Hände. Dann erkannte er die Aussichtslosigkeit seiner Lage und begann zu erzählen.

Vor einem Dreivierteljahr lernte er Josefina Lopez auf dem Straßenstrich in Bagnols kennen. Sie nahm ihre Freier nicht mit nach Hause, sondern hatte sich auf Sex im Auto und im Freien spezialisiert. Yves Latours Kastenwagen war für die Treffen mit Josefina ideal. Sie fuhren auf entlegene Wald- oder Feldwege. Auf der geräumigen Ladefläche im fensterlosen Inneren des Wagens hatten sie genug Platz und waren ungestört. Yves hatte eigens zu diesem Zweck eine alte Schaumstoffmatratze besorgt.

Natürlich wusste Yves, dass Josefina noch andere Freier hatte. Das störte ihn nicht, im Gegenteil. Oft ließ er sich von ihr Einzelheiten über ihre Arbeit erzählen, weil ihn das erregte. Bald traf er Josefina zwei- bis dreimal in der Woche. Seine Frau Simone ahnte nichts von diesen regelmäßigen Besuchen. Mit ihr hatte er schon seit Jahren ein langweiliges und reduziertes Sexleben, bei dem er nicht auf seine Kosten kam. Bei Josefina hingegen konnte er seine Phantasien ausleben. Sie war zu jedem bizarren Spiel bereit, was sie sich allerdings auch entsprechend bezahlen ließ.

Immer mehr wurde Yves von den Besuchen bei Josefina abhängig. Um die Treffen mit ihr zu vereinfachen, fiel ihm der alte Wohnwagen ein, der an der Müllkippe stand. Wenn sie sich dort einquartierte, konnte er sie noch öfter aufsuchen.

Josefina sah in einem zeitweiligen festen Standort einen großen Vorteil für ihre Arbeit. Sie musste sich nicht länger am Straßenrand verkaufen, sondern konnte ihre Kundschaft unter vergleichsweise komfortableren Bedingungen bedienen.

Mit Yves' Hilfe richtete sie sich im Wohnwagen ein. Er sorgte dafür, dass stets ein gefüllter Wasserkanister vorhanden war, um die hygienischen Bedingungen zu verbessern. Dann startete Josefina im Café *Au chien perdu* die Werbeaktion, die postwendend Erfolg hatte. Die Männer des Dorfes kamen reihum. In Puech-Soleil war die Kunde von der Prostituierten im Wohnwagen ein offenes Geheimnis, über das niemand sprach. Josefina hatte feste Zeiten für ihre Freier. Zwischendurch fuhr sie immer wieder nach Bagnols. Wenn es schön war, nahm sie ein Fahrrad, das sie sich irgendwoher besorgt hatte. Aber oft hatte Yves sie auch hin- und hergefahren. Sie saß hinten in seinem Kastenwagen, niemand konnte sie sehen.

Yves hatte nicht damit gerechnet, dass Josefinas Dienste von den Dorfbewohnern so sehr in Anspruch genommen wurden. Diese Entwicklung passte ihm ganz und gar nicht. Den Tipp mit dem Wohnwagen hatte er ihr in erster Linie gegeben, weil er sie in der Nähe haben wollte. Dass nun ganz Puech-Soleil daran partizipieren sollte, war ihm ein Dorn im Auge.

Er begann Josefina deswegen Vorhaltungen zu machen. Doch die reagierte schnippisch und gab ihm deutlich zu verstehen, dass er nur einer unter vielen war. Sie dachte nicht daran, sich das gute Geschäft mit den Dorfbewohnern und den zahlreichen durchreisenden Vertretern, die ihren Zettel im Café gesehen hatten, verderben zu lassen.

Zwischen den beiden kam es immer öfter zum Streit. Das, was sie ihm früher zur Anregung von ihren anderen Freiern erzählt hatte, machte ihn nun rasend. Er war eifersüchtig und abhängig von ihr. Er war ihr hörig.

Zunehmend ging er Josefina Lopez auf die Nerven. Sie sagte es ihm und ließ es ihn spüren. Immer öfter blitzte er bei ihr ab. Als er sie unter Druck setzte, sogar schlug und versuchte, sie mit Gewalt zu nehmen, drohte sie ihm, dass seine Frau alles erfahren würde. Mit dieser Drohung hielt sie ihn in Schach. Yves Latour fühlte sich erpresst. Doch er konnte das Verhältnis nicht beenden. Immer wieder kam er zu ihr und setzte sich ihren Launen und Demütigungen aus. Sie hatte ihn in der Hand.

Am Nachmittag des 23. Dezember kam er von einer Heizungsmontage aus Pont St. Esprit zurück und machte, wie schon so oft, auf der Rückfahrt einen Abstecher zum Wohnwagen. Er wollte ihr ein kleines Weihnachtsgeschenk bringen, ein Fläschchen Parfüm, und sie dann nach Bagnols zum Bahnhof fahren. Josefina hatte beschlossen, das Weihnachtsfest bei ihrer Schwester zu verbringen. Seinen Kastenwagen parkte er wie gewöhnlich in dem kleinen Seitenweg unter niedrigen Bäumen, wo er nicht so leicht zu entdecken war.

Als er zum Wohnwagen kam, hörte er innen ein Wimmern und Weinen. Josefina lag halb nackt auf dem Bett. Sie sah übel aus. Ihre Kleider waren zerrissen, ihr Gesicht verschmiert, die Haare wirr. Sie blutete. Unter Schluchzen erzählte sie ihm, was passiert war. Sie nannte ihm die Namen der Vergewaltiger und sagte, dass sie alle Männer im Dorf, die bei ihr gewesen waren, ans Messer liefern wollte.

»Dich auch!«, hatte sie gesagt. »Ihr Schweine steckt doch alle unter einer Decke. Dir hab ich es zu verdanken, dass das passiert ist. Dir und deinem Scheißwohnwagen!«

Sie geriet immer mehr außer sich, steigerte sich in ihre Rachegefühle hinein. Wiederholt drohte sie ihm, seine Frau zu informieren. Er versuchte mit ihr zu reden, sie zur Vernunft zu bringen. Er wollte ihr helfen. Es nützte nichts. Sie beschimpfte und bedrohte ihn weiterhin.

Da sah er plötzlich die große Chance, sich dieser Frau ein für alle Mal zu entledigen. Sein Entschluss kam sehr schnell und spontan. Die Jäger hatten Josefina brutal vergewaltigt. Ihn, der nach ihnen kam, hatte niemand gesehen. Man würde ihn nicht mit dem, was er vorhatte, in Verbindung bringen. Er warf sich über die hilflose Josefina, die vollkommen am Ende war, und vergewaltigte sie. Anschließend traktierte er Josefina anal und vaginal mit ihrem Vibrator. Er hielt ihr den Mund zu, damit sie nicht schrie. Dann drückte er ihr die Kehle zu.

Das alles ging sehr schnell. Nach ein paar Minuten war er wieder draußen. Erst da hatte er die Idee, den Wohnwagen anzuzünden, um Spuren zu verwischen.

Als der Wohnwagen brannte und er zu seinem Wagen lief, drehte er sich noch einmal um. Da sah er Aimé Bonnafoux, der ihn erkannt hatte und ihn aus wenigen Metern Entfernung anstarrte.

An diesem Punkt unterbrach Yves Latour sein Geständnis. Es war still in dem überheizten Verhörzimmer des Präsidiums. Alain stellte das Tonband ab und öffnete einen Moment die Fenster. Florence schenkte allen Kaffee nach und räusperte sich. Sie blickte Yves Latour an, der seinen Kopf in den gefesselten Händen vergraben hatte. Sein Hass auf Josefina Lopez musste abgrundtief gewesen sein, anders konnte Florence sich sein Verhalten nicht erklären. Er hatte sich von ihr derart provoziert gefühlt, dass er durchgedreht war. Einige Fragen blieben noch offen. Hatte er danach bewusst geplant, selbst die Leiche in jener Nacht zu finden, um von vornherein nicht in Verdacht zu geraten? War er schockiert, als er sah, dass der Wohnwagen nicht vollständig ausgebrannt war und die Tote identifiziert werden konnte? Es hatte wenig Zweck, den Beschuldigten zum jetzigen Zeitpunkt mit diesen Fragen zu konfrontieren. Florence brauchte noch sein Geständnis im Fall Bonnafoux. Das war vorrangig. Sie stellte das Tonband wieder an.

»Aimé Bonnafoux, der sie bei Ihrem Tun beobachtet hatte, wurde für Sie zu einer Gefahr. Er hatte Sie genau erkannt, und Sie mussten damit rechnen, dass er etwas erzählen würde. Hat er Sie später auf das Geschehen am Wohnwagen angesprochen?«

»Nein. Ich habe ihn danach nicht wieder gesehen. Erst in der Weihnachtsnacht.«

»Woher wussten Sie, dass Aimé Bonnafoux in dieser Nacht nach draußen gehen würde? Hatten Sie sich nicht doch mit ihm verabredet, um ihn ins Freie zu locken?«

»Nein. Das war reiner Zufall. Er ging in der Nacht durchs Dorf, einige Meter an meinem Fenster vorbei.«

»Trotz des Schneesturms haben Sie erkannt, dass es Bonnafoux war?«

»Aimé hatte einen unverwechselbaren Gang. Ich war überzeugt, dass er es war, der auf der Straße entlangging.«

»Was machten Sie am Fenster?«

»Ich sah nach dem Wetter. Ich wollte schlafen gehen. Meine Frau, mein Sohn und meine Schwester saßen noch unten und unterhielten sich.«

»Hat niemand von ihnen gemerkt, dass Sie aus dem Haus gingen?«

»Nein.«

»Und als Sie zurückkamen auch nicht? Wenn man aus einem solchen Schneegestöber wieder das Haus betritt, fällt das doch auf.«

»Als ich zurückkam, schlief meine Frau bereits.«

»Hat sie Ihnen am nächsten Tag keine Fragen gestellt? Sie hat doch gesehen, dass Sie zwischenzeitlich nicht da waren.«

»Ich weiß nicht, was sie gedacht hat. Auf jeden Fall hat sie keine Fragen gestellt.«

– Weil sie wahrscheinlich die Wahrheit geahnt hat, dachte Florence. Auch sie hatte geschwiegen wie die anderen.

»Gehen Sie immer so früh schlafen, Monsieur?«

»Normalerweise nicht. Aber die Ereignisse hatten mich ganz schön mitgenommen.«

»Sie meinen den Mord an Josefina Lopez am Vortag.«

Latour reagierte nicht.

»Hat Ihre Schwester, Madame Morana, eigentlich gewusst, dass Sie regelmäßiger Besucher im Wohnwagen waren?«

»Sie hat es wohl immer vermutet.«

»Haben Sie mit ihr jemals über Josefina Lopez gesprochen?«

»Nein. Ich habe keinem Menschen erzählt, dass ich sie kannte.«

»Wie viel Uhr war es, als Sie das Haus an jenem Abend verließen?«

»Kurz vor halb neun, glaube ich.«

»Was geschah dann?«

»Als ich rauskam, war Aimé schon die Straße hinuntergegangen. Ich folgte seinen Fußspuren.«

»Was ist mit dem Strick? Haben Sie den erst aus dem Schuppen geholt?«

»Ja. Seile, Haltegurte und so weiter hängen gleich neben der Tür.«

»Und dann?«

»Dann sah ich, dass Aimé aus dem Dorf hinausging, Richtung Müllkippe. Ich fragte mich, was er da wollte.«

»Und Sie folgten ihm, weil sie bereits vorhatten, ihn zu töten. Sonst hätten Sie ja den Strick nicht mitgenommen.«

Yves Latour schluckte und schwieg.

»Hat Bonnafoux nicht bemerkt, dass Sie ihm folgten?«

»Er hat sich kein einziges Mal umgedreht. Auf der Lichtung habe ich ihn dann eingeholt. Es war alles ganz einfach.«

»Hat er sich nicht gewehrt?«

»Das konnte er nicht. Ich hatte ihn von hinten überrascht. Danach ging ich ins Dorf zurück.«

»Sie erdrosselten ihn also und ließen ihn im Schnee liegen.«

»Ich wusste, dass man ihn unter den Schneemassen, die in dieser Nacht fielen, nicht so leicht entdecken würde.«

Alain stellte erneut das Tonband ab. Die Vernehmung war beendet. Yves Latour hatte sich entschlossen, sein Gewissen zu erleichtern, und ein umfassendes Geständnis abgelegt. Das würde ihm später vor Gericht zu seinen Gunsten angerechnet werden. Falls er es nicht widerrief, was mithilfe eines cleveren Anwalts durchaus passieren konnte. Der Mord an Aimé Bonnafoux war als vorsätzliche Tat einzustufen. Die Ermordung der Prostituierten konnte mit viel Geschick als Verbrechen im Affekt durchgehen. Sein Anwalt würde vielleicht sogar auf Verbrechen aus Leidenschaft plädieren, ein Schachzug, der gerade in Frankreich oftmals zu milderem Urteil führte. Im Prinzip war der Fall gelöst. Doch so etwas wie Erleichterung wollte sich bei niemandem einstellen. Die beiden Morde und alles andere, was in diesem Dorf geschehen war, würden ihre Spuren hinterlassen.

Es war gegen drei Uhr morgens, als Alain seine Chefin nach *Les Oliviers* brachte. Sie redeten nicht viel auf der Fahrt. Nur eine Frage wollte Florence noch klären.

»Sagen Sie mal, Alain, wie sind Sie eigentlich so schnell wieder auf die Beine gekommen? Latour hatte Ihnen doch einen kräftigen Schlag versetzt. Jedenfalls nach der Beule zu urteilen, die Sie am Kopf haben.«

»Ja, mit einem Stück Hartgummi.« Vorsichtig tastete Alain nach der dick geschwollenen Stelle an seinem Hinterkopf. Zum Glück blutete sie nicht. »Wissen Sie, *Patron*, ich habe einen dicken Schädel. Und zwar in jeder Hinsicht. So schnell wirft mich nichts um. Wahrscheinlich war ich nur ein paar Sekunden weggesackt. Als ich wieder zu mir kam, hörte ich Sie röcheln. Da wusste ich Bescheid.«

Florence legte ihm die Hand auf den Arm.
»Danke, Alain. Das werde ich Ihnen nie vergessen.«

Sie waren auf *Les Oliviers* angekommen. Über die Kronen der Pinien auf dem Vorplatz strich der warme Tauwetterwind. Während Alain den Wagen wendete und die Allee zurückfuhr, verharrte Florence einen Moment vor dem wuchtigen Eingangsportal. Sie legte den Kopf in den Nacken und betrachtete den klaren Nachthimmel. Tief am Osthimmel, in unmittelbarer Nachbarschaft zum Mont Ventoux, stand die Sichel des zunehmenden Mondes in einer ungewöhnlichen Konstellation zu Venus.

In fünf Tagen begann ein neues Jahr.

Alexandra von Grote

Die unbekannte Dritte

Roman

Band 13958

Eine Deutsche wird in der Provence erschossen. Die Berliner Kommissarin Florence Labelle fährt aufgrund eines Amtshilfeersuchens ihrer französischen Kollegen an den Ort des Geschehens. Die Aufklärung des Falles erweist sich als schwierig und delikat, denn als ehemalige Geliebte der Ermordeten gehört die bekannte Schlagersängerin Cathérine Volet, Nichte des französischen Präsidenten, zu den Hauptverdächtigen. Doch auch andere hätten ein Motiv gehabt, den Mord zu begehen: Die Tote hatte viele Geheimnisse und eine dunkle Vergangenheit. Als eine unbekannte Dritte auftaucht, fällt es Florence wie Schuppen von den Augen.

Fischer Taschenbuch Verlag

fi 4002 / 7

Alexandra von Grote
Die Kälte des Herzens
Roman
Band 14729

Montcastin, ein kleiner Weiler im Süden Frankreichs inmitten einer herrlichen, intakten Natur. Als der junge Raymond bei einem als Unfall getarnten Anschlag ums Leben kommt, bricht die heile Welt der Dorfbewohner auseinander, und ein zweiter Mord geschieht.

Ein neuer Fall für Kommissarin Florence Labelle.

Fischer Taschenbuch Verlag

fi 14729 / 1

Leona Gom

Vicky und der Mord im Sucher

Aus dem kanadischen Englisch von Ingrid Lebe

Roman

Band 14795

Schauplatz des spannenden Romans ist der kanadische Nato-Stützpunkt Lahr am Rande des Schwarzwalds. Die schüchterne, ein bisschen chaotische, aber überaus sympathische Vicky Bauer wird beim Fotografieren zufällig Zeugin eines Mordes. Weil man sie nicht ernst nimmt und ihr niemand glaubt, macht sie sich selbst daran, das mysteriöse Verbrechen aufzuklären, und gerät in Lebensgefahr.

Fischer Taschenbuch Verlag

fi 14795 / 1

Leona Gom

Vicky und das Doppelspiel

Aus dem kanadischen Englisch von Ingrid Lebe

Roman

Band 14796

Ist Vicky Bauer einem Psychopathen verfallen? Hat ihr Liebhaber ihren Mann umgebracht? Mit Scharfsinn und weiblicher Intuition kommt Vicky einem abgründigen Doppelspiel auf die Spur, das sie beinahe das Leben kostet.

Leona Gom erzählt eine raffinierte, atemberaubende Kriminalgeschichte, in der ihre sympathische Heldin äußerst gefährliche Wege geht.

Fischer Taschenbuch Verlag

fi 14796 / 1

Barbara Dobrick

Feuer und Flamme im Herbst

Roman

Band 15486

Als die resolute Lehrerin Telse ein paar Wochen im Haus ihrer Eltern verbringt, um die Großmutter zu versorgen, muss sie sich nicht nur mit alten Familiengeheimnissen auseinander setzen, sondern auch mit einer höchst gegenwärtigen Bedrohung: Wer ist der Brandstifter, der Autos, Scheunen und Häuser anzündet?

Ein spannender, lebenskluger und zugleich sehr amüsanter Roman über das nicht immer friedliche Landleben und über das harmonische Miteinander von Katzen und Menschen.

Fischer Taschenbuch Verlag

fi 15486 / 1

Maria Benedickt

Fräulein Gloria geht baden

Roman

Band 13942

Die unscheinbare Gloria Wehling hat sich längst daran gewöhnt, von allen übersehen zu werden. Tagsüber arbeitet sie als Rezeptionistin in einem Wiener Großbüro, abends schreibt sie an ihrer Diplomarbeit in Sinologie. Sie hat eine erträgliche Balance zwischen dem Job, ihrer Forschungsarbeit und langen, heißen Entspannungsbädern gefunden, die ins Wanken gerät, als es Frühling wird. Eine seltsame Unruhe erfaßt sie, die bald darauf durch die Entdeckung eines Nachbarn einen konkreten Anlaß bekommt: Ein Spanner beobachtet sie vom Haus gegenüber. Kurze Zeit später zischt bei einem Spaziergang ein Projektil an ihrem Kopf vorbei. In Glorias Büro geht eine Bombe hoch. Nur durch Zufall entgeht sie einem Attentat. Jetzt muß sie die Ereignisse wohl oder übel auf sich beziehen. In einer winterlichen Hügellandschaft kommt es zum Showdown. Gloria entdeckt, wer sie beseitigen wollte.

Fischer Taschenbuch Verlag

fi 1626 / 4

Sabine Deitmer

Kalte Küsse

Kriminalroman

Band 11449

Alles beginnt an einem ganz normalen Samstag im Juli. Mit Paaren, die heiraten, ganz in Weiß, mit grölenden Fußballfans, mit Familien auf dem Weg zum Feuerwerk im Park, mit Katzen, die Mülltonnen plündern und der alltäglichen Gewalt, die zum Wochenende wild eskaliert. Mit einer Kriminalkommissarin, die ihren Liebhaber frustriert und eine nicht mehr ganz taufrische Leiche findet... Kein ganz normaler Einsatz in Sachen Mord für Kriminalkommissarin Beate Stein. Sie hat mehr als eine Leiche gesehen. Doch was sie an diesem Samstag zu sehen bekommt, zieht ihr die Magenwände zusammen. Kaum vorstellbar, daß das einmal ein Mensch war, ein Mann. Wer hat ihn umgebracht und so zugerichtet? Und vor allem, warum? Bei ihren Ermittlungen stößt sie auf Fragen, die ihr eine Gänsehaut über den Rücken jagen. Alles deutet in eine Richtung... Schafft sie es, ihre Pflicht als Polizistin zu tun, ohne sich selbst dafür zu hassen?

Fischer Taschenbuch Verlag

fi 2084 / 4